LAS DOS MUERTES DE MOZART

JOSEPH GELINEK

LAS DOS MUERTES
DE MOZART

PLAZA JANÉS

Papel certificado por el Forest Stewardship Council®

MIXTO
Papel procedente de
fuentes responsables
FSC
www.fsc.org FSC® C117695

Primera edición: abril de 2018

© 2018, Joseph Gelinek
Autor representado por Silvia Bastos, S. L. Agencia literaria
© 2018, Penguin Random House Grupo Editorial, S. A. U.
Travessera de Gràcia, 47-49. 08021 Barcelona

Printed in Spain – Impreso en España

ISBN: 978-84-01-35341-3
Depósito legal: B-3.001-2018

Compuesto en Revertext, S. L.

Impreso en Rodesa
Villatuerta (Navarra)

L 3 5 3 4 1 3

Penguin
Random House
Grupo Editorial

Para Natalia

La calunnia è un venticello,
un'auretta assai gentile
che insensibile, sottile,
leggermente, dolcemente
incomincia a sussurrar.

[La calumnia es un vientecillo,
una brisa muy amable
que sinuosa, sutil,
ligeramente y dulcemente
comienza a murmurar.]

El barbero de Sevilla,
GIOACCHINO ROSSINI

1

Monte Argentario (Toscana), verano de 2017

El cadáver resultaba tan horripilante a la vista que la limpiadora del hotel ni siquiera pudo emitir un grito, por más que lo intentó. Tal como ocurre a veces en los sueños, donde tratamos de correr y el cuerpo no responde, la chica quiso gritar, pero la voz no le obedeció. El cuerpo que tenía ante sí, momificado y completamente desnudo, estaba sentado en la taza del váter, con la espalda apoyada contra la pared, las manos agarrotadas sobre los muslos y la cabeza girada hacia la puerta del aseo. La momia la miraba con ojos vidriosos y su rostro estaba contraído en un gesto aterrador, que revelaba la agonía que había tenido que padecer aquel desgraciado, antes de que su corazón dejara de latir para siempre. Tras comprobar que sólo era capaz de emitir un sonido débil y quejumbroso, la mujer de la limpieza salió de la alcoba como alma que lleva el diablo y fue derecha al lobby del hotel, donde más con gestos que con palabras, pudo hacerle entender al recepcionista que en la habitación n.º 12 había «algo horrible» que tenía que ir corriendo a ver.

Los signos eran tan claros que al forense no le hizo falta esperar a la autopsia para adelantarle a la juez que aquel hombre había muerto envenenado con arsénico.

—La dosis ha debido de ser altísima, porque el cadáver está completamente deshidratado, de ahí que parezca una momia. Al desaparecer el agua del cuerpo, las bacterias encargadas de la putrefacción no pueden proliferar y el cadáver no se descompone. El gesto contraído en una mueca de dolor se debe a que el arsénico te abrasa las tripas por dentro: es como si le hubieran quemado las entrañas con sosa cáustica. Una muerte que no le desearía yo ni a mi peor enemigo.

Dos días después del hallazgo, la prensa publicó quién era el muerto y por qué estaba sentado en la taza del váter. Los síntomas del envenenamiento por arsénico son muy parecidos a los de la descomposición intestinal: la víctima puede llegar a ir al retrete cuarenta o cincuenta veces al día. Medio mundo quedó conmocionado al conocer la identidad de aquel horrible cadáver, aunque sólo una persona sabía quién lo había matado y por qué.

El diario *Il Tirreno* (el hotel estaba en Monte Argentario, un pueblecito de la Toscana) fue el medio que publicó más datos sobre el veneno empleado. La base, como adelantó el forense nada más inspeccionar el cuerpo, era el arsénico, pero lo habían combinado con plomo y belladona, un mejunje conocido en Italia desde el siglo XVII y que con el curso de los años pasó a tener nombre de bebida refrescante: *acqua toffana*. Su inventora había sido una hechicera de Palermo que en 1640 empezó a vender la ponzoña como si fuera un cosmético, envasándolo en pequeños viales con la inscripción *Manna di San Nicola*, bajo una imagen del santo. Era un veneno para mujeres ideado y comercializado por mujeres, en plural, pues parece ser que la madre y la hija también anduvieron metidas en el negocio, con el que amasaron una fortuna. Sus clientas eran señoras insatisfechas, maltratadas por sus maridos, a los que habían decidido quitar de en medio en una época en la que el divorcio o no existía, o era impensable. la *Manna di San Nicola* pasó a llamarse *acqua toffana* porque

el líquido era inodoro, incoloro e insípido (por tanto indetectable, como el agua) y su inventora se llamaba Teofania di
Adamo. En cuanto trascendió lo del veneno, la pregunta que
se hizo inmediatamente la prensa y con ella la opinión pública fue: ¿por qué, en pleno siglo XXI, el asesino había elegido
para acabar con su víctima una pócima del siglo XVII?

2

El día en que Luca Salieri intentó saltar por la ventana porque no aguantaba el colegio yo acababa de cumplir un año como asistente personal de tu tía Teresa y tú aún no habías venido al mundo. Aunque estaba Gengio, Teresa no se molestaba en ocultar que Luca era su sobrino preferido y la noticia del intento de suicidio la sacudió en lo más profundo.

—¡Qué hijos de puta! —exclamó una vez superado el horror inicial, que dio paso a uno de sus típicos ataques de cólera. Pero como Teresa tenía tan mala relación con tus padres, a los que siempre acusaba de no ocuparse de vosotros, no sabría decirte si los «hijos de puta» a los que se refería eran ellos o los compañeros de clase que llevaban torturando a Luca desde hacía meses.

Recuerdo que la tarde en que su madre telefoneó desde Palermo para contarnos el intento de suicidio, en vez de consolarla le echó la bronca más espeluznante que yo haya escuchado jamás. Fue una reprimenda bíblica, culpabilizadora y atroz, plagada de maldiciones y negros deseos para ella, a una madre que había estado a punto de perder a su hijo hacía tan sólo unos minutos. Pero necesitaba expiar su culpa, como si quisiera ser castigada por su desatención hacia Luca, y se dejó abroncar estoicamente.

El pequeño estuvo a punto de conseguirlo —¡me estremezco sólo con imaginarlo!— y de no ser por los gritos desesperados de Gengio mientras lo sujetaba por las piernas, para que no cayera al vacío, lo más probable es que se hubiera roto la cabeza contra la acera de Via Antonio Mongitore. Los gritos alertaron a los vecinos y éstos a los *carabinieri*, que se presentaron en la casa en un suspiro. Cuando el *maresciallo* preguntó a Luca que dónde estaban sus padres, le explicó que trabajando y cuando quiso saber por qué había intentado quitarse la vida, no se lo pensó dos veces: «No aguanto el colegio y la única manera de no ir a clase es morirme».

El diario *La Repubblica* publicó a los pocos días un reportaje bastante extenso del *bullying* al que habían sometido a Luca en el colegio. Sus compañeros más crueles y mediocres la habían tomado con él desde que habían descubierto que tu hermano era diferente, porque cantaba maravillosamente bien, igual que su architatarabuelo, o lo que quiera que fuera; porque vuestro ilustre antepasado, Antonio Salieri, murió en 1825 y vaya usted a saber cuántas generaciones de distancia había ya entre vosotros. Según parece, al señor Pincopallino, el profesor de música, no se le había ocurrido otra cosa que proyectar en clase, con fines didácticos, el *Amadeus* de Miloš Forman, y los niños, que no habían visto la película porque es de hace más de treinta años, encontraron en ella un filón de oro para despedazar a Luca.

Del «cantar como una chica es de maricas» —porque Luca tenía una voz afiladísima, que le permitía cantar una octava por encima del resto— se pasó enseguida a «asesino tu abuelo, asesino tú», con bromas frecuentes en clase que eran toleradas, por no decir que celebradas, por los profesores. Una de ellas consistía en que, a la hora de la merienda, uno de los compañeros de clase simulaba que agonizaba entre horribles estertores, porque Luca le había echado veneno en el bocadillo. Esto provocaba estruendosas carcajadas entre los niños y mal disimuladas sonrisas entre los maestros, que se miraban entre ellos sacudiendo la cabeza como diciendo «¿Qué podemos hacer nosotros? ¡Cosas de chiquillos!».

En otras ocasiones, los torturadores formaban un círculo en el *cortile* alrededor de Luca y le cantaban, acompañándose con palmas, la *Pequeña Serenata Nocturna* de Mozart, como para decirle que era un mediocre, al igual que vuestro antepasado. Luca se quejó a tus padres y les pidió que hablaran con los profesores, pero ambos trabajaban toda la semana de sol a sol y nunca encontraban un hueco para mediar por él.

—Si me lo hubieras contado a mí —le dijo Teresa a Luca al cabo de una semana— los que hubieran saltado por la ventana habrían sido ellos. Pero no te preocupes, Zia Teresa hablará con el *direttore* para que esos hijos de su madre no te vuelvan a molestar nunca más. Laura, cariño —añadió después dirigiéndose a mí—, explícale a Luca quién fue Salieri y por qué jamás debe avergonzarse de llevar ese apellido, sino presumir de él. Yo se lo he dicho ya tantas veces que no me escucha.

Laura era yo, su asistente personal, que es como decir su sombra durante doce horas al día, porque una asistente personal es la expresión políticamente correcta para decir «chica para todo»: le llevaba la agenda, le filtraba las llamadas, contestaba a los correos, le traía los cafés, iba a la farmacia cuando le dolía algo (cosa que ocurría con bastante frecuencia, porque mi jefa era hipocondríaca) y por supuesto la acompañaba a todas las citas importantes. La que tenía con su sobrino Luca cada vez que bajaba a Palermo era para ella la más crucial de todas, y eso que Teresa, en función de su trabajo, mantenía encuentros anuales con las más grandes personalidades de la música, desde Riccardo Muti a Sting, pasando por Cecilia Bartoli o Zucchero Fornaciari. Teresa Salieri dirigía desde 1999 (año de su reinauguración) el Teatro Salieri de Legnago, presidía la Fundación Salieri y coordinaba el Salieri Opera Festival, recientemente creado para promover la obra y la memoria de uno de los compositores más importantes del siglo XVIII.

El diálogo que reproduzco a continuación se había repetido media docena de veces en un año, y yo ya recitaba mis respuestas de memoria.

—Explícale a este niño quién fue Salieri —decía Teresa. Y yo:

—El más grande.

—¿El más grande por qué?

—Compuso cuarenta óperas, veinte más que Mozart.

—Exacto. ¿Y qué más?

—Fue el músico favorito del emperador José II.

—Exacto. ¿Y qué más?

—El maestro de maestros: dio clases a Beethoven, a Schubert y a Liszt.

—¿Lo ves, tontito? —le decía Teresa luego a Luca—. El apellido Salieri es sinónimo de excelencia.

En esta ocasión, a veinticuatro horas de distancia del intento de suicidio, a Teresa le pareció oportuno añadir:

—Ya que tus padres no se ocupan de ello, me voy a encargar yo personalmente de que no te vuelvan a molestar tus compañeros. Pero escucha una cosa: si lo vuelves a intentar, seré yo la que te mate, ¿me oyes? Es necesario que entiendas una cosa: tú no eres tuyo, *capito*? Eres de Zia Teresa. Dilo.

—Soy de Zia Teresa.

—Exacto. Y como eres mío, no puedes hacer con tu vida lo que quieras, tienes que hacer siempre lo que yo te diga. Morirse para no ir al colegio es de tontos. Dilo.

—Morirse para no ir al colegio es de tontos.

—Muy bien. Antes que morirse hay miles de soluciones, como cambiarte de colegio, buscarte un profesor para estudiar en casa o devolver los golpes. Esos cabrones que te hacen la vida imposible han de entender que, si lo vuelven a intentar, serán ellos los que salten por la ventana. ¿Qué quieres hacer tú?

—Cambiarme de colegio.

—Error. ¿La huida? Un Salieri no huye jamás. ¿Acaso huyó el gran Antonio cuando Mozart se instaló en Viena?

—No.

—Nadie, mientras yo viva, te obligará a cambiarte de colegio. Serán tus maltratadores los que cambien de actitud o si no, ¿qué pasará? Dilo.

—Saltarán por la ventana.

—¡Bravo! ¡Ése es el espíritu!

3

Aguantar a Teresa Salieri doce horas al día no era el trabajo más fácil del mundo, si se me permite el eufemismo, pero tenía varias compensaciones. Tantas como para hacerme permanecer a su lado hasta el final, cuando las cosas se torcieron tanto que era como si todas las hechiceras de Italia nos hubieran lanzado mal de ojo. Viajábamos con frecuencia (no sólo por Europa, también a Nueva York, Sídney o Shanghái), teníamos encuentros con algunos de los artistas más relevantes del mundo y estaba bien pagado. Trabajar junto a la Salieri resultaba complicado porque era una bipolar de libro o «de letra grande de manual pequeño de psiquiatría», por usar una expresión que aprendí de mi padre, que en gloria esté. Cuando pensabas que ibas a tener el día más maravilloso del mundo, porque la soprano Diana Damrau había aceptado venir a cantar a nuestro festival las *arie di bravura* de Antonio Salieri, cualquier pequeña contrariedad —una llamada no devuelta, un día inesperadamente lluvioso— cobraba un peso desmesurado en su estado de ánimo y le hacía olvidar lo bien que nos iban las cosas en el terreno artístico. Cuando le sobrevenía un episodio depresivo, Teresa podía estar sin comer tres días seguidos y no tenía fuerzas ni para marcharse a dormir a su casa. En vez de eso, permanecía recostada en el sofá de su despacho de la Fundación, con las persianas bajadas, las cortinas echadas y la puerta cerrada a cal y canto, para que ni siquiera yo pudiera perturbar la paz —el infierno, más bien— de su reclusión. Con el tiempo me di cuenta de que lo que la postraba de tal forma era precisamente el hecho de haber ganado alguna batalla reciente. Tras meses de haber perseguido a un artista —para que hiciera un hueco en su apretada agenda y viniera a cantar al Teatro Salieri—, de haber desplegado una energía y un poder de seducción sobrehumanos para captar al divo o la diva de moda, ésta accedía por fin a su propuesta y Teresa Salieri sentía que su vida se volvía otra vez tan monótona y previsible como la de un funcionario municipal. La felicidad para ella no estaba en conseguir la meta, sino en dar la batalla.

Cuando aquella mañana en Palermo la oí jurar ante su sobrino Luca que no tendría que cambiarse de colegio «mientras ella viviera» y habló de hacer saltar por la ventana a los alumnos que le hacían *bullying* me quedé horrorizada, pues sabía qué nivel de energía y ferocidad podía llegar a desplegar cuando abandonaba la fase depresiva y entraba en la maníaca. ¿Qué se proponía hacer exactamente? ¿Amenazar de muerte a los torturadores de Luca? ¿Enfrentarse físicamente con los padres o el director del colegio? Antes de tener ocasión de comprobarlo, a las dos nos cambió la vida para siempre. A través de una *newsletter* de la revista *Variety*, mi jefa se enteró de que un estudio de Hollywood planeaba un *remake* de *Amadeus*, dirigido por un italoamericano llamado Fred Zoccoli, en el que Kelvin Lamont haría el papel del malvado Salieri.

La noticia transformó a Teresa en una de las erinias, esas deidades vengadoras de la mitología griega a las que se suele representar blandiendo látigos y antorchas, con serpientes enroscadas en la cabeza y sangre manando de los ojos. Para entender la ira que la embargó nada más tener noticia del *remake*, tienes que tener presente que Teresa era la presidenta de la Fundación Salieri y por lo tanto la encargada de preservar la memoria y el legado artístico del compositor, y que la película de Miloš Forman —inspirada en el drama de Peter Shaffer, a su vez basado en el drama de Pushkin— había reducido a su antepasado a una grotesca caricatura humana y musical. Además, estaba la nueva y angustiosa situación de Luca en el colegio. Si treinta años después del estreno de *Amadeus*, los niños italianos aún seguían gastando bromas crueles sobre las capacidades envenenadoras de Antonio Salieri, ¿qué podría pasar ahora si las patrañas sobre el compositor volvían a estar en boca de todos debidoa un *remake* que presagiaba ser —gracias a la presencia de Lamont en el reparto— un gran éxito de taquilla? ¿En qué infierno podría convertirse la vida del sobrino preferido de Teresa? Kelvin Lamont no sólo era la estrella de moda, sino que atesoraba el talento suficiente para salir airoso de la comparación con F. Murray Abraham (que había conseguido el Oscar por su inolvidable interpretación del genio veronés) y volver a poner de moda la infamia de que Salieri había intentado acabar con Mozart.

4

La Salieri resolvió que como la fiscal de menores de Palermo —una mujer muy decidida y valiente— había acordado investigar hasta el final el intento de suicidio de Luca y estaba interrogando ya a alumnos, padres y profesores en relación al *bullying*, lo de tomarse la justicia por su mano no era imprescindible de momento y regresó de inmediato a Legnago. Mientras tanto, y hasta que las pesquisas policiales identificaran a los acosadores y se viera qué sentencia les imponía el juez, Luca no iría al colegio y estudiaría en casa, con ayuda de un profesor particular que ella misma costearía. Rogué al cielo para que los juzgados de Palermo adoptaran medidas contundentes contra los maltratadores de Luca, que colmaran la sed de justicia de Teresa, porque la idea de imaginarla insatisfecha y vengativa, convertida en la versión femenina de Charles Bronson, me producía auténtico pánico.

Decidida a sabotear el *remake* de *Amadeus* al precio que fuera, lo primero que hizo mi jefa al llegar a Legnago fue convocar al Consejo de la Fundación Salieri, integrado, además de por la propia Teresa, por un vicepresidente y seis vocales. Orden del día: fijar la posición de la Fundación en relación al *remake*. En realidad, Teresa Salieri mangoneaba lo que quería en el Consejo y siempre se acababa haciendo su voluntad, pero los estatutos de la Fundación decían que las decisiones debían ser adoptadas por mayoría y la Salieri estaba obligada a guardar las apariencias.

—La Fundación tiene el sacrosanto deber de preservar el buen nombre de Antonio Salieri —dijo a los reunidos— y el *remake* de *Amadeus* significa que tendremos que volver a soportar las más inmundas patrañas que se hayan divulgado jamás sobre artista alguno. Todo porque un estudio de Hollywood en apuros quiere hacer caja y una estrellita de cine en ascenso necesita ganar el Oscar. Esto exige una respuesta contundente.

Siempre que se celebraban reuniones del Consejo, y dado que yo no era miembro integrante, pero la Salieri me quería a su lado, me hacía sentar detrás de ella, como si fuera un intérprete simultáneo. Cuando estaba en fase maníaca e hiperactiva, se giraba a menudo hacia mí para comentarme u ordenarme cosas en voz baja, dando muestras de una locuacidad y de una dispersión de ideas patológica. Sus indicaciones podían ir desde que le recordara que teníamos que comprar una nueva fotocopiadora hasta el dictado de un correo electrónico dirigido al director del Teatro de La Scala de Milán.

El primero en hablar fue el vicepresidente, un hombre mayor, enjuto y encorvado, que gastaba gafas de culo de vaso y hablaba con la *erre moscia*, tan común en el norte de Italia. Tenía tanto miedo a la Salieri que, aunque no le gustaban los bombones de la sala de juntas —comprados por ella todos los meses en la Confetteria Filarmonica de Verona—, no se atrevía a despreciarlos abiertamente. En lugar de eso, alargaba la mano hasta el cuenco de los bombones, portando ya otro que había sacado del bolsillo, hacía que cogía uno de los que había comprado la Salieri y luego quitaba el envoltorio y se comía el que había traído él de casa.

—Voy a redactar de inmediato un comunicado de protesta, para que lo saquen esta misma tarde en *L'Arena* y en el *Corriere del Veneto* —dijo el vicepresidente, y empezó a apuntar su propia idea en un cuaderno de notas, tan ajado que parecía papiro egipcio.

La Salieri ya había decidido por su cuenta cómo había que reaccionar al *remake* de *Amadeus* y consideraba aquella reunión un mero formalismo exigido por los estatutos, por lo que no esperaba iniciativa alguna de los asistentes. Primero fulminó al vicepresidente con la más negra de sus miradas y como viera que éste —seguramente por ser tan miope— no se había dado por aludido y seguía garabateando una propuesta no solicitada, lo amonestó verbalmente.

—Eso es exactamente lo que no vamos a hacer —dijo la Salieri, comentario que bastó para que el vicepresidente tuviera un ataque de tos nerviosa y tachara de manera ostensible la idea que acababa de anotar en el cuaderno.

Teresa estaba obligada a respetar los formalismos. Por eso, y aunque sabía que los consejeros votarían cualquier iniciativa que ella les sugiriera, por delirante que fuese, prefirió motivar primero la propuesta que pensaba presentar al Consejo.

—En *Amadeus* se acusó a Antonio Salieri, de manera totalmente arbitraria, no sólo de ser el más mediocre de los compositores, sino de varios delitos. —Y para que la gravedad de la calumnia quedara aún más patente repitió—: De-li-tos —escandiendo lentamente las tres sílabas—. Se le culpó de difamar a Mozart ante el emperador, diciendo que acosaba a las alumnas. ¡Falso! De coaccionar a Constanze, la mujer de Amadeus, para que se acostara con él a cambio de ayuda económica. ¡Falso! De encargarle el *Réquiem* con la intención de interpretarlo como propio en el funeral, tras haberlo asesinado. ¡Falso, falso y otra vez falso!

El vicepresidente, reprendido por la Salieri por haber malinterpretado sus deseos, vio una oportunidad para tratar de compensar su metedura de pata.

—La película era repugnante —dijo—. ¿Sabéis que no

sólo disgustó a los admiradores de Salieri? Cuando Margaret Thatcher, que amaba a Mozart, la vio en Londres, escribió una carta a Peter Shaffer protestando por haber puesto todas esas marranadas en boca de Amadeus.

—Mi querido vicepresidente —le dijo Teresa con desprecio—, ésa es quizá la única verdad acreditada de todo *Amadeus*: que Mozart era un bocasucia.

—¿En serio? —farfulló el aludido—. Como la película contiene tantas mentiras, pensé que ésa era una patraña más. —Y para tratar de arreglarlo añadió—: ¡Por eso la cinta es tan abominable, porque confunde a la opinión pública mezclando verdad y mentira, como en ese timo en que colocan billetes auténticos sobre recortes de periódico!

—Pues ahora nos enfrentamos al *remake* de esa sarta de mentiras —dijo indignada la Salieri—. Nuestra respuesta ante *Amadeus* hace treinta años fue muy tibia. Por eso, ahora se creen con derecho a repetir la afrenta, agravándola. No voy a negar que gran parte de la responsabilidad fue de mi tío Plinio, que en el 85 estaba al frente de la Fundación. Su debilidad de carácter hoy nos avergüenza a todos, pero especialmente a mí, que llevo su apellido. Laura aún no había nacido, ¿verdad, tesoro?

Entonces se giró hacia mí y como me invitó a aproximarme a la mesa, en un gesto con el que parecía querer incluirme en las deliberaciones, me hizo sentir violenta.

—¿Sabes en qué consistieron los actos de desagravio ante *Amadeus*?

Tu tía estaba en uno de los típicos ataques de locuacidad mórbida que acompañaban sus fases de manía y yo sabía que sus preguntas eran puramente retóricas, de modo que aunque conocía la respuesta, fingí desconocerla por completo.

—Se interpretó su *Misa de Réquiem* en la catedral y se presentó una monografía sobre Antonio Salieri. Eso fue todo. ¡Hollywood estaba llamando asesino a Salieri y nosotros lo único que hicimos fue cantar misa en la catedral! Pero yo, ya me conocéis, estoy hecha de una pasta diferente. Si de mí hubiera dependido, habría salido adelante la propuesta del alcalde, que habló de erigir una estatua de Salieri frente a nuestro teatro, en el acto de pisotear la cabeza de Mozart. ¿Por qué no se hizo? ¡Por la maldita corrección política! Pero ese monumento hubiera sido una alegoría de la verdad: Salieri fue un compositor más exitoso que Mozart y siempre tuvo mucho más dinero que él: lo eclipsó como artista y como hombre, pues le ganó hasta en el número de hijos: seis de Amadeus, de los cuales se le murieron cuatro nada más nacer, contra ocho de Antonio Salieri.

»Nuestro querido vicepresidente sugiere redactar un comunicado de protesta en la prensa de Verona, pero eso supondría reducir la afrenta a una anécdota local. Como opino que Salieri es uno de los grandes nombres de la música italiana de todos los tiempos, a la altura de un Vivaldi, un Paganini o un Donizetti, me propongo convertir este asunto en una infamia nacional. ¡Que toda Italia se indigne ante este nuevo intento de convertir a uno de nuestros más grandes artistas en un delincuente sin talento!

El temor a la Salieri era tal que, aunque los consejeros no tenían aún ni la más remota idea de cómo se proponía llevar adelante su iniciativa, asintieron todos con entusiasmo.

—Hay que redactar una carta al presidente del Consiglio para que el gobierno haga llegar una protesta formal a la embajada de Estados Unidos —dijo el querido vicepresidente. Y de nuevo volvió a meter la pata.

—De ninguna manera —tronó la Salieri—. ¿Una carta al presidente, dices? ¿A ese *rimbambito* que ni siquiera ha pasado por las urnas? ¿Que está gobernando el país de carambola, porque ha dimitido un compañero de partido? Además, la relación bilateral entre Italia y Estados Unidos es desde hace años tan amigable que en Palazzo Chigi jamás harían nada que pudiera irritar a Washington. Si le damos la iniciativa de la protesta al gobierno italiano, podemos esperar sentados a que muevan un solo dedo para defender a Salieri. De la misma forma que no estoy dispuesta a reducir el conflicto a una infamia provincial, tampoco tengo intención de burocratizarlo. Esta batalla hay que darla en las redes sociales.

La mayoría de los vocales creía que Facebook era sólo un lugar amigable para intercambiar fotos entre familiares y ex compañeros de colegio, por lo que la idea de plantear una batalla político-musical a través de internet los llenó de desconcierto y estupor, que expresaron a través de interjecciones y cuchicheos.

Llegados a este punto, Teresa me hizo un gesto para que me levantara y empezara a repartir entre los consejeros de la Fundación copias de la carta de protesta que ella misma había redactado durante el vuelo que nos había traído el día anterior desde Palermo hasta Verona.

Nada más tener la carta entre las manos, los vocales se lanzaron a devorar su contenido, como si les hubieran puesto delante un plato humeante de espaguetis. Pero Teresa aún no les había suministrado todas las claves para entender la campaña que estaba a punto de emprender, por lo que los detuvo con un bocinazo.

—¡No empecéis a leer todavía! ¡Atendedme un momento!

Como niños obedientes, los consejeros dejaron el comunicado sobre la mesa y prestaron toda su atención a la presidenta.

—Se empiezan a filtrar detalles inquietantes sobre el *remake* de *Amadeus*. En *Hollywood Reporter* cuentan que van a fusionar el drama de Shaffer con el de Pushkin, lo cual quiere decir que esta vez llegaremos a ver en pantalla cómo Salieri acaba con Mozart, echándole veneno en la copa. En el primer *Amadeus*, lo dejaron en un delirio senil, pero ahora quieren pasar de la fantasía a la realidad, llevando la calumnia hasta el

27

límite. ¿Os imagináis un *biopic* de Garibaldi en el que éste apareciera retratado como un traficante de esclavos? ¿O una biografía de Verdi en la que se lo mostrara como un homosexual o un pederasta? ¿Que la verdad no importara para nada? Está históricamente acreditado que ni Garibaldi traficaba con esclavos, ni Verdi era marica, ni Salieri mató a una mosca. Pero mientras a Garibaldi y a Verdi se les respeta su biografía, a Salieri se lo arrastra por el fango desde hace dos siglos, lo cual me revuelve las tripas y me empuja a anunciaros que tengo intención de sabotear este *remake* cueste lo que cueste.

»Ya podéis leer la carta.

5

Antes de que Teresa Salieri me aceptara como su asistente personal, me había tenido un mes a prueba. Me dijo que además de comprobar si había química entre ambas, yo debía acreditar conocimientos suficientes sobre la historia de los Salieri, ya que ella era la presidenta de la Fundación y la directora del teatro y yo escribiría muchas cartas en las que no debía haber inexactitud alguna. Me facilitó un montón de libros y me tuvo estudiando durante semanas, como si opositara a notarías. Cuando lo consideró oportuno, me convocó una mañana en su despacho para hacerme un examen en toda regla. Recuerdo que la primera y única pregunta que me formuló fue cómo y cuándo había empezado la leyenda negra de Salieri. Dado que yo quería el trabajo a toda costa y deseaba causarle una excelente impresión, intenté demostrarle que conocía la historia como la palma de mi mano y me explayé todo lo que pude.

—A los pocos días de la muerte de Amadeus, ocurrida el 5 de diciembre de 1791, un periodista publicó en un diario de Berlín las habladurías que circulaban por Viena. Como el cadáver de Mozart estaba hinchado y despedía un olor nauseabundo, algunos empezaron a decir que había sido envenenado. ¿Envenenado por quién y por qué? Eso vendría mucho después. De momento sólo se decía «envenenado». El propio

Mozart, unos meses antes, le había contado a Constanze, su mujer, que a veces se sentía tan mal que tenía la impresión de que lo estaban envenenando. Ni se ha sabido nunca quiénes fueron esos «algunos» que sirvieron de fuente al diario berlinés, ni conocemos el nombre del periodista que publicó tal infamia, pero esa noticia corrió como un reguero de pólvora hasta Viena, y como el populacho está siempre ávido de morbo y de malsano entretenimiento y le da igual difundir verdad o mentira *perchè se non è vero, è ben trovato*, la calumnia se propagó por toda la ciudad en un instante.

A Teresa Salieri le estaba gustando tanto el tono y el nivel de detalle de mi relato que la vi asentir varias veces con la cabeza, mientras cerraba los ojos en un gesto de íntima satisfacción. Esto, a su vez, me dio a mí la seguridad que necesitaba para continuar recitando la lección con el desparpajo con el que había empezado.

—Durante decenios, nadie se atrevió a identificar al presunto asesino de Amadeus ni a sugerir un móvil para el crimen. Lo más curioso del caso es que las personas más cercanas a Mozart, desde el médico que le atendió en el lecho de muerte a su propia esposa, insistían en que no había sido envenenado. Pero la historia era demasiado bonita para no ser cierta, de modo que estos desmentidos no sirvieron de nada.

Teresa me escuchaba con tanta atención que parecía una niña embelesada a la que estuvieran contando un cuento de Navidad. En un determinado momento, me recordó con un gesto de la mano que a mi lado había una botella de agua y un vaso, especialmente colocados para mí, y en ese preciso instante supe que el trabajo ya era mío, pues era evidente que le estaba encantando mi relato. Con el regocijo interior que me proporcionó esta secreta convicción, proseguí con mi informe.

—Pasan los años y estamos en 1830. Los nacionalismos empiezan a hacer estragos en toda Europa. Dado que Leopold

Mozart siempre había acusado a los músicos italianos de conspirar contra los alemanes, y que el jefe indiscutible de ese clan era Salieri, resultaba inevitable que al final acabaran cargándole a él el mochuelo del supuesto envenenamiento de Mozart. Cuarenta años después de su muerte, se desencadenó una campaña de linchamiento mediático y social que nada tuvo que envidiar a las que se producen ahora en las redes sociales. Antonio Salieri se convirtió, debido al enfrentamiento entre nacionalistas austríacos e italianos, en el objeto de todas las habladurías, y esa campaña inicua de menoscabo de su imagen y su reputación, que se prolongó durante meses, le afectó de tal manera que sufrió un colapso nervioso y hubo que ingresarlo en un frenopático.

Llegados a este punto, mi relato debió de remover en Teresa alguna herida interior que distaba mucho de estar cerrada, porque la vi estremecerse en un gesto de dolor.

—¿Quién de nosotros resistiría una campaña así? —se preguntó en voz baja, como si hablara sólo para ella—. Toda Europa afirmando sin pruebas que eres el asesino de Mozart. Y tú teniendo que demostrar que eres inocente, en lugar de ser al revés, que sean los acusadores los que hayan de soportar la carga de la prueba.

Me pareció oportuno esperar a que superara este momento de aflicción antes de proseguir, pausa que aproveché para beber el trago de agua que tanto necesitaba.

—A diferencia de lo que se cuenta en *Amadeus* —proseguí—, no es que Salieri sufriera demencia senil y como consecuencia de ello empezara a delirar con que había matado a Mozart, sino que la campaña orquestada en toda Europa, acusándole de que lo había matado, lo desquició tanto que necesitó asistencia psiquiátrica. Es mentira que en esa crisis mental llegara a asumir las calumnias de las que le acusaban y confesara que lo había asesinado. Es una patraña y está documentado en escritos de la época. Tanto el médico como los dos enfermeros que lo atendieron en ese último y aciago período de su vida aseguran que no sólo no confesó su crimen, sino que se preocupó mucho en dejar claro que él no había matado a nadie. También su más devoto alumno de piano y composición, que se entrevistó con él en un momento en que estaba perfectamente lúcido, informó de que Salieri le dijo expresa e inequívocamente que él no había envenenado a Mozart.

—¿Te das cuenta, Laura —me dijo Teresa—, de las calumnias que lleva soportando mi familia desde hace siglos? Les he dicho a los padres de Luca que no se les ocurra ponerle jamás *Amadeus*. Es un niño muy sensible y sé que la película le perturbaría mucho.

En ese momento, vi tan afectada a mi jefa que le pregunté si quería que diera mi relato por terminado, pero tras un largo suspiro me hizo un gesto con la mano para que continuara.

—El infundio de que Salieri había envenenado a Mozart se propagó con tal fuerza por toda Europa que en 1830 llegó a Rusia, a oídos del poeta Aleksandr Pushkin. Seducido por la historia, escribió un pequeño drama en verso, en dos actos, titulado precisamente *Mozart y Salieri*, en el que el segundo envenenaba al primero por envidia. Según Pushkin, Salieri no soportaba que a él le costara Dios y ayuda escribir músicas poco inspiradas y que Mozart, en cambio, tuviera una pasmosa facilidad para encontrar y desarrollar ideas sublimes. El drama tuvo tanto éxito que a finales del xix, Rimski-Kórsakov compuso una ópera sobre el libreto de Pushkin con la que triunfó en Moscú. Casi un siglo después, Peter Shaffer se inspiró en Pushkin para escribir la obra de teatro *Amadeus* y poco después ayudó a Miloš Forman a adaptarla al cine.

Durante la última parte de mi relato, la Salieri se había levantado del sofá en el que se había recostado para escucharme y se puso a buscar algo en los cajones en su mesa de trabajo, que estaba a mis espaldas, por lo que pensé que se había distraído con alguna cuestión más importante y la había perdido como oyente. Mis temores resultaron infundados: nada más concluir yo mi informe, me entregó el contrato que me ligaría a ella a partir de entonces e incluso me regaló la pluma con la que estampé mi firma al final del documento, por lo que supe que me había estado escuchando todo el rato.

—Ni yo misma lo hubiera relatado mejor, querida Laura —me dijo cuando le devolví el contrato firmado—. Haremos un buen equipo, estoy segura. Siempre que no te importe desayunar un sapo cada mañana.

Y yo, que veía de aquel trabajo sólo el lado glamuroso de las bambalinas del Teatro Salieri y de los viajes internacionales, me quedé helada. ¿Un sapo cada mañana? ¿A qué se estaba refiriendo exactamente la *signora* Salieri?

6

La carta que Teresa Salieri acababa de entregar a los consejeros de la Fundación era un ultimátum dirigido al director del *remake* de *Amadeus*, Fred Zoccoli, a través del portal de internet Change.org.

El texto decía lo siguiente:

> Sustituya el guión del *remake* de *Amadeus*, lleno de mentiras sobre Salieri, por un guión que cuente la verdad histórica.
>
> La película de Miloš Forman, *Amadeus*, convirtió hace tres décadas a Antonio Salieri, uno de los compositores de más éxito del siglo XVIII, en un mediocre fracasado, blasfemo, difamador y asesino frustrado. Ahora, Hollywood pretende seguir arrojando basura sobre la memoria de este gran músico italiano y rodar un *remake* en el que veremos cómo Salieri envenena a Mozart. Bien está completar con la imaginación aspectos oscuros de la biografía de un personaje histórico, pero sustituir los hechos conocidos por otros inventados, que además resultan totalmente difamatorios, resulta moralmente inaceptable. ¿Qué pensarían los estadounidenses si los italianos hiciéramos una película sobre la guerra de Secesión americana en la que Abraham Lincoln fuera un pederasta o un drogadicto o ambas cosas

a la vez? ¿O si lleváramos al cine la biografía de Joe DiMaggio y contáramos que era impotente y que por eso Marilyn Monroe se separó de él?

Exigimos que el *remake* de *Amadeus* sirva para desmentir las infamias que se vierten sobre Salieri en la primera película.

La nueva tiene que dejar claro que:

1. Salieri no fue un compositor mediocre. Su lenguaje musical fue por momentos tan innovador que algunas óperas de Mozart, como por ejemplo *Le nozze di Figaro*, no hubieran sido posibles sin las de Salieri.

2. Salieri jamás acusó a Mozart de abusar de sus alumnas ni intentó perjudicarle económicamente. Tampoco coaccionó a Constanze, la mujer de Amadeus, para que se acostara con él a cambio de ayuda económica a su marido.

3. Salieri no sólo no boicoteó las óperas de Mozart, sino que programó algunas de ellas cuando era responsable de la música de la corte.

4. Salieri fue en vida un compositor de mucho más éxito que Mozart e infinitamente más próspero económicamente.

5. Salieri nunca le encargó el *Réquiem* a Mozart ni pensó en apropiarse de él para interpretarlo como suyo en su funeral.

Hollywood nunca había llegado tan lejos en la tergiversación de la historia llevada al cine y es hora de que no sólo los italianos, sino los amantes de la música en general, hagamos oír nuestra voz, firmando esta petición.

¡*Amadeus* es ultrajante también para los amantes de Mozart! ¿Qué gloria hay en ser grande por comparación con un mediocre?

Le damos un mes para que sustituya el infame guión que pretende llevar a la pantalla por otro que cuente la verdad sobre Salieri, advirtiéndoles de que si no se hacen los cambios que exigimos, llamaremos a boicotear la película.

Firmado:

TERESA SALIERI
Presidenta de la Fundación Salieri

Los consejeros, que llevaban una rutinaria y provinciana existencia en la pequeña ciudad de Legnago, entregados todo el año en cuerpo y alma a sus profesiones de verdad —había concejales, hoteleros, políticos locales—, ignoraban qué era el portal Change y el impacto que podían a llegar a tener sus campañas en la opinión pública, por lo que se quedaron mudos y perplejos cuando acabaron de leer la petición. Su falta de respuesta irritó a la Salieri.

—¿Y bien? ¿No tenéis nada que aportar o que comentar?

El vicepresidente, el único «liberado» del Consejo, que cobraba sueldo de la Fundación, no tenía la menor intención de enzarzarse en una discusión con Teresa, que le inspiraba terror, así que fingió estar entusiasmado.

—Me parece brillante —dijo—. Y veo en los rostros de mis compañeros —añadió mientras se limpiaba las gafas con un pañuelo, lo cual le impedía ver más allá de sus narices— que estoy expresando el sentir general.

Dado que la intervención del vicepresidente les evitaba el trago de tener que pronunciarse de forma individual sobre el escrito, los vocales respaldaron unánimemente a Teresa y empezaron a recoger sus papeles como si la reunión hubiera concluido. Sólo uno de ellos se atrevió a expresar sus dudas.

—Pero ¿estamos completamente seguros de que no nos interesa que se haga la película?

Conociendo el carácter de la Salieri, y habiéndola visto ya despedazar verbalmente en otras ocasiones con su vitriólica ironía a todo consejero que osara llevarle la contraria, la pregunta me hizo temer una carnicería, como cuando en los documentales de naturaleza ves a un ñu que se queda rezagado al cruzar el río Mara y sabes a ciencia cierta que lo va a hacer picadillo el cocodrilo. Recuerdo que mi consternación ante el rapapolvo que yo suponía que le iba a caer al consejero fue tan fuerte que me tapé la cara con las manos, para no ser testigo de la masacre. Pero en vez de saltar sobre su presa y destrozarlo verbalmente, la Salieri se mostró receptiva y dialogante, e invitó al vocal impertinente a que se expresara con entera libertad. Esto, a su vez, me dejó a mí estupefacta y me llevó al convencimiento de que por más tiempo que pasara en compañía de mi empleadora, jamás llegaría a conocerla del todo. Lo más inquietante de aquella mujer no era que pudiese desplegar a veces la fuerza devastadora de un ciclón tropical, sino el hecho de que fuese imprevisible.

—Estoy segura de que tienes una buena razón para formular esa pregunta —aseveró la Salieri—. Habla sin tapujos, que no muerdo.

Si había algo en lo que era especialista Teresa Salieri era en morder, así que la frase provocó risitas entre los consejeros.

El vocal —un abogado joven de Legnago que se ocupaba de los asuntos jurídicos de la Fundación (era, por ejemplo, quien había redactado mi contrato)— echó un vistazo al resto de sus compañeros y como vio que éstos le observaban, sonriendo con mal disimulada malicia, como espectadores de un circo romano ávido de sangre, se quedó paralizado; parecía un conejo deslumbrado a medianoche en carretera por los faros del coche que lo va a atropellar.

Teresa tuvo entonces un gesto calcado de vuestro antepasado, el gran Antonio Salieri, y que aparece (bien reflejado) en *Amadeus*: cogió el cuenco de los bombones, que contenía *capezzoli di Venere*, e invitó al abogado a que comiera uno. La misma técnica que en *Amadeus* emplea Salieri cuando quiere camelar a Constanze Mozart para que le confíe las partituras de su marido. Los *pezones de Venus*, elaborados con chocolate blanco, almendras y mazapán, y aromatizados con ron, no eran una creación de Antonio Salieri, pero sin duda él había sido esencial a la hora de popularizarlos en Viena, porque cada vez que viajaba a Italia a visitar a su familia, regresaba siempre con una buena remesa. Los *capezzoli di Venere* estaban tan asociados a Salieri que despreciarlos podía equivaler a un rechazo a su persona. De ahí que Gentile engañara a la *signora* Teresa, haciéndole creer que le encantaban.

—*Prego* —le dijo Teresa al abogado, con una sonrisa, aunque lo cierto es que sonó más como una orden que como una invitación, por lo que éste, que al igual que el vicepresidente aborrecía aquellos bombones, cogió uno del bol y en vez de comérselo en presencia de todos, lo guardó como si fuera una valiosa joya en el bolsillo de la americana, tras envolverlo con gran diligencia en su pañuelo.

—A mi mujer le encantan —dijo—. Yo, desgraciadamente, tengo un corcho en lugar de paladar.

Justo en el momento en que el vicepresidente, para hacerle la pelota a Teresa, alargaba la mano hacia el bol para hacer ver que él sí comía los bombones, tu tía los puso fuera de su alcance con una mano, mientras con la otra invitaba al abogado a que expusiera sus reticencias.

—La película *Amadeus* —dijo por fin el consejero— hizo dos cosas por Salieri: lo mostró al mundo como un compositor mediocre y un intrigante, es cierto, pero también lo convirtió en una estrella. ¿Quién había oído hablar de Antonio Salieri antes de *Amadeus*? Nadie en absoluto. Ahora ha grabado un disco con sus arias hasta Cecilia Bartoli. Su fama es ya tanta que hemos podido montar el Salieri Opera Festival y logrado que vengan a cantar a Legnago artistas de primerísima fila. ¿Lo habríamos conseguido sin *Amadeus*? Tengo serias dudas. Por eso me preguntaba si es inteligente oponernos al *remake*. Yo creo que es ir contra nuestros propios intereses, en el sentido de que un *aggiornamento* de la historia, protagonizado por Kelvin Lamont, podría servir para extender aún más su fama por todo el mundo y darlo a conocer a las nuevas generaciones. Os recuerdo que la película de Miloš Forman tiene ya más de treinta años y que, por ejemplo, mis hijas no la han visto.

Teresa Salieri escuchó el comentario con esa cara de complacencia que ponen a veces las madres cuando su hijo hace una gracia inesperada ante los vecinos, de modo que pensé que la observación del abogado no sólo no la había molestado, sino que le parecía inteligente. Pero sus palabras desmintieron mi precipitada suposición.

—Deberías dimitir en este mismo instante y creo que sabes por qué —dijo Teresa sin perder la sonrisa—. Dudo mucho de que una persona capaz de sugerir que hay que tragar con que conviertan a Salieri en un asesino para que le presten un poco de atención como músico sea idónea para trabajar en una Fundación que lleva su nombre.

—No estoy afirmando nada, porque yo mismo no lo tengo claro —dijo el vocal un tanto alarmado—. Sólo quería...

—Lo sé, plantear los pros y los contras de la cuestión, no temas, no voy a prescindir de ti. Me gustan las personas que hablan claro y que no tienen miedo de decir lo que piensan, sobre todo si yo les he requerido para ello. Entiendo tu planteamiento, pero no pienso permitir que Hollywood haga caja a costa de presentar a mi antepasado a los ojos del mundo como la suma de todos los males. Ni siquiera si eso puede traer aparejado que el Metropolitan o la Royal Opera House programen alguna ópera suya más al año. «Que hablen de uno aunque sea bien», afirmaba el gran Salvador Dalí como diciendo que lo importante es estar en boca de todos, aunque en el noventa y nueve por ciento de los casos sea para que te pongan verde. Puedo estar de acuerdo hasta cierto punto, a mí por ejemplo me encanta que me denigréis a mis espaldas.

Hubo carcajadas de todos los consejeros. Lo cierto es que despotricar contra la Salieri era el pasatiempo favorito de todos ellos.

—Los americanos, sin embargo —continuó—, han cruzado una peligrosa raya, porque están linchando a una persona fallecida, que por lo tanto no puede defenderse. Para eso, entre otras cosas, está la Fundación, para defender su reputación y su memoria. Mi tatarabuelo no sólo no era un asesino, era una excelente persona, y ese hecho está históricamente acreditado en documentos de la época que cualquiera puede consultar en nuestros archivos. Cualquiera, claro está, que tenga un mínimo de buena fe y de rigor en la búsqueda de la verdad, cosa que no se da en esa gentuza de Hollywood. A la mayoría de los alumnos les impartía clase de manera altruista, siempre que tuvieran talento. Sirvió de estímulo con sus lecciones a los compositores jóvenes más grandes de la época, desde Beethoven a Schubert. ¡Incluso tuvo como alumno al hijo de Mozart! Tenía eso que llaman «mal pronto», de acuerdo, pero se le pasaba enseguida, y si le demostraban que estaba equivocado, no dudaba en dar su brazo a torcer y reconocer su error. No era un meapilas, como se le describe en la película, ni un santurrón que hubiera hecho voto de castidad a cambio de que Dios le otorgara inspiración para componer. Se casó, tuvo hijos, tuvo aventuras (¿quién no las ha tenido?) con alguna que otra alumna y cantante, y siempre fue abstemio. Su único vicio conocido: los dulces. Donó grandes cantidades de dinero al montepío de los músicos y programó varias óperas de Mozart cuando fue responsable máximo de la música que sonaba en Viena. ¿Salieri un asesino? Señores Forman y Shaffer, no me hagan reír. No, abogado, decididamente no nos interesa que se haga esa película, no lo pienso permitir. Por encima de mi cadáver, vamos.

Así pues, con el respaldo del cien por cien de este consejo, procedo a subir a Change la petición de que Hollywood cambie el guión de la película. Y si esos malnacidos insisten en seguir con el proyecto, van a conocer el lado más desagradable de Teresa Salieri.

7

Hay algo, que quiero que quede claro: aunque los modos de Teresa eran brutales, la razón, a mi modo de ver, siempre estuvo de su parte. No la intento justificar, pero sí empatizar con ella. La empatía, tal como yo la concibo, es una especie de contagio emocional, que te lleva a sentirte como el otro, aunque no compartas la manera de reaccionar ante lo que siente.

El rencor hacia los responsables del *remake* de *Amadeus* se amplió pronto a odio enfermizo hacia todo el género humano cuando subimos la petición a Change y la firmaron sólo mil siete personas. ¡Mil siete! Tal vez mil personas a ti te puedan parecer muchas, pero para una campaña en redes sociales es una cifra ridícula, sobre todo si tenemos en cuenta que Change es un portal con cuarenta y cinco millones de usuarios. Las campañas exitosas en internet empiezan a serlo a partir de las cien mil firmas. La nuestra se perdió como una gota en el océano de las veinticinco mil peticiones al mes que hay de media en ese portal.

Para Teresa fue como si toda la raza humana aprobara con su indiferencia el linchamiento moral de Antonio Salieri. A tu antepasado lo volvió loco y a tu tía estaba a punto de ocurrirle algo parecido. Había imaginado que con su iniciativa iba a poder avergonzar a escala internacional a los responsables del *remake* y se encontró con que la que había hecho el ridículo era ella. ¿Por qué la gente no había respondido al llamamiento? *Amadeus*, con todas sus mentiras, tenía un planteamiento y un guión tan endemoniadamente hábiles que había logrado seducir al público de medio mundo y la idea de una versión donde viéramos al malvado Salieri culminando su plan de acabar con Mozart tenía entusiasmada a la gente. Y más si la nueva versión iba a estar protagonizada por la estrella del momento, Kelvin Lamont, que se había quedado a las puertas del Oscar el año anterior con una interpretación electrizante de Gustave Eiffel, el ingeniero que construyó la torre más famosa del mundo. Los espectadores entendían que en *Amadeus* se habían alterado hechos históricos y que estaba acreditado documentalmente que Salieri no mató a Mozart, pero les daba igual, o por decirlo con el nuevo lenguaje de la posverdad —el mismo que había permitido que triunfase el *brexit* y había aupado a Donald Trump al poder— lo consideraban «de importancia secundaria». Especialmente decepcionante fue la respuesta a la campaña en Italia, donde no sólo hubo poquísimas firmas, sino que se publicaron comentarios ridiculizadores de la petición y se acusó a la Fundación Salieri —sobre todo desde los diarios del sur, tradicionalmente enfrentado al norte— de querer hacerse publicidad a costa de la película.

Además, el hecho de que Salieri hubiera muerto hacía dos siglos restaba importancia a las calumnias de la película e incluso daba legitimidad moral al *remake*: del mismo modo que a los setenta años desde la muerte de un compositor, su obra pasa a ser de dominio público, también su biografía parecía ser susceptible de alterarse *ad libitum*. Sobre todo si esa manipulación escandalosa de la verdad histórica se había perpetrado con el encomiable propósito de entretener a los espectadores.

Mientras se recuperaba de aquel revés y pensaba qué podía hacer para boicotear la película, la atención de Teresa volvió a concentrarse en Luca, que seguía sin ir al colegio (aunque daba clases con un profesor particular), a la espera de que la Fiscalía de Menores culminara la investigación por *bullying* e identificara a los responsables del acoso. Tus padres eran partidarios de cortar por lo sano, quitarse de problemas y cambiarlo de colegio.

—¡Es lo que nos ha pedido Luca! —decían para dar más fuerza a sus argumentos y desarmar a Teresa, como diciéndole: «No querrás contrariar a tu sobrino preferido, ¿verdad?».

Pero tu tía opinaba que Luca, que aún era menor de edad, tenía poco o nada que decir en ese asunto y que el cambio de colegio era lo último en lo que había que pensar; tras su inflexible actitud no había simple cabezonería o la soberbia fanática del que quiere quedar siempre por encima de los demás. «Antes de permitir que te saquen del colegio saltarán ellos por la ventana», le había prometido a Luca, en voz bien alta, para que lo escucharan también tus padres. Teresa se había informado bien antes de bajar a Palermo: cuando se produce un caso de acoso escolar, los expertos aconsejan no cambiar a la víctima de centro, porque eso es tanto como mandar el mensaje de que cuando hay problemas lo mejor es huir de ellos y poner tierra de por medio. La clave radica, por el contrario (además de en identificar a los acosadores, expulsarles del colegio o al menos imponerles fuertes multas que pagan sus padres), en ayudar al acosado a recuperar su autoestima y a defender su imagen y su dignidad en un ambiente hostil. Pero es un proceso largo y complejo, en el que hay que estar muy pendiente del niño acosado y tus padres, que trabajaban de la mañana a la noche, no tenían ni tiempo ni fuerzas para eso.

Con objeto de ayudar a Luca a que dejara de sentirse una mierda (en lenguaje pedante lo llaman «recuperación de la autoestima»), Teresa me encargó que preparara una lista muy exhaustiva y minuciosa de todas las inexactitudes y fal-

sedades contenidas en *Amadeus*, un *fact check*, como lo llaman los periodistas, para que Luca pudiera cerrar la boca a
sus compañeros cada vez que éstos se metieran con él por ser
un Salieri. Como tendrás ocasión de comprobar más adelante, los hechos falsos superaban de manera abrumadora a los
ciertos.

8

Ansiosa por conocer cualquier pequeño detalle que se pudiese filtrar sobre *Amadeus*, el *remake*, Teresa empezó a comprar semanalmente todas las publicaciones que pudieran incluir noticias y chismorreos sobre los proyectos de Hollywood, desde *Entertainment Weekly* a *Variety*, pasando por *Hollywood Reporter*, *Vanity Fair* o *Little White Lies*. Precisamente en esta última leyó que, al igual que había sucedido en el primer *Amadeus*, también en el *remake* habría algunas escenas rodadas en Italia. ¿Vienen a mi país a rodar una historia que cubre de mierda a uno de sus hijos más ilustres y nadie dice nada? La noticia la llenó de indignación, aunque ¿qué podía hacer ya ella? El fracaso en Change le había mostrado el poco interés que tenían los italianos por cualquier asunto que tuviese que ver con Salieri. Eso la hacía sentirse como una especie de don Quijote con falda, luchando contra los molinos de viento de la desidia y la ignorancia de sus compatriotas. Ésos sin duda eran los sapos que Teresa me anunció que tendríamos que desayunar cada mañana en nuestro esfuerzo por sacar adelante todo lo que tuviese que ver con la Fundación.

Durante el verano anterior, por ejemplo, el Teatro Salieri había anunciado que hacían falta cuatro figurantes para completar el reparto de una de las grandes óperas del italiano:

La scuola de' gelosi. Hasta Goethe había ido a verla y había salido hablando maravillas de ella. Teresa había comprado hace años, en una subasta, la carta de agosto de 1784, que el poeta alemán había remitido a su amante, la escritora Charlotte von Stein, después de asistir a la representación:

> La ópera de ayer era encantadora, muy bien interpretada: *La escuela de los celosos*, música de Salieri, la ópera favorita del público y el público tiene razón. Es de una riqueza y una variedad asombrosas, y en todo se aprecia un gusto muy refinado. Mi corazón te evocó en cada aria, sobre todo en los finales y en los quintetos, que son admirables.

Pues bien, a pesar de la calidad y la importancia de la ópera, una de las de mayor éxito en toda Europa en todo el siglo XVIII, solamente dos personas se habían presentado al casting. ¡Para la ópera que iba a abrir la temporada del Teatro Salieri en otoño! ¡Mientras que en la vecina ciudad de Verona, siempre había tiros entre los figurantes para participar hasta en el montaje más trivial!

—Esto es el daño que hizo *Amadeus* —me dijo Teresa al recordar el fiasco del verano anterior—. La película está tan bien urdida que logró convencer a todo el mundo de que Salieri era un mediocre. Por eso nadie quiere verse asociado con su nombre. ¿Cómo va a ser un mediocre un músico del que Goethe hablaba maravillas? ¡Hasta a Mozart le encantaba Salieri! ¿O es que nadie se acuerda de que compuso seis variaciones para piano sobre una melodía suya, «Mio caro Adone», extraída de otro de sus grandes éxitos, *La fiera di Venezia*? Si escribió esas variaciones es porque le gustaba la música de Salieri.

Para el *flashback* de Salieri en Italia, Miloš Forman había elegido un pueblecito de la Maremma toscana llamado Monte

Argentario: los momentos en que el niño Salieri aparece jugando a la gallina ciega mientras Mozart, seis años más pequeño que él, ya toca ante papas y emperadores, o la secuencia en que el padre de Salieri muere atragantado con la comida, estaban rodados allí. El director del *remake*, Fred Zoccoli, un hombre en la treintena, «de un atractivo físico insultante», como le habían definido en la revista *People* y que ya había demostrado su talento en un par de películas, quería incluir en el *remake* una escena en Venecia, para mostrar un momento decisivo en la vida de Salieri: aquel en que el compositor de corte Florian Leopold Gassmann se encariña con él y decide llevárselo a Viena para darle una completa formación musical. Como era un enamorado de Italia y obsesivo, al que le gustaba controlar hasta los más nimios detalles del rodaje, Zoccoli viajó a Venecia en compañía de su director de fotografía y otros miembros del equipo, al objeto de elegir los rincones concretos de la ciudad que aparecerían en su película.

Teresa y yo habíamos subido también a Venecia, porque el contratenor Philippe Jaroussky estaba actuando en La Fenice y Teresa quería entrevistarse con él para traerlo a Legnago al verano siguiente. Nos encontrábamos en la terraza del Caffè Florian, tomando uno de esos cafés por los que te cobran la tarifa más alta del mundo con el argumento de que estás en el lugar más bonito del mundo, cuando Teresa y yo empezamos a lamentarnos entre nosotras del ruido infernal que hacían los turistas de las mesas contiguas. En la carpa que monta el Florian cuando llega el buen tiempo estaba actuando un pequeño grupo de cámara que interpretaba a Vivaldi, pero los turistas que abarrotaban la terraza no sólo no prestaban atención, sino que hablaban a un volumen que nos hacía difícil escuchar la música. Teresa estaba indignada, y en uno de sus típicos prontos salierescos (el gran Salieri también era propenso a los ataques de cólera, aunque se le pasaba el enfado enseguida) estuvo a punto de levantarse de nuestra mesa para echarles la bronca a un grupo de *hooligans* que nos estaba amenizando el concierto.

—No sirve de nada, Teresa —le dije sujetándola del brazo—. Te van a decir que ellos hablan a gritos porque los de la mesa de al lado también chillan y que además esto es la calle y hablan como quieren. ¿Por qué en vez de reñirles a ésos —añadí en broma— no felicitas al grupito que tenemos detrás? Están escuchando a Vivaldi en religioso silencio, como si estuviéramos en la basílica de San Marcos.

Logré contener a Teresa con mi comentario y vi cómo se giraba con curiosidad para ver a qué grupo me estaba refiriendo. Fue ella la que reconoció a Fred Zoccoli, sentado, junto con otros miembros del equipo de rodaje, a dos metros escasos de nosotras.

9

Por un momento pensé que el inesperado avistamiento del máximo responsable del *remake* de *Amadeus* iba a provocar en mi temperamental jefa una reacción similar a la del capitán Ahab, cuando por fin se encuentra frente a frente con Moby Dick, pero para mi sorpresa, Teresa se limitó a sonreír y comentó muy seria, como si fuera algo malo:

—¡Es más guapo aún en persona que en las fotos!

Apreciación que no tuve más remedio que compartir.

Mientras el grupo de cámara remataba la pieza de Vivaldi, estuve observando a Teresa y vi por su entrecejo fruncido que estaba tramando algo. Mis suposiciones quedaron confirmadas cuando al terminar la actuación, el grupo en el que estaba Fred Zoccoli se levantó y se dispuso a abandonar la terraza. Teresa había estado aguardando ansiosamente ese momento y en cuanto vio que el equipo de rodaje levantaba el campamento, abordó a Zoccoli y se puso a hablar con él como si le conociera de toda la vida. Dado el temperamento de Teresa y lo indignada que estaba con el *remake* de *Amadeus*, confieso que lo primero que pensé, cuando la vi ir hacia Zoccoli, fue que iba a montar una escena en mitad de la plaza de San Marcos y que nuestro agradable café en el Florian iba a terminar con los *carabinieri* llevándosela esposada por alteración del orden público. Pero al comprobar que ambos departían alegremente en mitad de San Marcos —Teresa incluso me presentó a distancia, señalándole a Fred la mesa donde yo estaba sentada—, mi estupor ante las siempre imprevisibles reacciones de la Salieri tocó techo. Desde donde yo me encontraba y debido al bullicio en la plaza, me era imposible escuchar de qué hablaban, pero por los gestos de ambos, que eran de clara complicidad, me di cuenta de que «había ligado la mayonesa», por utilizar una expresión que usaba a menudo Teresa cuando había química entre dos personas. Tan interesado y pendiente se hallaba Zoccoli con lo que le estaba contando la Salieri, que hizo un gesto a su grupo para que se fuera adelantando, mientras él terminaba de hablar con aquella mujer fascinante. Al ir a despedirse, Teresa abrió el bolso y le entregó su tarjeta, por lo que supe en el acto que volveríamos a tener noticia del señor Zoccoli antes incluso de abandonar Venecia.

10

Desde el mismo momento en que Teresa Salieri fracasó con su campaña anti-*Amadeus* en internet, llegué a la conclusión de que, si queríamos rehabilitar a Salieri como músico y como persona, lo que había que hacer no era tanto boicotear la película de Zoccoli, sino tratar de sacar adelante nuestro propio *biopic* de réplica. En Italia siempre han abundado cineastas extraordinarios y magníficos compositores de bandas sonoras. Había que atraer a nuestro proyecto a los Taviani o a Sorrentino, por citar sólo un par de nombres, y que Ennio Morricone, que siempre ha desconfiado de Hollywood, se encargara de la banda sonora. Así podríamos plantar cara al *remake* de *Amadeus* con bastantes probabilidades de éxito. Como a mí siempre me ha gustado escribir y me conocía ya la historia de Salieri como la palma de la mano, decidí empezar a redactar un borrador del guión que tenía en la cabeza, antes de comentarle nada a Teresa. En cuanto empecé a escribir, tuve claro quién iba a ser el malo de la película: el padre de Mozart, un paranoico delirante con el suficiente poder de persuasión como para convencer a su hijo de que todos sus fracasos se debían a las conspiraciones de Salieri; y con recursos de sobra para hacer creer a Europa entera que Amadeus era, como su propio nombre indica, el elegido de Dios, el que escribía al dictado las celestiales partituras que el Ser Supremo le confiaba en sueños.

La historia que comencé a vislumbrar en mi imaginación era tan impactante que cuando me puse a pasar mis ideas al ordenador me empezaron a temblar las manos. *Salieri* —ése era el sucinto y contundente título que había decidido para mi historia— iba a ser la respuesta a *Amadeus*, una película en la que no sólo iba a quedar acreditado que el antepasado de Teresa no mató a Mozart, sino que entre víctima y verdugo todo había sucedido exactamente al revés de como nos lo habían contado: Salieri era un compositor reverenciado en toda Europa, ocupaba el cargo musical más importante de la corte —que es como decir del mundo— y ganaba muchísimo dinero. Mozart en cambio, aun siendo más genial que él, se veía obligado a sobrevivir dando conciertos y apenas tenía alumnos, que era el medio principal por el que los compositores *freelance* podían ganarse mejor la vida. ¿Quién envidiaba a quién? ¿A quién podía irritar que un músico menos dotado —¡nunca mediocre!— ocupara los puestos a los que él se sentía acreedor? La cantidad de pruebas que había a favor de las hazañas musicales y humanas de Salieri era de tal calibre que cuando empecé a escribir las secuencias iniciales, lo primero que pensé fue: «¡Los mozartianos nos van a matar! ¡Vamos a desacreditar a la vaca más sagrada de todo el firmamento musical!». E imaginé las paredes del Teatro Salieri llenas de pintadas llamando «puta» a Teresa y su buzón de voz saturado de llamadas anónimas, amenazándola de muerte por haber desmontado el mito Mozart.

Quería que mi película fuera una tragicomedia musical y mostrara al público a un Leopold Mozart que había convencido a su hijo de que la única manera de lograr un cargo de importancia en Viena era eliminando a Salieri. Además de los triunfos artísticos del italiano y de los fracasos del austríaco (que tuvo unos cuantos, muy sonados), mi guión retrataría la miseria moral de Leopold y la pasividad de Amadeus que, por no enfrentarse a su delirante padre, habría sido cómplice

—al menos por omisión— de todos los intentos de acabar con el italiano. Aún no sabía lo lejos que quería llegar en mi historia. ¿Habría amagos de asesinato? En mi excitación inicial, imaginé escenas de vodevil, en las que Leopold intenta atropellar a Salieri con una carreta que pierde una rueda al doblar una esquina, de tal modo que el italiano ni siquiera llega a enterarse de que ha estado a punto de morir. Cuantos más golpes de suerte tiene Salieri, que se libra siempre en el último momento de marcharse al otro barrio, más se enfurece Leopold Mozart.

Al repasar la lista de todas las enfermedades que había padecido Mozart a lo largo de sus treinta y cinco años de vida, me di cuenta de lo dañino que había sido Leopold para su hijo: desde su más tierna infancia y durante años, lo obligó a viajar como un mono de feria por los más insalubres caminos de Europa y lo alojó en las más gélidas e inmundas pensiones. La lista de enfermedades que contrajo Amadeus durante su infancia y adolescencia por culpa de la vida que le dio su padre es escalofriante: desde fiebres tifoideas a ictericia, pasando por infecciones por estreptococos a la terrorífica viruela que estuvo a punto de acabar con él y que le dejó la cara marcada para siempre. Leopold se negó a inocular a su hijo contra la enfermedad y le hizo padecer horriblemente durante semanas. Todas estas enfermedades, unidas a la mala alimentación, fueron minando la salud del pequeño Amadeus y dejaron seriamente debilitado su sistema inmunológico. Leopold podría haberlo evitado, pero prefirió explotar a sus hijos hasta el final.

Este trato inhumano de Leopold hacia Amadeus y su hermana, Nannerl, fue lo que me hizo concebir, entre otras cosas, el sorprendente final con el que iba yo a rematar mi guión. Y para demostrar la catadura moral de Leopold y desmontar una de las hazañas musicales más cacareadas de la vida de Mozart, decidí también incluir mi propia versión de la transcripción del *Miserere* de Allegri. Leopold solía alardear de que Amadeus había logrado memorizar y transcribir, con sólo haberla escuchado una vez en Roma, la partitura más secreta y mejor guardada de todo el orbe cristiano. Tal como yo decidí narrarlo en mi película, quedaba patente que todo había sido una farsa urdida por el padre de Mozart para engordar el mito que se había creado en torno a su hijo.

¿Acaso no dijo Peter Shaffer que en *Amadeus* nunca había pretendido ser veraz, sino que se trataba de una fantasía sobre lo que pudo haber sido y no fue? Pues yo había decidido que en mi guión también era libre de alterar los hechos a mi conveniencia. Y los alteré, pero sólo lo justo para que todo el relato fuera, *se non vero, ben trovato*.

11

Salzburgo,
13 de diciembre del año de Nuestro Señor de 1770

A la vista de lo exitosa que había sido la gran gira que la familia Mozart había hecho por Europa Central, cuando Amadeus no era más que un mocoso, Leopold decidió emprender con él otro largo viaje, esta vez por Italia, para que se familiarizara con el bel canto —idolatrado por los vieneses— y aprendiera el idioma de Salieri, en el que estaban compuestos casi todos los libretos de la época. Además de en la ópera, los italianos eran también los más apreciados en música religiosa y llevaban doscientos años innovando en otros géneros, que era obligado que Mozart conociera. Nannerl tenía ya dieciocho años, por lo que Leopold había decidido que su formación era más que suficiente. La hermana de Wolfgang era probablemente tan talentosa como él, pero al tratarse de una mujer, resultaba impensable que se dedicase a la composición en vez de casarse, procrear y cuidar de la familia. Si Nannerl no iba a viajar, también debía quedarse en casa Anna Maria, su esposa, a pesar de que la sufrida mujer llevaba años rogándole que las llevara a conocer la soleada Italia. Además, las dos sabían que el viaje de Leopold y Amadeus podría durar meses, quizá años, y que no volverían a verlos hasta pasado muchísimo tiempo, lo cual se les antojaba insoportable. Para evitar una despedida demasiado emotiva y lacrimógena, en la que habría también reproches para él, por haberlas excluido cruelmente del viaje de sus sueños, Leopold dio instrucciones a Wolfgang —que aún no había cumplido los catorce años— para que tuviera todos sus enseres listos y empacados desde la noche anterior, pues su plan era salir al alba, mientras madre e hija aún estuvieran dormidas. El joven Amadeus tenía situado a su padre en un pedestal —«después de Dios viene papá»— y aunque le resultó tremendamente doloroso no poder despedirse de su madre y de su hermana, jamás se le hubiera ocurrido cuestionar las instrucciones de su padre y obedeció sin rechistar.

El día 30 de marzo de 1770, tras un viaje infernal que les llevó, a través del paso del Brennero, hasta Mantua, Milán y Bolonia, Mozart y su padre llegaron a Florencia. En Bolonia, gracias a la habilidad para el mercadeo de Leopold, habían obtenido una carta de recomendación para el papa Clemente XIV, firmada por el conde Pallavicini. El cambalache había sido el siguiente: a cambio de que Mozart honrara al conde con un concierto de exhibición en su palacio, éste les allanó con sendas epístolas, además del encuentro con el Santo Padre en Roma, también una cita en Florencia con el hermano del emperador, el gran duque Leopoldo, que residía en Palazzo Pitti.

El gran duque se mostró cordial con los Mozart, a quienes recordaba de un encuentro en Viena, ocurrido algunos años antes.

—¿Habéis dejado en casa a vuestra esposa y a vuestra hija, herr Leopold? —preguntó el hermano del emperador nada más verle.

La verdadera razón por la que Leopold había dejado abandonadas en Salzburgo a Anna Maria y a Nannerl era, como casi siempre en él, inconfesable: resultaba el doble de caro viajar con ellas que sin ellas y Leopold quería exprimir aquel costoso viaje hasta el último florín. En su intento de que aceptaran quedarse en Salzburgo sin refunfuñar, obvió de forma ladina toda referencia al dinero y argumentó que el viaje iba a resultar tan agotador como peligroso. Los caminos en Italia, les explicó, estaban plagados de baches, infestados de bandoleros y las pensiones eran de mala muerte. Lo que ellas fantaseaban como una aventura encantadora y excitante les iba a suponer una agónica odisea. Tanto Nannerl como Anna Maria no quedaron en absoluto convencidas, pero cedieron de mala gana ante la obcecada renuencia de Leopold a llevarlas consigo.

—Ambas están delicadas de salud —mintió al duque en voz baja, para que Wolfgang no pudiera oírle— y dado que mi hijo y yo pensamos prolongar el viaje tal vez hasta el año que viene, me pareció abusivo exigirles que nos acompañaran en un viaje tan largo y fatigoso.

Al objeto de persuadir a su esposa y a su hija de que habían hecho muy bien en quedarse en casa, Leopold, a espaldas de su hijo, les enviaba una carta tras otra desde Italia, quejándose de la cochambre y el frío de las posadas y de lo poco rentable que estaba resultando el viaje en términos económicos.

«Nos hemos resignado ya —decía mintiendo descaradamente— a que el pago por cada exhibición sea en bravos y en aplausos.»

Llegaron a Florencia con tiempo excelente y si no se hubieran demorado tanto en su partida, Mozart y Leopold habrían llegado a Roma sin dificultades. Pero el gran duque de Toscana era nada menos que el hijo de María Teresa de Austria, y había que congraciarse con él a toda costa; los Mozart se entretuvieron en adularle más de la cuenta, actuando en varias ocasiones en Palazzo Pitti, ante una concurrencia que no dejaba de extasiarse con las habilidades del joven prodigio. Particularmente brillante fue el concierto que Wolfgang dio en compañía de un extraordinario violinista llamado Pietro Nardini, a quien habían conocido años atrás durante su primer gran viaje por Europa Central.

La noche del 5 de abril, el tiempo había empeorado hasta tal punto que resultaba muy arriesgado emprender viaje hacia la Ciudad Eterna. Los caminos estaban tan embarrados que se hacía imposible transitar por ellos. La ruta principal hacia Roma estaba temporalmente cortada debido a la borrasca y para avanzar habrían tenido que internarse por peligrosos vericuetos secundarios, en los que resultaba fácil ser víctima de una partida de cuatreros o despeñarse con el carruaje por un talud. Muy a su pesar, Leopold estaba a punto de tomar la decisión de abortar el viaje al sur, que iba a incluir Nápoles, además de Roma, y regresar a Salzburgo.

Recostado sobre la cama de una sórdida y gélida pensión florentina, Leopold hacía que leía la Biblia para compensar las blasfemias que profería en su atormentado monólogo interior, incapaz de soportar la frustración que le producía aquel fatídico contratiempo meteorológico. A pesar de lo tardío de la hora, se filtraban a través de la puerta las risotadas y los gritos de otros clientes del establecimiento que, sin mostrar ninguna consideración hacia el resto de los huéspedes, armaban jarana en el pasillo, como si fueran borrachos de taberna. Un segundo antes de levantarse a protestar, Leopold alzó la vista del libro sagrado y le llamó la atención el hecho de que Wolfgang, sentado en pijama en el suelo húmedo y frío de la habitación, estuviese garabateando de manera compulsiva notas y más notas sobre papel pautado. Parecía un crío de cinco años jugando con soldaditos de plomo, a punto de escenificar la batalla final.

—Vas a coger frío, hijo. He oído hablar de suelos más gélidos que el de esta pensión, pero estaban en las mazmorras de las Inquisición.

Sin levantar la vista de la partitura que estaba rellenando, Mozart respondió a su padre con un cuesco espectacular.

—Solucionado, padre —dijo sin inmutarse—. Acabo de dejarlo calentito.

Las bromas escatológicas eran relativamente frecuentes cuando estaban en familia, de modo que Mozart sabía que su padre no le iba a regañar por aquella grosería. Esperó unos segundos para que Leopold terminara de asimilar aquel atronador regalito y luego soltó una estruendosa carcajada, que hizo que se dibujara una sonrisa en el casi siempre adusto rostro de su progenitor.

—Ven a la cama, Wolferl —le dijo afectuosamente—. Mañana nos espera un largo viaje. Regresamos a Salzburgo, así que no puedes ponerte malo.

Amadeus estaba tremendamente ilusionado con la perspectiva de conocer la Ciudad Eterna y de poder agasajar con su música al Santo Padre, por lo que el súbito anuncio de Leopold le cayó como un jarro de agua fría. Más que eso: parecía, por su expresión, que le acabaran de anunciar la muerte de un familiar.

—¿Volvemos a casa? —La voz le temblaba—. ¿Y Roma?

—Roma tendrá que esperar. Está casi a trescientos kilómetros y las lluvias han hecho impracticables los caminos. No sabemos cuánto puede durar este tiempo infernal, así que no podemos arriesgarnos a quedar atrapados en el fango, en mitad de la nada. Sobre todo porque en la frontera con los Estados Pontificios hay bandidos. No tengo la menor intención de regalar a una cuadrilla de bandoleros todo lo que hemos recaudado ya en Mantua, Parma o Verona.

—Tenía un regalo para ti, que pensaba entregarte en cuanto divisáramos San Pedro —dijo Amadeus, conteniendo a duras penas un sollozo.

Wolfgang había terminado de componer hacía pocos días, en la ciudad de Lodi, su primer cuarteto de cuerda, por lo que Leopold imaginó que podía tratarse del comienzo de una pieza similar. O tal vez fuera un ejercicio de fuga del afamado padre Martini, que le había dado clases en Bolonia durante varios días.

—Déjamelo ver. ¿Qué es?

—Una transcripción, padre. Estoy pasando a papel el *Miserere* de Allegri.

Esta vez fue Leopold el que se quedó sin palabras. Con un gesto impaciente de la mano, le ordenó a Wolfgang que se acercara. Éste le colocó amorosamente la partitura en el regazo para que la examinara a conciencia.

—Sólo me faltan algunas voces de la parte final, que es a nueve, pero las completaré mañana sin problema.

A Leopold le temblaban las manos de excitación, parecía un alquimista que acabara de descubrir la piedra filosofal.

—¿Tenemos el *Miserere*? ¿Todo?

—Eso parece, padre.

—¿Cómo es posible? ¡Si no lo has oído nunca! ¡Sólo puede escucharse en la Capilla Sixtina!

—Pero Martini posee una copia, que le regaló el Papa. La tarde que yo me encontraba indispuesto y tú y Martini fuisteis a dar un paseo por Bolonia, me levanté a curiosear entre los anaqueles de sus partituras y encontré el *Miserere*. ¡Como para no aprendérmelo de memoria!

—¡Es un milagro, un milagro! —decía su padre mientras pasaba con avidez las páginas del *Miserere*.

Leopold no era un gran compositor, pero sí un músico competente, capaz de escuchar en su cabeza la compleja polifonía renacentista que le acababa de entregar su hijo, por lo que al punto entró en trance y pareció levitar con las sublimes armonías que empezó a reproducir internamente.

Y de repente, sin solución de continuidad, en mitad de

aquella ingravidez místico-musical, surgió en su mente una ocurrencia diabólica, que convirtió su expresión de monje extasiado en una máscara luciferina e inquietante. Leopold era un manipulador nato y acababa de concebir un plan, que bien ejecutado, podría dejar boquiabierta a la curia y al mismísimo papa Clemente.

—¡Aún faltan quince días para la Semana Santa! —dijo tras saltar de la cama con la energía de un quinceañero—. ¡Olvida todo lo que he dicho, Wolferl, no regresamos a Salzburgo! Aunque tardemos dos semanas en llegar a Roma, el riesgo ahora sí merece la pena. ¡Porque desde el último monaguillo al mismísimo Vicario de Cristo, toda la Ciudad Eterna caerá rendida a nuestros pies!

—¿Qué se te ha ocurrido, padre?

—Te lo contaré cuando completes las voces que te faltan. Para que mi plan sea un éxito, necesito que no haya fallo alguno en la partitura.

El miércoles 11 de abril de 1770, tras una travesía dantesca en la que se confirmaron todos los temores de Leopold en cuanto al estado de los caminos, padre e hijo llegaron por fin a Roma, en plena Semana Santa. Nada más instalarse en la Ciudad Eterna —en el palacio del cardenal Pallavicini, hermano del conde que tan bien les había tratado en Bolonia— Leopold le escribió la enésima carta a Anna Maria, para contarle lo amargo que estaba resultando el viaje por Italia y el poco dinero que estaban recaudando. Nada le dijo —porque no confiaba en su discreción— de la gigantesca farsa que estaba a punto de escenificar en Roma, para impresionar al Papa y mostrar al mundo entero el milagro hecho carne que era Amadeus.

El *Miserere* de Gregorio Allegri era en aquella época la partitura más y mejor celosamente guardada de todo el orbe terráqueo: una composición polifónica a nueve partes reales, que incluía también canto gregoriano, de inspiración tan sublime que el Papa tenía prohibido que saliera del Vaticano, bajo pena de excomunión. El *Miserere* era la gran banda sonora del llamado «oficio de tinieblas», una de las ceremonias más sobrecogedoras de toda la liturgia católica. Cada año, el Miércoles Santo y el Viernes Santo, en la Capilla Sixtina, se encendía un candelabro especial en el altar llamado «tenebrario», que sujetaba quince cirios simbolizando los once apóstoles (menos Judas) más las cuatro Marías (María Salomé, María de Cleofás, María Magdalena y la Virgen María). A ambos lados del altar se situaban dos coros enfrentados, uno de cuatro voces y otro de cinco, y el Papa se ubicaba en medio, postrado de hinojos ante el tenebrario. A una señal del maestro de capilla, el prodigioso coro de *castrati* de la Sixtina empezaba a entonar los Salmos de Pascua y las velas se iban apagando una a una, hasta que al final sólo quedaba la más importante, el cirio que simboliza a la madre del Redentor. Con la Capilla Sixtina cada vez más en penumbra, los mejores *castrati* de Europa cantaban durante doce trepidantes minutos el *Miserere* de Allegri, el más hermoso de todos los compuestos hasta entonces sobre el Salmo 50 de la Biblia.

A nadie le extrañaba que el Santo Padre no quisiera compartir aquella música sublime. En teoría, la única copia que había del *Miserere* era la que se guardaba en la Sixtina, pero sólo en teoría. El Papa había obsequiado con esta mítica partitura a tres personalidades europeas con las que había querido quedar especialmente bien. Una era Leopoldo I de Habsburgo, emperador del Sacro Imperio Romano, rey de Hungría y de Bohemia. Otra copia la tenía el rey de Portugal y la tercera estaba en poder de la mayor eminencia musical de Italia, el ya mencionado padre Martini, de cuyas enseñanzas, vía Giuseppe Simoni, se benefició también Salieri.

Cuando Wolfgang y Leopold fueron invitados a asistir al oficio de tinieblas en la Capilla Sixtina, ya tenían el *Miserere* completo pasado a papel, porque el joven prodigio, sin que absolutamente nadie lo supiera, había tenido una tarde entera para memorizarlo.

Para llamar una atención que a Leopold nunca le parecía suficiente, anunciaron a bombo y platillo que Wolfgang había logrado retener en su cabeza, nota por nota, tras una sola audición, doce minutos de música de compleja polifonía renacentista. Los Mozart —como buenos austríacos— eran católicos, y la excomunión era sin duda el castigo más terrible para ellos, ya que suponía quedar apartado de la Iglesia para siempre, excluido de sacramentos como la comunión y la extremaunción. El pequeño Amadeus se avino a protagonizar la farsa que había urdido su padre, pero lo hizo aterrorizado, pues de haberse consumado el castigo papal, habría ido derecho al infierno. Leopold era tan ambicioso que no titubeó a la hora de exponerle a la excomunión, en una arriesgada jugada de ajedrez en la que el fracaso habría supuesto la condenación eterna de su propio vástago. Afortunadamente para Wolfgang, el gambito salió bien y el Papa no sólo no le excomulgó, sino que impresionado por su hazaña, le concedió la Espuela de Oro. Esta condecoración era una de las más importantes que podía otorgar el Santo Padre e, irónicamente, servía para distinguir a aquellas personalidades que se hubieran destacado por su defensa del catolicismo. Aunque daba derecho al título de caballero, Mozart, a diferencia de Gluck, el maestro de Salieri, nunca lo usó, tal vez por la culpa de haberlo obtenido mediante un fraude. Sí conservó como oro en paño hasta su muerte el breve mensaje de elogio que el papa Clemente XIV le hizo llegar tras otorgarle la espuela: «*Te, quem in suavissimo cymbali sonitu a prima adolescentia tua excellentem esse intelleximus...*».

12

Teresa era una mujer fascinante capaz de seducir, como la Anne Bancroft de *El graduado*, a cualquier hombre que se propusiera. A sus elegidos los engatusaba con la sonrisa, capaz de iluminar hasta la alcoba más tenebrosa; con su distinguida y sobria manera de vestir —siempre de negro Armani—, y con su voz grave, caracterizada por esa ronquera erótica con la que cantantes como Tina Turner o Bonnie Tyler nos prometen placeres prohibidos. Acababa de cumplir cincuenta y cuatro años, pero como hacía pilates con frecuencia obsesiva, conservaba un cuerpo envidiable. Hablaba un inglés fluido, que trufaba de cuando en cuando de frases en francés, en parte para demostrar al otro que dominaba el idioma de Molière y en parte porque la consideraba la lengua más sexy del mundo. Imagínate lo que podía llegar a ser para un hombre oír de sus labios la frase «*nous avons en attendant un rendez-vous*», con la «r» inicial un poco exagerada, a lo Edith Piaf, y pronunciada con una voz arrastrada y quejumbrosa. Si su manera de andar y su sonrisa eran la estocada certera, sus insinuaciones en francés eran el descabello con el que hacía caer rendidos a sus pies a los hombres. Además, como Antonio Salieri había conseguido sus mayores triunfos en París, se consideraba, por así decirlo, en deuda con los franceses, y eso la había llevado a estudiar su lengua y su literatura con religiosa devoción. Teresa era capaz de recitarte diálogos enteros de las comedias de Beaumarchais, un dramaturgo que antes de colaborar con Mozart lo había hecho con Salieri.

Ni que decir tiene que cuando Fred Zoccoli se enteró aquella tarde en Venecia de que Antonio Salieri, el músico sobre el que iba a rodar su próxima película, tenía una decanieta tan *charmant* como Teresa, se volvió loco de entusiasmo. Como la campaña de Change había sido un desastre, no había trascendido a la prensa, así que Zoccoli ignoraba lo furiosa que estaba la Salieri con su película; y dado que ella quería acercarse a él y tratar de influir en el guión, para que fuera lo menos lesivo posible para su antepasado, decidió ocultarle que no hacía ni un mes que había intentado cargarse su proyecto. Hasta tal punto quedó encantado con Teresa —y debo decir que también conmigo— que aunque su viaje de localización ya había concluido, decidió prorrogar su estancia en Italia para estar más tiempo con nosotras. ¡Por supuesto que quería conocer Legnago, la ciudad natal de Salieri! ¡Naturalmente que deseaba ver algunas de las partituras autógrafas del músico, que Teresa custodiaba como oro en paño en la Fundación Salieri! ¿Y los *capezzoli di Venere*? ¡No podría regresar a Estados Unidos sin probarlos!

Teresa quería seducir a Fred, así que lo invitó a cenar en su restaurante preferido, que no estaba ni en Venecia ni en Legnago, sino en Verona, una ciudad enfrentada con la nuestra, a la que trataba con la condescendencia de una hermana pequeña. Aunque le resultaba antipática Verona por esta razón, había dos establecimientos sagrados en la ciudad, por los que sí se dignaba recorrer los cuarenta kilómetros que había de distancia: uno era la Confetteria Filarmonica, donde elaboraban unos *capezzoli di Venere* que quitaban el hipo, y otra el restaurante Casa Perbellini, de dos estrellas Michelin y entre cien y ciento cincuenta euros el cubierto.

Fred informó a Teresa de que su director de fotografía, un polaco llamado Bolek Kaminsky, también había decidido posponer su regreso a Estados Unidos, por lo que a la Salieri no le quedó otro remedio, para completar el cuarteto, que llevarme a mí a la cena. Mi jefa no era ninguna estúpida, y se dio cuenta desde el principio de que Fred —sin que yo le hubiera dado pie a ello— también flirteaba conmigo, hasta el punto de que llegué a temer que su plan fuera llevarnos a la cama a las dos a la vez. Era evidente que Teresa pensaba que, si ella lograba seducir a Fred, tendría más posibilidades de conseguir que modificara el guión y en este sentido, yo suponía una competencia muy molesta. A través de gestos e insinuaciones que llegaron a ponerme un tanto violenta, mi jefa me dejó claro que a la cena me llevaba a regañadientes.

Kaminsky era mucho mayor que Fred, que sólo tenía por entonces treinta y seis años, y además estaba muy enamorado de su mujer, una pianista argentina a la que mencionó con devoción un par de veces durante el encuentro, por lo que ni siquiera intentó flirtear conmigo. Teresa en cambio, ya tras la primera copa de vino, le dijo a Zoccoli que le resultaba tan atractivo y misterioso como el pintor Amedeo Modigliani. Fred se dejó querer como si estuviera disfrutando de las atenciones de una geisha.

La Salieri estuvo muy hábil hasta en la selección de los platos. Quería divertir a sus invitados y les propuso probar el menú *Assaggio* de Perbellini: tú eliges dos ingredientes, por ejemplo, alcachofas y riñones, y el chef te prepara un primero y un segundo sorpresa pero siempre respetando lo que has elegido. El vino se lo dejó escoger a Fred, para que viera que valoraba su criterio.

Antes de entrar en materia y exponer las reservas que tenía sobre el *remake* de *Amadeus*, la Salieri quiso poner cómodos a nuestros dos invitados: se declaró una gran fan del cine de Zoccoli y me animó, por no decir que me conminó, a que yo también expresara mi admiración hacia él. Sólo había visto la última película, que curiosamente era también un *remake*, en este caso del *Viaje alucinante* de Richard Fleischer, y como me había gustado bastante, no tuve problemas en confesarlo abiertamente.

—¿Qué le pasa a Hollywood con los *remakes*? —preguntó Teresa—. Es como una enfermedad, ¿no? ¿Es que ya no hay historias nuevas que contar?

Su observación estuvo a punto de hacerme soltar en la mesa que yo sí estaba escribiendo una historia completamente novedosa sobre la relación entre Amadeus y Salieri, pero como ni siquiera se lo había comentado a Teresa, me pareció feo anunciarlo de sopetón ante dos extraños y me mordí la lengua.

Kaminsky había sido el director de fotografía de las dos últimas películas de Fred y ahora iba a hacer con él la tercera. Se dio por aludido por el reproche artístico que suponían las palabras de Teresa y se sintió obligado a salir en su defensa y a justificar los *remakes*.

—Hay dos razones para hacer un *remake* —dijo el polaco—, una mala y una buena. La mala es cuando el estudio opta por un *remake* para hacer caja. Se supone que el riesgo en taquilla es menor, que un *remake* equivale a jugar sobre seguro: una historia que ya ha funcionado una vez tiene por narices que funcionar una segunda. Eso es una falacia, claro, no hay más que ver el batacazo que se ha pegado *Ben-Hur*. La otra razón es porque el director siente que tiene algo nuevo que decir sobre la historia y quiere mostrárselo al público. Fred y yo aceptamos el proyecto de *Viaje alucinante*, que es del año 66, por varias razones. En primer lugar, la tecnología actual permite reproducir el cuerpo humano por dentro con un realismo que pone los pelos de punta. Pero la razón fundamental es que nos dejaron hacer cambios importantes en el guión original, que era tan naif como la puesta en escena.

Nada más escuchar que Fred era un director con el carisma suficiente como para que los siempre prepotentes estudios de Hollywood le dejaran alterar sustancialmente un guión, a Teresa se le iluminaron los ojos.

La Salieri estaba ansiosa por conocer la profundidad de los cambios que era capaz de introducir Fred Zoccoli en una película y como no había visto el original de Richard Fleischer, se interesó por ellos. Esta vez fue el propio Fred el que tomó la palabra.

—En la película del 66, la chica de la expedición, Raquel Welch, era la tía buena en dos sentidos: el cuerpo sexy y la irreprochable hija del científico que dirigía la expedición. Yo planteé que tal dechado de virtudes me resultaba inverosímil y empalagoso y que o metíamos a una gordita buena (cosa a la que se negaron, porque ya estaba apalabrada Kristen, que es muy sexy), o la tía buena tenía que ser la saboteadora.

Miré a Teresa y era como si pudiera leerle el pensamiento: «¿Fred Zoccoli tiene capacidad para convertir a un bueno en malo? ¡Entonces también podrá transformar a un malo en bueno!».

—Me aceptaron ese cambio y por supuesto, el final, que no es del original, aunque debería haberlo sido, para respetar la lógica interna del relato.

Zoccoli estaba, evidentemente, convencido de que habían sido sus cambios y no el atractivo del planteamiento original, lo que había convertido su *Viaje alucinante* en un megaéxito de taquilla, así que se recreó gustoso sobre sus aportaciones al final.

—Los adolescentes, que son unos frikis, y al fin y al cabo los que llenan las salas de cine y encumbran o hunden a los estudios, no iban a tolerar un fallo tan gordo en la trama como el que se da al final de la versión del 66. Los glóbulos blancos se comen al malo y al submarino mientras el resto del equipo sale por el ojo, aprovechando una lágrima, unos segundos antes de recuperar su tamaño real. Pero el submarino se queda dentro del cuerpo del científico y sin embargo sigue miniaturizado, ¿por qué? No tiene lógica interna. Es la misma falta de rigor que hay en *La Cenicienta* de Walt Disney: si el hada madrina ha dicho que a medianoche todo el hechizo desaparecerá, ¿por qué los zapatitos de cristal no se transforman en andrajosas zapatillas y continúan siendo de cristal pasado el plazo fatídico? ¿Sólo porque el guionista necesita esos zapatos para resolver el cuento? Por eso dije al estudio: o terminamos con la solución Asimov, que al novelar la película hizo que el glóbulo blanco que se ha zampado el submarino salga también por el ojo, o montamos un final de traca muy *gore*, en el que cuando todos creen que la misión ha triunfado, el submarino recupera su tamaño normal y destroza al científico. La secuencia podía quedar tan horripilante que el estudio pensó que estaba hablando en broma. Pero testé ese final, contándoselo a varios adolescentes, y todos me dijeron que «molaba».

Kaminsky estaba aún más entusiasmado que Fred con el final *gore* de la película y añadió:

—Lo mejor es que también los críticos de cine alabaron el nuevo final y establecieron analogías con *Frankenstein* y el castigo que les espera siempre a los nuevos Prometeos, cuando roban secretos a los dioses: ¡el resultado fue que conseguimos una taquilla de doscientos cincuenta millones de dólares sólo en Estados Unidos!

13

Tres horas más tarde estábamos los cuatro en la terraza del dúplex de Teresa, un espacioso ático de doscientos cincuenta metros cuadrados que se asomaba al Parco Comunale de Legnago, bebiendo gin-tonic y hablando de lo que cabía esperar de la visita que nuestros invitados realizarían al día siguiente a la Fundación Salieri. Zoccoli y Kaminsky fingieron no querer abusar de la hospitalidad de Teresa y se hicieron de rogar bastante, antes de aceptar pasar la noche en su ático. Tras contarles que iban a ocupar dormitorios donde se habían alojado desde Luciano Pavarotti a Cecilia Bartoli, los dos cineastas comprendieron que era costumbre inveterada que todo VIP que pasase por Legnago se hospedase en casa de Teresa.

—El teatro y la Fundación se encuentran en el mismo edificio y están solamente a trescientos metros de aquí —les aclaró nuestra anfitriona—. Es ridículo que regreséis hoy de madrugada a Venecia, que está a ciento veinte kilómetros, para tener que volver mañana por la mañana. Además, si os quedáis a dormir, podréis beber cuanto queráis, sin miedo a controles de alcoholemia. Hoy es sábado, y los fines de semana los *carabinieri* no perdonan ni una.

—No se hable más, Teresa —dijo Fred—. ¡Nos quedamos a dormir!

En ese momento, Fred me dirigió una mirada extraña, que me llenó de inquietud. No era exactamente una mirada de deseo —lo cierto es que había estado muy comedido conmigo toda la noche, como si hubiera renunciado a seducirme—, pero me di cuenta de que quería algo de mí y no saber qué era me producía desasosiego.

Teresa no tenía dudas de que tanto Zoccoli como Kaminsky eran dos cineastas muy competentes, pero ignoraba hasta qué punto eran sensibles a la música y si tenían conocimientos sobre la materia. Dado que la mujer de Kaminsky era pianista, suponía que el polaco sí estaría más versado en la materia, pero para salir de dudas, se encaminó al reproductor de cedés y les hizo escuchar la obertura de la ópera de Antonio Salieri *Europa riconosciuta*, que había servido para inaugurar La Scala de Milán en 1778. Como la ópera empieza con un trueno aterrador —que precede a la tormenta musical que se desencadena a continuación—, y la Salieri puso el disco a mucho volumen, nuestros dos invitados pegaron un bote sobre sus respectivas tumbonas que nos hizo soltar a ambas una carcajada.

—¿Creíais que los efectos especiales los habían inventado los americanos? —dijo burlona Teresa—. Pues los italianos ya los habíamos descubierto en el siglo XVIII.

Una vez conseguida su atención, Teresa quiso impresionar a sus dos huéspedes con el prestigio que Salieri tenía entre los músicos y les contó que el gran director de orquesta Riccardo Muti había elegido la ópera *Europa riconosciuta* para reinaugurar el Teatro de La Scala de Milán, después de su total *aggiornamento*, en el año 2004.

—Muti llegó a decir en aquella ocasión que en el aria final de Semele de *Europa riconosciuta*, escrita por mi antepasado, cuando sólo contaba veintiocho años, estaba ya el *Così fan tutte* de Mozart.

Fred mordió el cebo que le habían tendido y preguntó:

—¿Podemos oír esa aria?

Teresa accionó el mando a distancia del reproductor y empezaron a sonar los primeros compases de *Quando più irato freme*, una auténtica competición de virtuosismo entre la soprano y el instrumento concertante, el oboe, que dejó a nuestros dos invitados con la boca abierta.

—¡Sin Salieri, los diálogos que estableció años más tarde Mozart en sus arias entre voces e instrumentos de viento no hubieran sido posibles! —exclamó ufana Teresa—. ¡Voy más lejos! Fue Salieri el que inició a Mozart en las sutilezas contrapuntísticas de Bach. Los cánones del Kyrie del *Réquiem* no habrían visto la luz si mi antepasado no se hubiera tomado el trabajo de enseñarle a Mozart lo que Bach era capaz de hacer con las voces.

Teresa estaba dispuesta a que Zoccoli y Kaminsky sintieran vergüenza por el linchamiento cinematográfico que estaban a punto de llevar a cabo en el *remake* de *Amadeus* y para rematarlos les contó con pelos y señales el gran duelo musical entre el austríaco y el italiano. Y lo hizo como si les estuviera relatando una película de Sergio Leone.

14

—Quiero que penséis en este duelo entre Mozart y Salieri (que fue un duelo real y no un producto de la fantasía de Peter Shaffer) como en un duelo del Far West, así que es importante que os describa el curioso lugar donde se celebró: fue en la Orangerie del palacio de Schönbrunn, una construcción de una sola planta, de ciento ochenta y nueve metros de largo por diez de ancho, que vino a desempeñar el papel de esas calles interminables de las películas de cowboys, desde cuyos extremos se van aproximando los dos pistoleros. La Orangerie, un signo de distinción en cualquier palacio de aquella época, no era otra cosa que el invernadero del emperador y como a José II le encantaba aquel larguísimo edificio lleno de plantas, en invierno organizaba allí banquetes y festejos. Cuando en febrero de 1786 le anunciaron que su hermana María Cristina, duquesa de Teschen, le visitaría en compañía de su esposo, el príncipe Alberto de Sajonia, el emperador (muy aficionado a los duelos artísticos) les preparó un recibimiento excepcional. María Cristina poseía un talento artístico fuera de lo común y la cena-espectáculo con la que la agasajaría en su visita a Viena tendría que estar a la altura. Pero lo que había preparado José II no era sólo para impresionar a su talentosa hermana, sino que aspiraba a demostrar la superioridad de la ópera alemana (por la cual estaba apostando el emperador) sobre la italiana. ¿Quién era el único que podía desafiar al rey de la ópera en italiano, Antonio Salieri? El joven aspirante Wolfgang Amadeus Mozart, que había llegado a Viena hacía tres años escasos y ya había obtenido un éxito notable con su *singspiel* en alemán, *El rapto en el serrallo*.

Aquella noche del 7 de febrero de 1786 —prosiguió Teresa—, cuando los invitados al banquete entraron en la Orangerie, vieron que en un extremo había un escenario y que enfrente había otro similar.

—¿Qué va a ocurrir aquí? —se preguntaron perplejos y curiosos—. ¿Qué sorpresa nos tiene preparada nuestro ilustrado emperador?

Mientras una orquesta de instrumentos de viento amenizaba la opípara cena con los fragmentos más exitosos de *La grotta di Trofonio*, la ópera con la que Salieri, tan sólo cuatro meses antes, había arrasado en toda Europa, los comensales no hacían sino especular sobre la clase de espectáculo que José II les había preparado para después de los postres, espectáculo que mantenía en absoluto secreto. Por fin, cuando el banquete concluyó, el emperador se puso en pie y anunció a sus invitados que iba a celebrarse una especie de torneo medieval, pero con música en vez de con lanzas. Los contendientes eran el compositor de corte Antonio Salieri y el joven prodigio Amadeus: a ambos les había encargado una ópera en un acto sobre un mismo asunto, a saber: los enredos y conflictos que surgen entre actores, músicos y libretistas cuando se escenifica una ópera.

—¡Una ópera sobre una ópera! —comentaron en voz baja los aristócratas allí reunidos—. ¡Una metaópera! ¡Qué ingenioso!

—Aquel que al terminar la velada haya cosechado más aplausos recibirá una recompensa de cien ducados. El perdedor se tendrá que conformar con la mitad —dijo el emperador.

El público estaba expectante —como veo que lo estáis también vosotros, bromeó Teresa— pues aquél no era solamente un duelo entre dos músicos, sino entre dos lenguas diferentes, entre dos culturas contrapuestas: la italiana y la alemana. Por eso, aunque José II tenía en grandísima estima a Salieri, deseaba que ganase Mozart y se impusiera la ópera en alemán, a la que intentaba dar primacía desde hacía años.

Tras echarlo a suertes, Mozart fue el primero en «disparar». El joven compositor, que acababa de cumplir los treinta el mes anterior, subió al escenario e hizo una breve introducción: su ópera era un *singspiel*, había en ella partes habladas y partes cantadas. Se titulaba *El empresario teatral* y duraba treinta minutos.

—¡Está llena de humor y de buena música! ¡Disfruten de la obra! —exclamó Amadeus.

Mozart, en plenitud de sus facultades creativas —estaba componiendo por entonces *Las bodas de Fígaro*—, consiguió que la obertura no defraudase. Los ochenta invitados empezaron a divertirse con la farsa, que se burlaba de la vanidad de las sopranos. Pero el libretista elegido por Mozart no era un gran dramaturgo y los diálogos se prolongaban en exceso. De repente, se produjo un bostezo. Y otro, y otro, y otro más. Llego un aria y el *singspiel* remontó el vuelo, pero la obra se tornó otra vez cansina en los diálogos, que parecían de relleno. Terminó la obra y hubo aplausos, pero no fue una gran ovación. Salieri sonrió, confiado. Estaba casi seguro de que iba a derrotar a Mozart, porque la suya sí era una verdadera ópera, donde la música estaba presente de principio a fin. El italiano subió al escenario y presentó la obra: *Primero la música, y luego las palabras*. Era una ópera bufa, en la que un poeta se las ve y se las desea al tener que escribir sus versos sobre una música ya compuesta por un compositor que le ignora totalmente. El libreto, ideado por el habilísimo Giambattista Casti, era un derroche de ingenio y de alusiones a cantantes y melodías del momento. Las risas del público empezaron a ser tan contagiosas que, a los diez minutos, Salieri ya sabía que Mozart había mordido el polvo: su ópera había tenido mucha mejor acogida que la del salzburgués. Al terminar, José II le dirigió una mirada de cariñoso reproche: la ópera italiana había vencido a la alemana, que era por la que él apostaba. Pero en el fondo —concluyó Teresa— estaba contento, porque había ganado su compositor de corte, y el emperador proclamó orgulloso ante sus invitados que el mejor compositor de toda Europa se llamaba Antonio Salieri.

15

Al terminar el relato de la derrota de Mozart a manos de Salieri, que era verídico y que la película *Amadeus* había obviado por completo, Teresa comprobó con satisfacción que había logrado dejar a Fred Zoccoli completamente descolocado. El americano parecía haberse quedado rumiando cada detalle de esa historia que, más que ninguna otra, ponía en entredicho las verdades defendidas por *Amadeus*: no era sólo que Salieri no envidiase a Mozart, sino que Mozart tenía motivos de sobra para odiar a Salieri.

—Debe de ser duro —dijo Teresa— que a uno le encarguen una película que altera de modo tan torticero hechos históricos, acreditados documentalmente. Quisiera entender tus razones, Fred, pero la verdad es que el asunto me sobrepasa. ¿Aceptarías hacer una película que retratase a Abraham Lincoln como un traficante de esclavos cuando sabes que fue exactamente lo contrario? ¿Qué os hemos hecho los italianos para que nos tratéis así? América la descubrió un italiano y la bautizó un italiano. No entiendo esta persecución, este ensañamiento con Antonio Salieri.

Fred estaba decidido a que Teresa entendiera por qué, por más alterados que estuvieran los hechos históricos en *Amadeus*, él no tenía reservas de carácter ético a la hora de hacer el *remake*.

—*Amadeus* no es un *biopic*, mi querida Teresa. Es el relato delirante de un hombre que padece demencia senil.

Como la Salieri trató de interrumpirle para protestar, Zoccoli le hizo un gesto firme con la mano para que le dejara terminar su argumento.

—La película no dice «los hechos fueron así o asá» ni que Salieri intentara matar a Mozart. La película sólo dice que Salieri dice que intentó matar a Mozart, que es algo muy distinto. No hay objetividad en el relato, porque es Salieri, no un narrador omnisciente, el que le cuenta la historia a su confesor, cuando éste va a verle al manicomio. El público es muy libre de pensar que lo que recuerda Salieri es lo que ocurrió realmente, pero yo creo que se le dan pistas de sobra para entender que se trata del desvarío de un hombre mentalmente acabado.

Teresa contraatacó en un último esfuerzo por hacerle entender que *Amadeus* había destruido para siempre la reputación artística de su antepasado.

—Cuando uno deforma los hechos de una historia que ya conoce todo el mundo (pongamos por caso que Napoleón fue un genio militar o que Gandhi fue un apóstol de la no violencia), el relato es interpretado por el público como un delirio. Pero no es éste el caso.

—No entiendo tu argumento —dijo Kaminsky—. ¿Qué tienen que ver Napoleón o Gandhi con *Amadeus*?

—Me refiero —dijo la Salieri— a que si tú haces una película sobre Napoleón y desde el principio te lo muestran como un cobarde que perdió batalla tras batalla, el público, como ya entra al cine sabiendo quién fue Napoleón, interpreta automáticamente que el que narra la historia está desbarrando. Pero Salieri era un perfecto desconocido hasta *Amadeus*: al público se lo han presentado desde el principio como un mediocre y un envidioso. La fuerza del relato, apoyado por la fotografía de Miloš Forman y la música del propio Mozart, es de tal envergadura que uno no tiene otra salida que darlo por cierto.

Fred se encogió de hombros, como diciendo «¿qué puedo yo hacer a estas alturas?», lo que provocó una airada reacción por parte de Teresa.

—¡Abusáis de que mi pobre *nonno* lleva muerto desde hace casi dos siglos! Si Salieri estuviera vivo, ni os plantearíais hacer la película, porque el pleito que os caería encima por difamar a un ciudadano intachable sería de tal calibre que el estudio quedaría arruinado. Aun así, y dado que los argumentos morales no os valen de nada, ¡veremos qué se puede hacer por vía jurídica!

Al tiempo que profería esta repentina amenaza de llevar al estudio a los tribunales, de la que ni siquiera a mí me había hablado, Teresa se puso en pie muy digna y tras apurar el último sorbo de gin-tonic le espetó a Fred, delante de mí y de Kaminsky:

—Fred, cariño, sabes que pensaba dejar que me llevaras a la cama esta noche, pero te has comportado como un perfecto gañán y para hacerle el amor a una señora como yo, hay que haber acumulado antes algún tipo de mérito. ¡Buenas noches!

Aún no nos habíamos repuesto ninguno de los tres del estupor por esta imprevista reacción, cuando Teresa se detuvo ante el umbral de la puerta que comunicaba la terraza con el interior y me dijo, sin volverse siquiera:

—Laura, sé que tienes tu casa y que te gusta dormir en ella, pero esta noche te rogaría que te quedases tú también, para vigilar que el gran Fred Zoccoli, que está decidido a arrebatarme el honor de mi familia, no sustraiga además algún objeto valioso de mi ático.

Fred se limitó a emitir una risita nerviosa y luego cayó entre nosotros un espeso manto de silencio. Ninguno sabíamos qué decir o qué hacer. Kaminsky le dijo a Fred que lo mejor era marcharse, pero ambos habían bebido bastante y hacerles conducir de noche hasta Venecia suponía algo más que exponerles a una multa por embriaguez: era poner sus vidas en peligro.

—¿Volver a Venecia? De eso nada, Teresa quiere que os quedéis —dije yo con gran convicción.

—¿Estás segura? —dijo Kaminsky—. Mira que primero ha dicho que Fred era un gañán y después le ha llamado ladrón.

—Es típico de Teresa —les expliqué como la experta «salieróloga» en que me había convertido en poco tiempo—. Siempre que suelta una inconveniencia, en vez de pedir excusas, añade otra mayor para hacer olvidar la primera.

Mi observación hizo reír a nuestros invitados, pero Kaminsky seguía sin tenerlo claro y le insistió a Fred en que debían marcharse.

—¿No habéis oído su despedida? —les tranquilicé—. Ha dicho: «Laura, quédate tú también a dormir». La frase en realidad no era para mí, sino para vosotros: la palabra clave es «también», porque quiere que os quedéis. ¿Si no, cómo voy a cumplir su encargo de vigilar a Fred para que no nos desvalije el ático?

Mi chiste volvió a arrancarles una carcajada y la cuestión quedó zanjada. Antes de retirarnos a nuestros respectivos dormitorios, nos quedamos un rato haciendo tiempo en la terraza; en parte porque necesitábamos aliviar la tensión vivida, charlando entre nosotros, y en parte porque queríamos esperar a que Teresa se hubiera retirado definitivamente a sus aposentos, no fuera que nos la llegáramos a encontrar en un pasillo y nos montara otra escenita.

—¿Puede hacerlo? —pregunté muy seria.

—¿El qué? —dijo Fred.

—Llevaros a los tribunales. No a vosotros, al estudio.

—En Estados Unidos —dijo Kaminsky—, uno puede

pleitear por las cosas más delirantes. Otra cuestión es ganar el juicio. Fred, ¿te acuerdas de aquel senador de Nebraska que demandó a Dios porque estaba causando demasiadas catástrofes naturales y le comparaba con un genocida?

—No, ¿cuándo fue?

—En 2007, creo.

—¿Qué edad crees que tengo? Yo en 2007 aún estaba, como quien dice, en el vientre de mi madre.

Kaminsky me guiñó un ojo travieso.

—Aquí mister Zoccoli empieza a estar muy preocupado con su edad. Ve que los años se le echan encima y que aún no está ni nominado para el Oscar.

Fred me contó que, con un proyecto de esta envergadura, el estudio se había asesorado a fondo jurídicamente. No, ni Teresa ni nadie podría emprender acciones legales a causa de la película. Aunque en Estados Unidos la *memoria defuncti* está jurídicamente protegida, hay un límite legal de ochenta años para que la familia pueda plantear una demanda frente a un eventual ataque a la buena memoria del difunto. Todo lo que sobrepase ese límite de tiempo —incluso en el caso de personajes públicos, como Antonio Salieri— no está amparado por la ley, de modo que Fred podría mostrar incluso —que no era el caso— a un Salieri abusando de menores de edad en la penumbra de su palco de ópera, que nadie tendría base para llevarlo a los tribunales. Ocurría lo mismo con los derechos de autor. Teresa Salieri tampoco podría prohibirle a Hollywood que usase la música de su antepasado, porque en Estados Unidos, toda composición anterior al 1 de enero de 1923 se considera de dominio público. Y Salieri había fallecido en 1825.

Tras algunos minutos más de conversación, en la que les resumí lo que verían al día siguiente en la Fundación Salieri, dimos la velada por concluida y les indiqué cuáles eran sus respectivas habitaciones. Kaminsky se retiró de inmediato a la suya y yo aproveché que me quedaba a solas con Fred para preguntarle por las inquietantes miraditas que me había estado lanzando en determinados momentos de la noche.

—¿Te miraba? Ni siquiera he sido consciente de ello —dijo, haciéndose el interesante. Sabía que yo no me iba a contentar con esa respuesta y quería jugar conmigo un poco.

—Si no me lo cuentas, os dejaré mañana a los dos solos con Teresa en la Fundación y allá os las compongáis.

—*Touché!* —dijo Fred—. Te miraba porque esta noche he descubierto que te pareces mucho a una mujer de la que Mozart estuvo muy enamorado. Hay un cuadro muy bonito de la época, en el que posa con una pamela llena de flores, y ahí eres exacta.

—Te refieres, sin duda, a Nancy Storace.

—Sí, ¿cómo lo sabes?

—¿Con quién crees que estás hablando? Trabajo en la Fundación Salieri y Nancy Storace fue la protagonista de una de sus óperas más exitosas, *La escuela de los celosos*.

—Tenía la misma melancolía en los ojos que tú —dijo Fred—. Pero luego abría la boca y enseguida hacía reír a todos. Como has hecho tú antes conmigo y con Kaminsky. Me pregunto si...

—Acaba la frase. ¿Si...?

—En el *remake* de *Amadeus*, Salieri odia a Mozart también porque ha seducido a la mujer que él quiso conquistar y no pudo, que es la Storace. Como sabes, era medio italiana y eso le atraía todavía más si cabe. En la última versión del guión que tenemos (y ya vamos por la quinta), Salieri los sorprende en el teatro, tonteando entre cajas, y eso inflama aún más su odio hacia Mozart. Me gusta esa escena, porque le confiere al drama un tinte ambiguo. Al final el espectador no sabe si lo mata porque compone mejor que él o porque le ha arrebatado a la mujer de sus sueños.

—¿Y yo qué tengo que ver con esa escena?

—Llevo preguntándome toda la noche si querrías hacer el papel de Nancy en mi película.

Solté tal carcajada que desperté sin querer a Teresa. Al punto oímos un gruñido de protesta, como de monstruo de las profundidades que sale de su letargo, que nos dejó a Fred y a mí aterrorizados. Por un instante pensé que íbamos a escuchar pasos furiosos hacia la puerta, que ésta se abriría de par en par y que allí, en mitad del pasillo, la Salieri nos atacaría a los dos con un cuchillo de cocina. A Fred por el *remake* y a mí por tontear con él.

—Para empezar —dije cuando pasó el momento de peligro—, no sé cantar. Desafino desde niña, hasta en *Cumpleaños feliz.*

—Eso no sería problema. La cantante ya está contratada y es gorda y fea. Tú sólo tendrías que hacer *playback* durante unos segundos. No tienes diálogo, Laura, es sólo tu rostro lo que quiero.

—Te lo agradezco mucho. —Lo cierto es que la comparación con Nancy Storace, por la que yo sentía una gran admiración, me había subido el ego para varias semanas—. Sin embargo, lo que me estás proponiendo es el mayor acto de deslealtad que podría cometer con Teresa. Me pides que contribuya al éxito de una película que ella quiere sabotear a cualquier precio.

—¿Desde cuándo estás con ella?

—Desde hace un año.

—No le debes nada a esa mujer, Laura. Ella, al fin y al cabo, es una Salieri y comprendo, hasta cierto punto, su obsesión con que no se haga el *remake*, pero ¿tú? Seguro que hace un año ni siquiera sabías de la existencia de Nancy Storace. Manda a paseo a esa solterona amargada y vuelve a Hollywood con Kaminsky y conmigo. Te aseguro que no dejarás a nadie indiferente y que en cuanto se estrene la película, te surgirán ofertas a montones. Te pagarían bien, ¿sabes? Sobre todo si yo me emperro en decir que eres insustituible en la película.

Me molestó que llamara a Teresa «solterona amargada», pero no quería empezar una discusión en el pasillo, a pocos metros del dormitorio de mi jefa, así que me mordí la lengua. En vez de dejarme arrastrar a un debate feminista de medianoche, le dije susurrando:

—Soy la asistente personal de la presidenta de la Fundación Salieri y me pagan para ayudar a defender su memoria y su legado. Me halaga mucho que hayas pensado en mí para Nancy Storace, pero es absolutamente impensable que yo pueda aceptar tu oferta, porque me sentiría mal para el resto de mi vida.

—Pero…

—No es no, Fred. Que descanses. Mañana os despertaré temprano, a mi jefa no le gusta un pelo que la hagan esperar.

Aquella noche tardé más de una hora en dormirme. Nada podría haberme hecho más feliz que meterme en la piel de aquella cantante extraordinaria, tal vez la mujer más sobresaliente de todas las que conoció Mozart a lo largo de su vida. Su historia de amor fue breve pero intensa, y se prolongó, por medio de cartas apasionadas, incluso cuando el amor físico ya no fue posible, después de que ella se vio forzada a dejar Viena y se instaló en Londres, donde falleció. Constanze llegó a estar tan celosa de la Storace que después de que ambos amantes murieran, intentó recuperar las cartas que Wolfgang había enviado a Nancy desde Viena (donde le confesaba que había sido la mujer de su vida), al objeto de quemarlas y de que la posteridad no tuviera noticia de aquella incendiaria pasión, que tanta humillación le producía. Pero incluso la mujer de Mozart admitía en privado que sin Nancy Storace en el papel de Susanna, *Las bodas de Fígaro* no habría alcanzado ni de lejos el éxito que obtuvo gracias a su memorable actuación.

Al ver que la lucha entre la lealtad a Teresa y el deseo de aceptar la oferta de Fred no me dejaba conciliar el sueño, corrí a la cocina, donde sabía que Teresa tenía un cesto con medicinas, y tras tomarme el primer tranquilizante que encontré, me quedé KO a los cinco minutos. Pero no estaba yo acostumbrada a tomar ansiolíticos y como siempre solía despertarme, de forma natural, a hora temprana, cometí el error de no ponerme el despertador. La consecuencia fue que cuando abrí los ojos al día siguiente, faltaban sólo veinte minutos para las diez, la hora a la que habíamos quedado con Teresa para visitar la Fundación.

—¡Joder, me va a matar! —dije pegando un brinco de la cama digno de una trapecista del Cirque du Soleil.

Antes de ducharme y vestirme, me puse por encima el albornoz que encontré en el baño de mi habitación y corrí a despertar a mis invitados. Llamé a la alcoba de Fred, pero como me respondió y quería saber si ya estaba en pie, abrí la puerta con suma cautela, como si fuera un caco que entrara a robarle, e introduje la cabeza para comprobarlo. Fred estaba de espaldas a mí, a punto de ponerse la americana, y vi que portaba una pistola pequeña en el costado, metida en una funda entre el pantalón y la camisa, un poco por detrás del hueso de la cadera. Antes de que pudiera verme, cerré la puerta a toda prisa y durante unos segundos me dije a mí misma que aquello no podía ser, que había visto mal. ¿Un director de cine con un arma de fuego? ¿Oculta en la trasera del pantalón, como un policía? ¿Cómo la había introducido en el país? ¿O acaso la había comprado en Italia? ¿Qué pensaba hacer con ella? Si Fred hubiera advertido mi presencia, tal vez —pienso que no me habría quedado más remedio— se lo habría preguntado abiertamente. O tal vez se habría sentido él obligado a darme explicaciones. Pero como estaba convencida de que no había reparado en mí y no quedé yo segura al cien por cien de haber visto bien —pero ¿qué otra cosa podía ser aquella funda, sino una pistola?—, decidí simular que el episodio no había ocurrido. «No te metas en líos, Laurita —me dije—, a estos dos no los vas a volver a ver en la vida, así que hazles la visita guiada por la Fundación, despídete luego de ellos con educación y aquí paz y después gloria.»

Teresa me dijo aquella mañana que estaba tan molesta con Fred y su falta de empatía que había renunciado a acompañarlos en la visita.

—Tú te bastas y te sobras, Laura, te conoces la Fundación de punta a cabo. Muéstrales algún cuadrito y cuatro partituras, lo mínimo para no quedar mal, y que se vayan por donde han venido. Los veré en los tribunales.

Como no quería solivantar a Teresa, tardé varios días en volver a mencionar el nombre de Fred, y al cabo de una semana me atreví por fin a contarle que me había ofrecido el papel de Nancy Storace en la película.

—¿Cuándo? —dijo Teresa, con los ojos como platos.

—La noche de la terraza. No sé ni siquiera si me lo dijo en serio o en broma, pero le dije que no. Me quedé tan sorprendida que solté una carcajada en el pasillo que consiguió despertarte, ¿no te acuerdas?

—Ése quería llevarte a la cama como fuera y te dijo lo primero que se le pasó por la cabeza, lo que pensaba que más podía gustarte. Seguro que imaginó que ibas a caer rendida a sus pies, como una chorlita.

—La verdad es que si hubiera sido una película a favor de Salieri, tal vez le habría echado valor y habría aceptado.

—¿Para qué?

—Para conocer a Kelvin Lamont, naturalmente —dije yo entre risas.

—Bah, si es más feo que un coche bocarriba.

—¡Pero es una estrella!

—¿Algo más que deba yo saber?

Informé a Teresa de lo que Zoccoli y Kaminsky me habían

revelado aquella noche: que era imposible demandar al estudio. También le relaté el episodio de la pistola y Teresa soltó una risita de desprecio.

—Es italoamericano, mujer, ¿qué esperabas? No tengas duda de que era una pistola. Seguro que lo del cine no es más que una tapadera y que, en realidad, trabaja para la mafia.

Reí con su ocurrencia y con el hecho de que empezara a llamarle todo el rato Lucky Luciano, pero me dio miedo comprobar que, agotada la vía mediática y la jurídica, ella siguiese convencida de que podría sabotear el *remake* y derrotar a la todopoderosa Hollywood. ¿Es que mi jefa había perdido por completo la razón?

—Para empezar, los Salieri (aquello fue culpa de mi tío Plinio) nunca debimos permitir que se estrenasen ni *Amadeus*, ni la obra de teatro que le sirvió de base —me dijo con una mirada negra—. Eso no es licencia artística, es lisa y llanamente un linchamiento cinematográfico. Ahora debemos impedir a cualquier precio que Hollywood haga el *remake*. No es sólo por el buen nombre de mi *nonno*: es que no quiero ni imaginar en qué se puede convertir la vida de Luca si en vez de poder olvidar lo que ha pasado, vuelve ahora la pesadilla de su tatarabuelo asesino.

Le dije a Teresa que diera la batalla por perdida, pues era imposible que Hollywood renunciara a un proyecto que les iba a reportar, a nada que fuera bien la película, decenas de millones de dólares en taquilla. La película estaba ya en fase de preproducción y Kelvin Lamont, su estrella principal, convencido de que iba a ganar el Oscar con la interpretación de Salieri.

—¿Y entonces qué hacemos? —me preguntó Teresa, desesperada—. Yo tengo que proteger a Luca y el buen nombre de mi familia.

Por fin había llegado el momento de contarle que tenía muy avanzado el guión de *Salieri*, que estaba convencida de que los italianos podríamos hacer una película magnífica que eclipsara el *remake* de *Amadeus*, y que en una guerra, la mejor manera de responder a la propaganda del enemigo es mediante la contrapropaganda.

—En mi historia —le dije—, el malo de la película es Leopold, el padre de Amadeus.

Este planteamiento entusiasmó a Teresa, que estaba perfectamente al tanto de que había sido Leopold quien había lavado el cerebro a su hijo para que pensara que no sólo Salieri, sino todos los italianos de Viena —y los había a decenas— conspiraban contra los Mozart para evitar que les hicieran sombra.

—¿Has escrito un guión sobre *nonno* Antonio? ¿Y cuándo demonios pensabas contármelo? ¡Estoy deseando leerlo! —me dijo como una niña pequeña, a la que su madre le acabara de revelar que le ha comprado un regalo.

Le respondí que aún no estaba terminado y que, antes de mostrárselo, prefería tener completa al menos la primera versión. Pero como su curiosidad era irrefrenable y no había día en que no me preguntara si había finalizado ya el guión, llegué a un pacto con ella. En vez de entregarle el manuscrito, que era todavía un caos y estaba lleno de correcciones, aplacaría su ansia contándole de viva voz y por entregas, como una moderna Scheherazade, las secuencias que ya estaba yo segura de que se incorporarían al primer borrador.

—Hay que jugar con sus propias reglas —le dije a Teresa—. ¿Hollywood quiere que Salieri sea un asesino? Pues nosotros no sólo lo desmentiremos, sino que crearemos un malo alternativo. He convertido a Leopold Mozart en un paranoico de manual de psiquiatría (cosa más que acreditada por la musicología) y en la película haremos que vaya enloqueciendo cada vez más, hasta convertir al pobre Salieri en un personaje tan odiado como el inspector Clouseau para el inspector Dreyfus. De verdugo a víctima, dándole por completo la vuelta a la tesis de *Amadeus*.

Mi analogía cinematográfica puso a la defensiva a Teresa, que me dejó claro que por nada del mundo permitiría que Salieri saliera retratado como un músico torpe, que consigue tener éxito por casualidad. Le expliqué que no era ésa mi intención.

—Salieri no será el Clouseau de Leopold, pero Leopold sí puede ser el Dreyfus de Salieri. La película *Amadeus* explica el triunfo de Salieri en Viena con una mentira, que es que el emperador José II no tenía ni idea de música y el *cattivo* italiano consigue hacerle creer con sus banales melodías que es el mejor compositor de Europa. Pero el emperador era un músico excelente, y tocaba el chelo y el clave con la competencia de un profesional. Si Salieri hubiera sido un fraude, se habría dado cuenta al primer minuto.

—¿Cómo sabes tantas cosas de mi antepasado? —me preguntó Teresa, entre atónita y admirada.

—Me hiciste un examen terrorífico hace un año, ¿recuerdas? Bueno, iba a ser terrible, pero al final sólo me preguntaste cómo empezó la leyenda de que Salieri había asesinado a Mozart. Pero yo quería trabajar a tu lado a toda costa, y para no correr riesgos, me aprendí al dedillo toda la biografía de tu *nonno*.

16

Viena,
30 de junio del año de Nuestro Señor de 1766

José II solía tocar música de cámara en sus aposentos casi todas las tardes, en compañía de Strack, su fiel *valet de chambre*, que era un consumado chelista, y de otros músicos de la corte. Igual que a algunos monarcas les da por jugar a las cartas o salir de caza, el emperador era un adicto a la música —*la musique est une espèce de drogue*— y los días en que no podía entregarse a ella se ponía de muy mal humor. Había heredado la adicción de su bisabuelo, Leopoldo I, un multinstrumentista consumado que componía además música vocal; de su abuelo, Carlos VI, buen clavecinista y autor de varias obras para teclado; y de su madre, la emperatriz María Teresa, que se había convertido en una cantante más que aceptable. El veneno de la música había ido a parar también a su hermano Leopoldo, gran duque de Toscana (que heredaría el trono a su muerte), y a su hermana María Antonieta, casada con Luis XVI de Francia. José II obtenía un placer doble en estas sobremesas musicales, a las que estaba vedado el acceso de cualquier extraño: por un lado, el gusto por hacer la música en sí misma, música que solía consistir en fragmentos, tanto vocales como instrumentales, de las óperas de mayor éxito del momento. Como el nivel de los participantes era notable, el emperador solía entrar en éxtasis musical durante la mayor parte del tiempo, al escuchar como fluían, con prístina pureza, las armonías de los compositores más importantes de Europa. Pero ocurría a veces, dado que aquéllos no dejaban de ser ensayos entre amigos, que la interpretación se viniera abajo por la dificultad de la partitura o por falta de concentración de los participantes, en cuyo caso el placer lo obtenía de asistir a los ataques de impotencia y desesperación del primer violín, Franz Kreibich, que tal vez por ser el más profesional de todo el grupo, era también el más perfeccionista. En las ocasiones en que la música sonaba rematadamente mal, los berrinches del violinista eran tan cómicos que José II solía acabar rodando de risa por el suelo.

Strack llevaba una semana de baja —un corte profundo en el pulgar izquierdo, mientras manipulaba un cuchillo de cocina le impedía tocar el chelo— y las trepidantes sobremesas musicales habían tenido que suspenderse, para gran disgusto del emperador, que empezaba a experimentar una especie de síndrome de abstinencia musical.

—¡Gassmann, búscame a alguien que pueda cubrir a Strack hasta que sane su maldito dedo! —le gritaba todas las tardes a su compositor de cámara.

Pero no era fácil dar con un sustituto para su *valet de chambre*, porque ese recambio tenía que ser, además de buen músico, persona discreta y con un gran sentido del humor.

Por fin Gassmann se atrevió a sugerir el nombre de su protegido, Antonio Salieri, que con sólo dieciséis años acababa de llegar de Venecia para recibir la mejor de las formaciones musicales posibles.

José II tenía plena confianza en su compositor de cámara, respetado no sólo en Viena, sino en toda Europa, pero la idea de incorporar a su camarilla de músicos a un pipiolo de dieciséis años se le hacía cuesta arriba.

—Ponedlo a prueba, majestad —le dijo Gassmann—. ¿Qué podemos perder?

José tenía claro que si el joven recomendado no daba la talla, se crearía una situación bastante violenta entre los músicos. En primer lugar, la reputación de Gassmann se vería afectada, pues todo el mundo lo interpretaría como un episodio de nepotismo. Pero también supondría un mal trago para Kreibich, el más exigente de todo el grupo, que se vería en el brete de tener que rebelarse contra la imposición imperial o aceptarla a regañadientes. Al final predominó el síndrome de abstinencia y José II decidió poner a prueba al joven aquella misma tarde.

17

Salieri era pequeño de estatura y no muy bien parecido
—como Mozart, al que a veces la gente confundía con un
criado— pero a diferencia de su rival, estaba increíblemente
dotado para las relaciones sociales, hasta el punto de que, con
el paso de los años, llegó a ser conocido como «el Talleyrand
de la música». Si unimos el talento del italiano para poner
cómoda a la gente con el hecho de que José —ansioso por
que el experimento de Gassmann saliera bien— se esforzó en
darle un buen recibimiento, entenderemos por qué la química entre ellos funcionó desde el primer instante.

—¡Buenas tardes, joven! —le dijo el emperador en su tono
más afable. Y como quiera que Gassmann le había informado de que Salieri llevaba apenas unas semanas en la ciudad,
José añadió—: Decidme, ¿qué os está pareciendo Viena?

—¡Maravillosa, excelencia!

Salieri tardó medio segundo en darse cuenta del grave
error de protocolo que acababa de cometer. Acostumbrado a
tratar en Venecia con personajes de alta alcurnia, pero en ningún caso de sangre azul, había utilizado el incorrecto «excelencia» para dirigirse al emperador del Sacro Imperio Romano
Germánico.

—¡Ejem! Quería decir que me parece una ciudad extraordinaria, majestad —se corrigió haciendo énfasis en el trata-

miento adecuado, lo que provocó risotadas de desdén por parte de los músicos allí presentes. ¿Gassmann había traído a presencia de Su Majestad a un gañán de provincias?

José, en cambio, fiel a su propósito de que el experimento saliera bien, no sólo no aprovechó el desliz para carcajearse del nuevo fichaje, sino que le preguntó con genuino interés por su pueblo, por su familia y por la peripecia que lo había arrastrado hasta Viena. Salieri había empezado con mal pie, pero se fue sintiendo cada vez más a gusto en el diálogo imperial y terminó deshaciéndose en elogios hacia Gassmann.

—¡Un sabio, un protector, un amigo, un padre!

—Mi compositor de corte, al que tanto apreciáis, me ha informado de que sois un magnífico cantante —dijo el emperador—. ¿Podríais hacernos escuchar algo, como aperitivo, antes de sentarnos a tocar?

Aunque no se atrevieran a decirlo, resultaba evidente que los músicos allí presentes se sentían agraviados ante el hecho de que un palurdo de dieciséis años pudiera, de golpe y porrazo, sentarse a tocar con ellos, sin siquiera haber tenido ocasión de apreciar su valía, así que se miraron satisfechos ante esa especie de examen de ingreso que acababa de proponer Su Majestad: él lo había planteado como aperitivo, pero lo cierto es que era una prueba de admisión.

Salieri se había relajado al comprobar la calidez con la que lo había recibido José y, con total naturalidad, se dirigió al clavecín para acompañarse a sí mismo en un aria de ópera. Gassmann ya le había informado de que una de las obras que tocarían aquella tarde sería *Alcide al bivio*, de Hasse, así que cantó de memoria, sin mostrar nerviosismo alguno, *Dei clementi, amici Dei*, perteneciente al primer acto.

Salieri leyó a primera vista ése y todos los números musicales que le pusieron en el atril, y cantó con soltura no sólo las partes de contralto de los coros de *Alcide*, sino también los fragmentos en solitario. Todos los allí presentes habían sido víctimas, en la última semana, del mal humor del emperador por no poder hacer música debido al accidente de su *valet de chambre*, así que en el fondo se alegraron de que el sustituto pasara la prueba y el emperador volviera a su buen talante de siempre.

—A partir de mañana —le dijo José a Gassmann al terminar la exhibición— quiero a vuestro protegido en mi grupo de cámara al menos dos veces por semana. Teníais razón, se trata de un joven de talento extraordinario.

18

Viena, dos años después

Antonio Salieri ya se había convertido —gracias a su simpatía y a su enorme talento musical— en el niño mimado de
José II cuando Leopold Mozart decidió llevar a Viena a su
niño prodigio (que contaba por entonces once años), para
exhibirlo ante los emperadores. María Teresa de Austria gobernaba aún en corregencia con José II, y al ser ambos reco-
nocidos melómanos, estaba seguro de poder impresionarlos
con el talento del pequeño Amadeus. Sin embargo, María
Teresa se debatía entre la curiosidad por conocer al portento
musical del que hablaba toda Europa y la irritación que le
producía el personaje de Leopold, al que consideraba poco
menos que un mendigo.

—¡Todo el día pasando el platillo, como si su hijo fuera
un mono de feria! —se mofaba cada vez que salía a relucir su
nombre.

Su desprecio hacia los Mozart aún iría en aumento algo
más tarde, cuando el compositor favorito de la emperatriz,
Johann Adolph Hasse, fue eclipsado por Mozart en Italia. Aquel
episodio la mortificaría sobremanera, pues aparte de sentir
auténtica veneración por el músico, veinte años mayor que
ella, le unía a él un amor parecido al de una hija con su padre.

—Haremos esperar a los Mozart —le dijo a su hijo, José II; y éste, que se moría de ganas de escuchar a Amadeus, pero sentía un pavor reverencial hacia su madre, no se atrevió a rechistar.

Pasaron las semanas y Leopold, que era muy miserable con el dinero, empezó a ponerse nervioso, porque la estancia en Viena no le estaba resultando precisamente barata: en aquella ocasión le acompañaban también su esposa y su hija, lo cual multiplicaba por dos los gastos de hospedaje y alimentación. Para colmo de males, y justo cuando se hallaba a punto de ser recibido en audiencia por Sus Majestades, estalló en Viena un episodio de viruela que los obligó a huir de la ciudad. Desplazarse hasta Moravia no les valió de nada, puesto que tanto Amadeus como su hermana mayor, Nannerl, ya se habían contagiado en Viena e incubado la enfermedad.

Por fin, tras meses de contratiempos y esperas, y una vez que los hermanos Mozart derrotaron a la viruela, María Teresa de Austria decidió que ya los había hecho aguardar lo suficiente y les concedió la audiencia que tanto deseaban.

Era imposible resistirse al encanto de Amadeus y de su hermana, que tocaba y componía tan bien como él, y desde el punto de vista artístico, la visita a palacio estaba destinada a ser un éxito rotundo. Pero a medida que avanzaba la tarde, Leopold iba comprobando con creciente ansiedad que la audiencia imperial llegaba a su fin y allí nadie hablaba ni de contraprestación económica por la exhibición, ni de valioso regalo de despedida, ni de cargo bien remunerado en palacio.

José II, sabedor de que el tema de conversación que quería abordar con Leopold era delicado, se lo llevó a un rincón del salón de música, lejos de los oídos de los niños y de su madre, la abnegada Anna Maria.

19

—Vuestros hijos son un portento —dijo el emperador—, y no puedo por menos de felicitaros por la excelente formación que les habéis dado y que, a la vista está, continuáis dándoles. Sin embargo…

José II temía tanto como admiraba a su madre, la todopoderosa María Teresa, y echó la vista atrás para asegurarse de que estaba a distancia suficiente de ella y no podía escuchar nada.

Leopold no podía imaginar qué objeción se le podría poner a la actuación de sus hijos, que, por estar muy estudiada y ensayada a lo largo de interminables giras, rayaba ya en la perfección.

—¿Sin embargo, majestad?

—La emperatriz opina que la vida que llevan vuestros hijos no debería ser tan… ¿cómo decirlo?, ajetreada.

Las palabras de Su Majestad tenían todo el aspecto de ser el preámbulo a una propuesta de empleo. Como los niños necesitaban tranquilidad y sosiego, y María Teresa estaba, al parecer, muy preocupada por ellos, había decidido ofrecerle a él, su padre, un puesto bien remunerado en la corte.

—Por otro lado —continuó el emperador—, ¿cuántos años más pueden unos adolescentes pasar por niños prodigio? Dentro de poco tiempo, lo que hoy es fuente de asombro no causará sorpresa alguna.

Leopold solía mentir sistemáticamente en las giras sobre la edad de sus hijos, a los que llegaba a restar dos o tres años, para que su precocidad pareciera aún más asombrosa, así que se puso a la defensiva, pensando que el emperador conocía sus malas artes de vendedor ambulante y que incluso se disponía a afearle allí mismo su conducta.

Por ello, la propuesta que llegó a continuación, de que Wolferl, con tan sólo doce años, compusiera una ópera para los teatros imperiales, le dejó completamente descolocado.

—¿Una... ópera, majestad?

—Una ópera bufa, naturalmente. Están causando furor en Viena. ¡Los italianos se han apoderado de nuestros teatros desde hace meses!

Amadeus se había atrevido hasta ahora con un *singspiel* paródico en un acto, una comedia musical llamada *Bastián y Bastiana*, en la que había partes habladas y partes cantadas. Su duración era de alrededor de cuarenta minutos y para Wolferl había supuesto, dada su temprana edad, un verdadero *tour de force*. Pero el emperador estaba lanzando ahora el desafío de una ópera en tres actos, con una duración cuatro o cinco veces superior a la anterior. ¡Y para estrenar en el Burgtheater, con toda la familia real presente! Leopold aún seguía sin palabras, lo que provocó una nueva intervención del emperador.

—¿Qué me decís? Cualquiera que desee triunfar en Viena ha de hacerlo en el género rey en nuestros días, que es la ópera. Y aunque hay lenguas de doble filo que van diciendo por ahí que vuestro pequeño Wolfgang recibe alguna ayudita de su padre, hoy he comprobado con mis propios oídos que el muchacho tiene talento y energía más que suficiente para abordar en solitario un proyecto tan ambicioso.

Leopold no pudo evitar sentir una profunda incomodidad ante la insinuación de que su Wolferl no componía solo, pero se guardó muy mucho de verbalizar su irritación ante el emperador. Lo cierto es que al padre de Amadeus se le podía acusar de muchas marrullerías, pero a la hora de componer, era Wolfgang quien se enfrentaba siempre, en solitario, a la partitura.

Al ver que la emperatriz daba por terminada aquella velada musical y que se estaba despidiendo de sus hijos, Leopold no se lo pensó dos veces.

—¡Tendréis esa ópera, majestad! ¡Mi hijo ha alcanzado ya una madurez musical y una maestría en el manejo de las voces que para sí quisieran algunos compositores que le doblan la edad!

—¡Bravo, herr Leopold, así se habla! Estoy seguro de que el pequeño Amadeus sabrá estar a la altura de los teatros imperiales. Y ahora, si me perdonáis, tanto mi madre como yo deseamos retirarnos a nuestros aposentos.

20

Leopold Mozart tenía una aversión natural hacia los italianos, especialmente si eran venecianos, pues los consideraba individuos de turbia moralidad y lengua ponzoñosa. Pero eran los reyes de la ópera bufa y tuvo que acudir a uno de ellos, Marco Coltellini, para que escribiera el libreto de la ópera sugerida por el emperador. Coltellini no era veneciano de nacimiento, sino toscano, pero en lo tocante a la ópera bufa su modelo era el gran Carlo Goldoni, que sí era hijo de la Serenísima. Coltellini le propuso adaptar una comedia de su maestro llamada *La finta semplice* y Leopold, que estaba al tanto de que Goldoni gozaba de gran aceptación entre el público vienés (al que él despreciaba), no tuvo más remedio que aceptar. Lo cierto es que el fuerte de Coltellini no era la comedia y que a medida que empezaron a llegar las hojas del libreto, Leopold se arrepintió de haber requerido sus servicios.

Al ver que Wolfgang se había puesto a trabajar como un poseso a las pocas semanas de la propuesta imperial, Anna Maria, la mujer de Leopold, empezó a preocuparse.

—Pero ¿tenemos contrato? —le preguntaba a su marido, mañana, tarde y noche. A ver si todas aquellas horas de esfuerzo de su pequeño Wolferl iban a ser en balde, porque lo cierto es que Amadeus trabajaba de sol a sol.

—Tenemos algo mejor que un contrato, mujer: ¡la palabra del emperador!

Anna Maria tenía una gran admiración por su esposo, pero la ausencia de un documento escrito la llenaba de intranquilidad y de zozobra.

Los dos teatros imperiales de Viena pertenecían a la corte, pero estaban gestionados por empresarios privados. Eran ellos quienes arriesgaban su dinero en cada producción operística y quienes decidían repertorio y reparto. Es cierto que estaban tutelados desde palacio, para que no pudieran, por ejemplo, sucumbir a la tentación de poner en cartel obras demasiado subversivas o indecorosas, pero fuera de lo expresamente prohibido por el emperador, tenían libertad de acción.

Por aquel entonces, el empresario que gestionaba los teatros era un bribón llamado Giuseppe Affligio que acabaría condenado más tarde a cadena perpetua, en la isla de Elba, por estafa.

—Tener que tratar con ese hombre me revuelve las tripas —le dijo Leopold a su mujer—, pero aún más desasosiego me produce la persona delegada por el compositor de cámara del emperador para que controle que nada se sale de madre. Es un joven veneciano en quien el venerable Gassmann confía ciegamente. Tiene tan sólo dieciocho años, pero cuando aparece por el teatro se da unos aires que parece el maestro de capilla imperial. Es bajito, feo y renegrido y se llama Antonio Salieri. Es el asistente de Gassmann y seguro que está que se lo llevan los demonios al ver que él no ha estrenado aún ninguna ópera y nuestro pequeño Wolferl, con tan sólo doce años, va a debutar a lo grande en el Burgtheater.

21

Si había algo que no se le borraba de la cabeza al obsesivo Leopold era el comentario que dejó caer el emperador durante la audiencia: que en Viena muchos pensaban que Amadeus no era el genio deslumbrante y autónomo del que su padre presumía, sino que recibía ayuda sustancial de éste. Por ello, durante los meses que permanecieron en la ciudad, a la espera de que Wolfgang terminase la ópera, una de sus metas principales fue combatir la desconfianza que las hazañas musicales de su hijo despertaban en la comunidad musical. Si en otros tiempos la manera de exhibir a Amadeus había sido cubrir el teclado del piano con un paño y hacerle tocar a ciegas, ahora su lucimiento pasaba por demostrar que era capaz de componer a la carta, con más rapidez e inspiración que ningún otro músico de Viena.

—Abrid al azar cualquier obra de Metastasio —decía en cuanto padre e hijo eran invitados a casa de algún noble—. Muy bien, ahora suministrad a mi hijo pluma y papel pautado y antes de que cante un gallo os habrá compuesto, sobre el pasaje que hayáis elegido, un aria con acompañamiento de varios instrumentos.

La campaña de contrapropaganda desplegada por Leopold sirvió para reavivar el interés por Amadeus en los cenáculos más distinguidos de la ciudad, pues lo cierto es que el público vienés, siempre ávido de nuevos estímulos, había llegado a saturarse con las exhibiciones circenses de Mozart. A medida que éste iba teniendo listas las arias y conjuntos de *La finta semplice*, Leopold ponía a prueba estos números sueltos en casa de algún aristócrata, con bastante buena aceptación en general, a pesar de las pocas dotes del libretista Coltellini en el manejo del humor. Pero el público de Viena seguía sin creerse que un mocoso de tan sólo doce años fuera capaz de componer una ópera entera, de casi tres horas de duración, y cuando empezaron los ensayos, en el teatro se destapó la caja de Pandora.

Era costumbre habitual en aquella época que el compositor dirigiese a la orquesta desde el teclado, pero los músicos del teatro más importante de Viena se sintieron humillados al ver que quien les ordenaba tocar o callar era un niñato.

—¡Escena primera del acto primero! —decía Wolfgang con una voz todavía de imberbe—. Desde «*Bella cosa è far l'amore*», por favor.

Nadie se movía.

—¿No me habéis oído? ¡Compás nueve, el inicio del cuarteto!

Entonces el primer violín se ponía en pie y sin mirar siquiera a Amadeus, se dirigía desde el atril a Antonio Salieri, que como delegado del compositor de corte, estaba siguiendo los ensayos para asegurarse de que todo marchara sobre ruedas.

—Maestro Salieri —preguntaba con retintín el concertino—. ¿Autorizáis que retomemos desde el compás nueve como se nos está indicando?

El también jovencísimo Salieri, que aún no era más que un asistente, se sentía violento al oír cómo le llamaban maestro y con una sonrisa forzada, gesticulaba con ambas manos, con la vehemencia que sólo pueden desplegar los italianos, para que lo dejaran tranquilo. Él no estaba ahí para dirigir la ópera ni enfrentarse al niño prodigio, sino para asegurarse de que todo funcionara correctamente.

Al ver que Salieri se desentendía de su pregunta, el primer violín se dirigía a Leopold, que seguía los ensayos sentado en una de las primeras filas.

—En ese caso, tal vez nos pueda orientar el padre de la criatura, como… ejem, ejem… coautor de la ópera.

Risas en el foso de la orquesta.

Leopold entonces se levantaba indignado por aquella provocación y ordenaba a los músicos que siguieran al pie de la letra las instrucciones de su hijo, pero el proceso se repetía cada vez que Wolfgang humillaba a los miembros de la orquesta, haciéndoles repetir tal o cual pasaje.

Hasta tal punto estaba Salieri a favor de que la ópera de Mozart fuera un éxito, que una mañana bajó del palco desde el que acostumbraba a seguir los ensayos, para mediar entre Amadeus y un bajo bufo que se negaba a cantar el aria que le acababan de entregar.

—¡Esto está en si bemol! —tronó el cantante—. ¡Dejé claro al maestro Coltellini que la tonalidad que a mí me va bien tiene tres bemoles en la armadura: mi bemol! ¡Si no está en mi bemol, que cante su tía!

Salieri entonces ordenó hacer un descanso en el ensayo, se llevó a Wolfgang entre cajas, lejos de oídos indiscretos, y le explicó que aquel cantante era, ciertamente, uno de los mejores de la plantilla, pero no sabía leer una partitura.

—Lo único que alcanza a descifrar es cuántos bemoles hay en la armadura, pero no es capaz de nada más. Dadle un aria con tres bemoles, como si estuviera en mi bemol, y cantádsela vos mismo, pero en si bemol. Él se la aprenderá de memoria en cuanto la escuche una sola vez, porque tiene una gran retentiva, ¡pero creerá que la está cantando en la tonalidad que a él le gusta!

La astucia de Salieri hizo reír a Amadeus, que siguió sus

instrucciones al pie de la letra. Todo fue sobre ruedas, hasta que, al día siguiente, el concertino de la orquesta, que era el que tenía más mala baba, le contó al bajo bufo que había sido engañado por una criatura de doce años: en realidad el aria sí que estaba en si bemol.

—¡Maldito niño! —dijo el bajo, mientras se arrancaba la peluca con la que estaba actuando y la estampaba contra el suelo del escenario—. ¡Ya decía yo que no acababa de encontrarme a gusto en esta aria, que por otro lado es imposible que haya escrito él!

Se produjo un motín general de instrumentistas y cantantes y los ensayos se pospusieron *sine die*. Leopold estaba muy presionado, porque al haber permanecido tanto tiempo en Viena para llevar adelante aquella ópera, había sacado de quicio al arzobispo de Salzburgo, de quien era vicemaestro de capilla. Aún no estaba despedido, pero el arzobispo le hizo saber que hasta que no se reintegrase a su puesto de trabajo, su sueldo quedaba congelado.

—¡No tenemos ingresos y no tenemos contrato! —dijo aterrada Anna Maria.

—Padre —intervino Wolferl—, si estos señores no quieren tocar mi música ¿de qué vamos a vivir? ¿Del aire?

Leopold perdió los estribos hasta con su propio hijo.

—¡Mentecato! —le gritó—, ¡te has dejado engañar por ese Salieri!

—¡Mentira, él sólo quería ayudar! ¡El bajo canta igual de bien en si que en mi pero era imposible convencerle: había que camelarle como a un niño que no se quiere tomar la medicina.

—¡Wolferl, hazme caso en esto, conozco a los venecianos, llevan la traición y el engaño en la sangre! Salieri es veneciano, te animó a que engañaras al bajo para luego, a tus espaldas, destapar tu mentira y dejarte a los pies de los caballos. ¡Jamás te perdonarán que hayas intentado burlarte de ellos!

Amadeus vertió amargas lágrimas ante aquel reproche paterno, hasta el punto de que su madre, que siempre se guardaba muy mucho de enfrentarse directamente a su marido, intercedió por él.

—¡No le puedes culpar a él del plante de los músicos ni de que la ópera esté a punto de naufragar! ¡Si tanto dices que vale la palabra del emperador, vete a hablar con el empresario y dile que al menos te pague los cien florines que acordaste como contraprestación al entregar la ópera!

22

Affligio, el empresario, no quería indisponerse con el emperador, pero aún menos estaba dispuesto a enfrentarse con los músicos. Si se los ponía en contra y los obligaba a interpretar la ópera de aquel niñato, su vida se convertiría, de ahora en adelante, en un infierno. Además, el rumor (completamente falso) de que la ópera la había compuesto Leopold y no su hijo, y de que estaba plagada de arias incantables, ya se había propagado por toda Viena. ¿Para qué arriesgarse a poner en escena una obra que, aun antes de haberse estrenado, ya estaba recibiendo tanta publicidad negativa? Lo que llevaba a la gente al teatro era el boca a boca, y nadie a esas alturas querría ir a ver una estafa para que lo tomaran por idiota. Leopold, por su parte, se hallaba entre la espada y la pared, no sólo porque sus reservas de dinero se estaban agotando, sino porque si prosperaba la calumnia de que Amadeus era un fraude, su vida profesional podría darse prácticamente por acabada.

La reunión entre Affligio y Leopold tuvo lugar en la pequeña oficina que el primero mantenía en el teatro para resolver cuestiones burocráticas y debido a que el futuro profesional de los dos estaba en juego, alcanzó unos niveles de enorme tensión.

—*La finta semplice* es un encargo expreso de Su Majestad —dijo Leopold—. Si se entera de que vuestra *troupe* de saltimbanquis la está boicoteando, sólo Dios sabe hasta dónde podría llegar su cólera. Probablemente os retiren la concesión de ambos teatros. ¿O son tres? —añadió malévolamente para hacerle ver la cantidad de dinero que estaba poniendo en peligro con su actitud.

Affligio gestionaba también el Anfiteatro Hetz, una especie de plaza de toros de madera a la que los vieneses de todo tipo y condición acudían los domingos y otras fiestas de guardar a presenciar espectáculos sangrientos, como una jauría de perros despedazando a bocados a un buey indefenso. En virtud de sus acuerdos con la corte, si perdía los dos teatros de ópera, también se quedaría sin la pieza más lucrativa de todo el lote, que era ese siniestro matadero. Sin embargo, Affligio, que era en esencia un delincuente dedicado temporalmente a explotar un negocio teatral, estaba acostumbrado a tratar con tipos mucho más duros que Leopold, y a soportar incluso amenazas de muerte, de modo que no se dejó amilanar por el austríaco.

—Nada más lejos de mi intención que contrariar los deseos de Su Majestad. Mostradme el contrato y nos atendremos a él al pie de la letra.

—¡De sobra sabéis que fue un acuerdo verbal! ¡Pero estaba presente incluso la emperatriz María Teresa! ¿Queréis que vaya a hablar con Sus Majestades y les cuente que para vos su palabra vale tanto como una voluta de humo?

—Mi querido Mozart, si no hay contrato, no hay obligación legal. Y una puntualización: esos que vosotros llamáis mi «troupe de saltimbanquis» son los mejores instrumentistas y cantantes de toda Europa.

—¡Ja! ¡Si muchos no saben ni leer una partitura!

—¡Ni falta que les hace!

—¡Hoy mismo hablaré con el emperador!

—¡Eso, si os recibe! Toda Viena sabe que os tuvo esperando tres meses antes de concederos audiencia. Por otro lado ¿qué pensáis contarle? ¿Creéis que Su Majestad no está puntualmente informado de todo cuanto acontece en sus teatros?

—¡Ese canalla de Salieri! ¡No es más que un mediocre chivato!

—Es amigo mío. ¿Cómo osáis denigrarle?

—Desde que le vi en el palco, medio oculto detrás de las cortinas, escrutándolo todo con mirada torva y ceño fruncido, supe que ese veneciano nos traería problemas.

En el calor de la discusión, Leopold fue presa de repente de una súbita e infundada sospecha y abrió de golpe la puerta de la oficina, como si hubiera alguien al otro lado a quien pretendiera sorprender espiando la conversación. Pero el pasillo estaba vacío, y su delirio paranoico desató una sonora carcajada por parte de Affligio.

—¿Cazáis fantasmas, herr Mozart? ¡Ja, ja, ja! La reunión ha terminado. La ópera no se pondrá en cartel y por supuesto, ¡olvidaos de los cien florines que me reclamáis!

—¡Esto no acabará así!

—No, acabará mucho peor. Porque si de verdad estáis decidido a obligarme a poner la ópera en cartel, lograré que los músicos y los actores hagan un trabajo tan lamentable que *La finta semplice* será el fracaso más sonoro que haya habido nunca en Viena.

23

Leopold juró venganza contra Affligio (que no quería pagarle) y contra Salieri (que sólo había tratado de ayudar) y escribió una carta muy vehemente, aunque muy torpe, al emperador en la que prácticamente le ordenaba que mediara en el asunto y reparara la reputación de Amadeus.

> Ruego a Vuestra Graciosa Majestad que ponga coto a los envidiosos calumniadores que tratan de difamar a una inocente criatura a la que Dios ha dotado de talento extraordinario y a la que otras naciones han admirado y favorecido...

La comparación con otros Estados, donde según Leopold, sí habían sabido apreciar el genio de Mozart, disgustó al emperador, que declinó intervenir personalmente en la disputa, limitándose a delegar la investigación en un funcionario. Éste informó a Su Majestad de que Affligio estaba dispuesto a poner la ópera en cartel.

—Padre, si el emperador quiere que se estrene mi ópera ¿por qué te niegas? —dijo Wolferl.

—¿No lo entiendes? ¡Ya es demasiado tarde! Si forzamos que se represente, los músicos y los actores, que son en su mayoría italianos, ¡lo harán mal a propósito! ¡Me lo advirtió

Affligio con esas mismas palabras! ¿Quieres que toda Viena diga que tu ópera no vale un comino?

—Lo que nunca van a hacer —decía Anna Maria— es pagarnos por no trabajar. ¡Arriesguémonos y cobremos al menos los cien florines! No puedo creer que artistas de tanta valía se arriesguen a hacer el ridículo sólo para arrastrar el nombre de Wolferl por el fango. Si él queda mal, ellos quedarían mal también.

Leopold estaba muy mortificado porque Anna Maria le había hecho sentir, durante las últimas semanas, como a un auténtico estúpido. ¡A él, que se consideraba muy superior en inteligencia y sagacidad a la mayoría de la gente! Pero lo cierto es que no sólo no había exigido contrato por la ópera, sino que ni siquiera había solicitado un anticipo.

—¡Mujer, no me vuelvas a decir nunca lo que tengo que hacer! Me gustaría haberte visto a ti diciéndole al emperador: «Majestad, no me fío de vuestra palabra, ponedme las cosas por escrito; y el dinero, por adelantado». Si la cosa se ha ido a pique no ha sido por mis errores sino porque los italianos, dirigidos por ese Salieri, han conspirado para que Wolferl fracase.

El tremebundo enfado de Leopold no sólo agrió su relación con Anna Maria y con el pequeño Wolfgang, sino que irritó profundamente a la emperatriz María Teresa, quien ya antes del incidente no tenía en muy alto concepto al padre de los dos niños prodigio.

—No es más que un pedigüeño y contra el vicio de pedir, la virtud de no dar —respondía en cuanto le mencionaban a Leopold Mozart.

Una vez descartada la posibilidad de conseguir un cargo en la corte de Viena, Leopold puso sus ojos en Italia, país en el que Amadeus era muy querido y apreciado y donde su música era más valorada que en ningún otro lugar. Pero en muchos estados italianos gobernaban los Habsburgo y él había cometido el inmenso error de hacerse odiar por María Teresa de Austria, cuyo largo y poderoso brazo llegaba hasta sus descendientes en Milán, Florencia o Nápoles.

En Lombardía, por ejemplo, con capital Milán, gobernaba el archiduque Fernando, que como todos los hijos de María Teresa, no osaba mover un dedo sin consultar antes con su madre. Tras el desastre de *La finta semplice*, que le había cerrado las puertas de Viena, Leopold tanteó al duque de Milán, que en principio se mostró encantado de tener a su servicio a un talento tan descomunal como Amadeus.

Sin embargo, y dado que María Teresa, además de muy controladora, era también muy melómana, al archiduque Fernando le resultaba impensable no pedir permiso a su madre antes de contratar a Mozart. Su respuesta, en forma de carta, fue contundente:

> Mi queridísimo hijo:
>
> Me preguntas si debes tomar a tu servicio al joven salzburgués. No entiendo para qué, pues no veo que tengas necesidad de un compositor o de rodearte de gente inútil. Sin embargo, si ése es tu deseo, no pienso impedírtelo. Lo que te digo es sólo para evitar que te cargues a las espaldas a personas improductivas y les empieces a conceder títulos. Esta gente va por la vida en plan mendicante y contratarlos no haría más que degradar la calidad de tu servidumbre.

Leopold Mozart había llevado tan lejos sus protestas por el boicot a *La finta semplice* que no sólo le costó quedarse sin los cien florines que tenía apalabrados con el emperador, sino que le cerró para siempre las puertas de Italia. Aquel berrinche ante la persona equivocada cambió de manera inexorable el curso de su vida y la de su prodigioso hijo.

24

José II podría haber decantado la disputa entre Leopold y Affligio a favor del primero, si se hubiera implicado personalmente, cuando lo cierto es que era él quien había dejado a los Mozart a los pies de los caballos. La tendencia a embarcar a la gente en proyectos de todo tipo, para luego desmarcarse de los mismos en el último momento, estaba firmemente arraigada en su carácter. Sin embargo, Leopold no podía convertir al emperador en el objeto de su odio, porque era un personaje demasiado poderoso, y en última instancia el único que habría podido apoyar en el futuro (como acabaría ocurriendo) otra ópera de Amadeus. Pero alguien tenía que pagar por aquel humillante desastre y Leopold, rencoroso y vengativo por naturaleza, decidió que el responsable del boicot de *La finta semplice* no era otro que Antonio Salieri, la persona delegada por José II para controlar la producción de la ópera. En su delirio paranoico, había sido él, por ser ya con tan sólo dieciocho años un músico de excepcional talento y sensibilidad, el primero en haberse dado cuenta de la amenaza que suponía para los compositores italianos la llegada de un genio alemán como Amadeus.

—Ese malnacido quiere arrancar «la mala hierba teutona» de Viena antes de que arruine lo que él considera «su jardín». Pero tú, mi querido Wolferl, no eres ningún hierbajo, sino la flor más espléndida de ese jardín y el Burgtheater no puede convertirse en el coto privado de ningún veneciano. Viena es una ciudad alemana, nuestro emperador es alemán y no podemos consentir que los italianos se apropien de algo que nos pertenece por derecho.

Poco a poco, Leopold Mozart fue emponzoñando los oídos del pequeño Amadeus con calumnias sobre Antonio Salieri y su camarilla de italianos, quienes, según él, se habían conjurado para mantenerlo alejado de la corte y evitar, de ese modo, ser eclipsados por su prodigioso talento. Y Wolfgang, que no tenía ni tiempo, ni modo, ni ganas de comprobar si esas conspiraciones eran reales o imaginarias, porque todas sus energías estaban concentradas en la creación musical, empezó a creer a pies juntillas que aquel italiano, que sólo había intentado echarle una mano en Viena, era en realidad su némesis operística.

El esfuerzo intoxicador de Leopold sobre Amadeus llegó a tal extremo que hasta su madre, Anna Maria, se vio obligada a intervenir.

—¿No sería mejor que te dedicaras a enseñarle técnica musical en vez de pasarte el día entero enfrentándolo a Salieri y sus amigos italianos? Controlan la ópera en Viena, así que ¿para qué enemistar a nuestro hijo con ellos? Tarde o temprano tendrá que pedirles ayuda, si quiere estrenar una ópera.

Como siempre que Anna Maria se inmiscuía en su manera de llevar las cosas, la reacción de Leopold solía ser cáustica e inmediata.

—Mi querida sabelotodo, gracias por tus sabios consejos, pero Wolferl es un milagro de Dios que hace tiempo que no necesita instrucción musical; se basta y se sobra para aprender por sí mismo todo cuanto necesita para componer como los mejores. En cambio, en lo tocante a las relaciones sociales y a la supervivencia profesional está aún muy verde, y sí precisa de un guía que le señale quiénes son sus amigos y quiénes sus enemigos. Tú ocúpate de que coma tres veces al día y no vista como un pordiosero, que yo me encargaré de abrirle los ojos al mundo en el que va a tener que desenvolverse.

25

El reproche le resultó especialmente gratuito e hiriente a Anna Maria, pues tanto Wolfgang como su hermana Nannerl iban siempre muy elegantemente vestidos y jamás, ni siquiera en las épocas de mayor apuro económico, faltó comida en la mesa. Pero no dijo nada, porque replicarle a una persona tan autoritaria como Leopold significaba la guerra.

La animadversión de Leopold hacia Salieri no era sólo por haber conspirado para sabotear *La finta semplice*, conspiración que carecía de fundamento. Leopold sentía una inmensa envidia personal hacia Salieri, sobre el que había recabado cuanta información había podido durante su larga estancia en Viena. Él era hijo de un modesto encuadernador de libros, había tenido que luchar a brazo partido, sin ayuda de nadie, para ganarse la vida y había fracasado como compositor y como director musical. ¿Quién conocía sus sonatas a trío o sus *sonate da chiesa e da camera*? En Salzburgo no era más que un segundón: vicemaestro de capilla del arzobispo, y sabía que nunca pasaría de ahí, pues al haberse ausentado tantas veces y por tanto tiempo de su puesto, se había convertido en persona poco confiable. Hasta ahora se había consolado de sus fracasos, diciéndose a sí mismo que estaba cumpliendo la sagrada misión de instruir musicalmente a sus prodigiosos hijos. Pero tanto Nannerl como Wolfgang ya volaban solos y él empezaba a sentir, con enorme consternación, que no era necesario en ningún sitio.

En cambio, a Antonio Salieri se lo habían dado todo hecho desde su más tierna infancia. Era cierto que se había quedado huérfano de madre y padre a temprana edad, pero —¡primer golpe de suerte!— su hermano Francesco era alumno de violín del gran Giuseppe Tartini en Padua, y Salieri pudo ir a formarse con su hermano. Meses más tarde, cual *deus ex machina* salido de no se sabe dónde, apareció en su vida —¡segundo golpe de suerte!— un aristócrata millonario, llamado Giovanni Mocenigo, al parecer amigo de su difunto padre, que se lo llevó a Venecia a vivir en un fastuoso palacio y empezó a darle una educación musical que Leopold no hubiera podido ni soñar. Con quince años, Mocenigo le consiguió como profesor a Giovanni Battista Pescetti, vicemaestro de capilla de la catedral de San Marcos y con gran experiencia operística por haber sido, durante muchos años, director de la orquesta del King's Theatre en Londres. Finalmente, y como si la diosa fortuna no hubiera sido lo suficientemente dadivosa con Salieri, apareció en Venecia —¡tercer golpe de suerte!— Florian Leopold Gassmann, compositor de cámara de José II, que se lo llevó a Viena y le proporcionó una formación integral, a la que sólo hubiera podido acceder un príncipe: profesores de alemán y de francés, profesor de latín (que también le daba italiano), lecciones de violín, de acompañamiento al clave, de lectura a primera vista... Y lo más importante de todo: clases de contrapunto, como base de la composición musical, a cargo del propio Gassmann. ¿Qué más hubiera podido soñar?

—Algún día, querido Wolferl, le ajustaremos las cuentas a ese veneciano —le decía a su hijo con frecuencia, como si temiera que a Wolfgang se le fuera a olvidar la afrenta de *La finta semplice*, antes de que a él le hubiera dado tiempo a planificar el desquite.

Leopold no lo tenía fácil, porque Salieri era una persona muy cercana al emperador y gozaba por tanto de amplia protección en todos los sentidos.

Aunque ciertamente frustrado durante las semanas que siguieron al boicot de *La finta semplice*, que tanto tiempo y esfuerzo le había costado componer, Amadeus terminó alegrándose de que la ópera no hubiera sido su tarjeta de presentación en Viena, porque cuando se estrenó en Salzburgo la acogida fue tan tibia que la obra cayó muy pronto en el olvido.

Encontrar un buen libreto no era tarea fácil, en parte porque los mejores se los apropiaban los músicos ya consagrados, y en segundo lugar porque Amadeus, a pesar de su corta edad, empezaba a mostrarse ya muy selectivo con los textos.

—Hay que buscar algo más potente para el Burgtheater, padre —insistía Wolfgang—. Si conseguimos un buen libreto, compondré una ópera tan sublime que ningún italiano será capaz de conspirar contra ella.

26

Había pasado casi un año y medio desde el naufragio de *La finta semplice*, cuando Leopold y su hijo fueron abordados una mañana, en un café de Salzburgo, por un italiano que se presentó ante ellos como «el hermano de Luigi Boccherini».

—O si lo preferís —dijo el recién llegado con gran dosis de ironía—, podéis llamarme «Boccherini, el malo».

Giovanni Gastone Boccherini era un año mayor que su hermano Luigi, pero mucho menos famoso. No era músico, sino bailarín y coreógrafo, y acababa de terminar de escribir su primer libreto de ópera.

—Es una adaptación de *Las mujeres sabias* de Molière y lo he titulado *Le donne letterate*. Me gustaría que vuestro hijo, cuya música admiro profundamente, le echara un vistazo.

—¿Qué habéis escuchado de mí? —dijo Wolfgang entusiasmado por estar ante un fan de apellido ilustre.

—Conciertos, divertimentos, sonatas…; de los pocos ensayos que hubo de *La finta semplice*, no me perdí ni uno. Me pareció inaudito que no llegara a estrenarse, porque tenía unas arias fabulosas.

A pesar de los elogios a su hijo, a Leopold el personaje de Boccherini se le atragantó en el acto, en parte por su amaneramiento, que le hizo llegar enseguida a la conclusión de que era un perverso sodomita (por tanto, muy peligroso para Wolfgang), y en parte porque, aunque originario de la Toscana, se había formado en Venecia, ciudad que según él era, a pesar de su innegable aunque decadente belleza, una pocilga moral, infestada de personajes inicuos y patibularios.

Boccherini le entregó una copia del libreto y Leopold lo empezó a hojear allí mismo con gran desconfianza. Wolfgang, que al revés que su padre, había sentido una inmediata simpatía hacia él, trataba de alargar el cuello como una jirafa para poder participar también en la lectura, pero su padre se lo puso tan difícil que acabó desistiendo.

Leopold buscaba en aquellas páginas cualquier cosa que le reafirmara en su aversión hacia el italiano y tardó poco en encontrarla.

—Esto más parece el libreto de un ballet que el de una ópera. ¿Dónde están las arias?

—Ja, ja, hay más de las que parece a simple vista. Pero soy ante todo bailarín y coreógrafo, y eso tenía que notarse forzosamente en el libreto. El texto es bueno, creedme; si no estuviera seguro, no habría recorrido los trescientos kilómetros que separan Viena de Salzburgo para haceros entrega de él.

Leopold sintió que una oleada de indignación le sacudía el cuerpo entero. ¿Cómo osaba aquel afeminado primerizo acudir a su hijo, el más prometedor genio de todo el Sacro Imperio Romano, admirado por reyes y arzobispos de Europa entera, para pedirle que pusiera música a su primera incursión dramática de mediocre diletante? El mero hecho de pensar que aquellos versos podían estar a la altura de la inspiración de Amadeus le pareció ridículo e insultante.

—Tomad —le dijo devolviéndole el libreto como si fuera un periódico manchado de grasa—; lamento que hayáis hecho el viaje en balde, pero no nos interesa.

Boccherini no era fácil de provocar y se mantuvo cortés

ante aquel gesto de indudable mala educación. Agarró el libreto que le tendía Leopold y en vez de guardarlo otra vez en su zurrón de viaje, se lo entregó a Wolfgang.

—Tal vez vuestro hijo sí quiera echarle un vistazo. Aunque las malas lenguas digan otra cosa, a mí sí me consta que es él, y no vos, el que pone música a las óperas.

Leopold era tan controlador y ejercía tal dominio sobre Wolfgang que su primera reacción fue agarrar la muñeca de su hijo en el aire, justo en el momento en que éste asía el libreto, para obligar a devolvérselo al italiano. Pero Boccherini era la primera persona a la que había oído defender su tesis de que en Viena existía una campaña de descrédito contra Amadeus y eso le hizo cambiar de idea. Leopold liberó la mano de su hijo y le permitió que hojeara el texto.

—Esto es bueno, padre —dijo Amadeus, tras haber encontrado un aria de su agrado.

Su mente musical era tan rápida y su inspiración tan prodigiosa que, en vez de recitar los versos, los cantó sobre la melodía que acababa de concebir en su cabeza.

Sa tutto il greco
Dall'Alfa all'Omega
Tutto il francese
D'un bout all'autre
Tutto il latino
Tanquam Propertius
Sa la grammatica
L'umanitá.

Boccherini aplaudió como si fuera un espectador sentado en primera fila de butacas.

—¡Bravo, herr Mozart! Una música muy inspirada. Habéis cantado el aria de Filiberto, una de las más divertidas.

—¿Quién es Filiberto? —preguntó Leopold con desconfianza, como si temiera que la respuesta fuera a escandalizarle moralmente.

—Es el preceptor de don Baggeo. Las dos mujeres sabias son Artemia y su hermana. Artemia, que estudia latín y griego y observa el firmamento con un telescopio para ser cada día más instruida, ha convencido a su marido, don Baggeo, de que también tiene que ser sabio. Pero Baggeo es un gañán, que por mucho que estudia no se entera de nada, y su preceptor le hace la pelota en esa aria, despertando (al menos ésa es mi intención) las risas del público, pues los espectadores saben que Baggeo es un perfecto ignorante.

Leopold miró a Wolferl y le vio completamente embebido en la lectura del libreto, ora canturreando para sí alguna melodía que se le venía a la cabeza, ora agitando la mano arriba y abajo, como si estuviera dirigiendo a una orquesta imaginaria.

—No puedo prometeros nada, Boccherini —dijo Leopold—. Pero lo estudiaremos. Mi hijo recibe decenas de libretos al mes desde todas las ciudades de Europa —mintió—. Y debéis entender que hemos de estudiar las ofertas con detenimiento y no precipitarnos en la elección. Y ahora, si tenéis la bondad de dejarnos solos, he de resolver varios asuntos familiares con mi hijo. Buenos días.

27

Una vez en casa, Leopold leyó el libreto de cabo a rabo y tuvo que reconocer que tenía aciertos, aunque se los atribuyó, más que al talento de Boccherini, al drama original francés. «Molière siempre será Molière.» Aunque el libreto estuviera terminado, compositor y libretista tendrían que trabajar codo con codo durante semanas, como era habitual en cualquier ópera, para hacer los necesarios ajustes en arias y recitativos, o incluso para incluir material nuevo, en función de las habilidades de los cantantes. La sola idea de dejar a Amadeus trabajando en compañía de aquel veneciano pervertido le ponía los pelos como escarpias. Pero era sobre todo la perspectiva de que su hijo debutara por fin en el teatro imperial de Viena con el libreto de un perfecto don nadie lo que más le echaba para atrás. Si la ópera fracasaba, todas las culpas serían para Amadeus, el pequeño genio alemán, y le responsabilizarían a él por haber escogido el texto de un bailarín, y no de un poeta, para debutar en Viena. Aunque sabía que su decisión iba a contrariar sobremanera a Wolferl, Leopold se mostró inflexible y decidió darle a Boccherini la callada por respuesta.

Pasaron las semanas, y como los Mozart no daban señales de vida, Boccherini dio la batalla por perdida y solicitó consejo a su amigo y protector Ranieri di Calzabigi, de origen toscano, como él, y libretista ya consagrado, pues había escrito para Gluck su mayor éxito operístico: *Orfeo y Eurídice*.

—Mi intención es ofrecérselo a Gassmann —dijo con arrogancia—. ¿Podéis echarme una mano para que le llegue una copia?

Calzabigi era muy cáustico, y a Boccherini le resultaba a veces difícil discernir cuándo hablaba en serio y cuándo en broma.

—¿Y por qué no acudir directamente a Gluck? —Y se quedó esperando la reacción de su protegido, apoyando la punta de la lengua contra su mejilla izquierda y levantando la ceja, para darle a entender que era un sarcasmo. Pero a Boccherini le cegaba el entusiasmo por su propia creación y se lo tomó al pie de la letra.

—¡Debutar con Gluck! ¡Eso sería mi sueño!

—¡No digáis sandeces! —se carcajeó Calzabigi—. ¡Os estaba tomando el pelo! Gluck está fuera de vuestro alcance. Bastante insensatez habéis cometido ya al acudir a Mozart, por el que se ha interesado hasta el emperador, siendo vos un perfecto desconocido. Además, Gassmann no podría colaborar con vos ni aunque os considerara digno de su posición y su talento. Está preparando una ópera seria para estrenar en Roma, coincidiendo con el viaje de Su Majestad a la Ciudad Eterna.

—¿Entonces?

—Salieri.

—¿Salieri? ¡Pero es sólo un asistente!

—Y vos sólo un bailarín metido a poeta.

—Pero Salieri ¿qué ha compuesto?

—Arias sueltas, algún recitativo… Es un primerizo, como vos.

—Con una diferencia. Mi libreto está terminado. ¿Será él capaz de terminar una ópera?

—La única manera de saberlo es ponerle a prueba.

—¿Salieri? ¡Qué decepción!

—No le subestiméis. Gassmann le tiene en gran aprecio y lo que es mejor aún para vos: Salieri está en el grupo de cámara del rey, que le apoyará a muerte si le complace vuestro libreto. Yo creo que, al ser la primera ópera para ambos, os entenderéis a la perfección y no habrá tensiones, porque ninguno de los dos tendrá fuerza suficiente para imponerle al otro su criterio.

Boccherini tenía en demasiado aprecio a Calzabigi como para desoír su recomendación y marchó de inmediato en busca de Salieri, que cumplía ese mismo día diecinueve años y aceptó el libreto como si fuera un regalo.

—¿No queréis leerlo, antes de aceptar el encargo? —preguntó Boccherini entre extrañado y divertido.

—¿Para qué? Si os envía Calzabigi, el libreto ha de ser más que aceptable. No, no me lo entreguéis aún. Encontraos conmigo mañana a primera hora para contarme la trama y leerme el poema completo. Quiero que mi primera impresión de la obra sea a través de vos.

Tal como había pronosticado Calzabigi, Salieri y Boccherini se entendieron a la perfección. Juntos decidieron confiar los tres personajes masculinos principales a bajos bufos y establecieron qué papeles femeninos debían ser cantados por contraltos y cuáles por sopranos de coloratura.

28

Para evitar que Salieri se sintiera humillado por no haber sido su primera opción, Boccherini evitó referirle su encuentro en Salzburgo con los Mozart. En cambio, el comportamiento de Leopold había sido tan brusco y descortés, y su callada por respuesta tan grosera, que decidió escribirle una carta, en tono aparentemente amable, con la sola intención de restregarle su victoria.

Mi querido señor:

Han pasado seis semanas desde nuestro breve *rendez-vous* en Salzburgo y no he tenido noticia alguna de vos. Dado que me advertisteis de que teníais intención de estudiar mi libreto con gran detenimiento, me imagino que aún no habréis terminado de evaluar sus posibilidades. Tuve ocasión de comprobar en nuestro encuentro hasta qué punto mis versos eran del agrado de vuestro hijo, por lo que no tengo la menor duda de que acabaremos encontrando, más tarde o más temprano, un proyecto en el que colaborar. Lamento comunicaros, sin embargo, que *Le donne letterate* ya está siendo musicada en estos momentos por el maestro Antonio Salieri, para su inminente estreno en el Burgtheater de Viena, por lo que no es necesario que os toméis la molestia de valorar los pros y los contras de mi humilde ofrecimiento.

Agradeciéndoos vuestra atención, me congratula poder atestiguaros una vez más mi gran estima.

Vuestro afectísimo,

GIOVANNI GASTONE BOCCHERINI

La carta del italiano hizo bastante más que irritar a Leopold Mozart, que vio de nuevo, detrás de toda la operación, la mano pérfida de Salieri. Éste sin embargo era ajeno a toda la polémica e ignoraba incluso que Boccherini hubiera acudido a él como segunda opción, por lo que su cabeza estaba libre de maledicencias y de insidias y volcada únicamente en la creación musical, en la que avanzaba día tras día. Pero bastó la sola mención del nombre de Salieri en la epístola, para que Leopold se olvidara por completo de sus reservas morales y profesionales sobre Boccherini y decidiese que aquélla era la ocasión para vengarse del boicot a *La finta semplice*.

—¡Ese Salieri nos la ha vuelto a jugar! —bramó Leopold—. ¡No quiere que debutes en Viena!

—Padre, la carta no es de Salieri, sino de Boccherini. Si no le hemos contestado en más de un mes, es lógico que haya acudido a otro compositor.

—Creaste el aria de Filiberto en un decir Jesús. Ahora escribirás la ópera entera para mostrársela a Boccherini, que al ver la genialidad de tus melodías, no tendrá más remedio que renunciar a Salieri.

Si bien la facilidad de Amadeus para la invención musical estaba cercana al milagro, la creación de una ópera completa en tres actos no dejaba de ser un esfuerzo extenuante, como ya había tenido ocasión de comprobar en *La finta semplice*. El libreto de *Le donne letterate* contenía dieciséis arias y diez conjuntos (duetos, tríos, coros) más la obertura y tres finales para cada uno de los actos. La idea de embarcar otra vez a Wolferl en una tarea tan agotadora, sin tener la más mínima garantía de ver la ópera estrenada, chocó con la oposición frontal de Anna Maria, a la que en esta ocasión no le importó inmolarse en la batalla contra su marido, de la que sabía que saldría derrotada.

—¡Esto ya es demasiado! Mal estuvo que embarcaras a Amadeus sin anticipo ni contrato en *La finta semplice*, pero que le obligues a escribir toda una ópera sabiendo que ya hay otro compositor encargándose del libreto ¡roza el delirio, esposo mío! Además, Boccherini habla en su carta de «inminente estreno». Para cuando nuestro hijo termine de escribir su música, la de Salieri ya estará en cartel y todo el esfuerzo habrá sido en balde.

—¡No te metas en lo que no te llaman! Sé perfectamente cómo y por qué hay que pararles los pies a esos italianos. Si Salieri llega a estrenar y tiene éxito, se hará fuerte en Viena y a Wolferl se le cerrarán para siempre las puertas de los teatros imperiales.

—Pero ¿no te das cuenta de que ahora es demasiado tarde? Salieri ya es fuerte en Viena: está en el grupo de cámara del emperador, toca con él todas las semanas. Es el protegido del compositor de corte, el maestro Gassmann. Si ahora está componiendo para el teatro imperial, sólo puede ser con la anuencia de Su Majestad. ¡Tratas de impedir algo que ya se ha consumado!

—¿Y qué me propones entonces? ¿Que deje estrenar a Salieri?

—La única forma que tienes de ahorcar a ese veneciano es con su propia soga. Es un primerizo componiendo sobre el libreto de otro primerizo. Las posibilidades de que fracase son muy elevadas. Deja que estrene y pon a Wolferl mientras tanto a trabajar en un libreto diferente.

Leopold odiaba que su mujer cuestionara sus decisiones y más si lo hacía en presencia de alguno de sus hijos, por lo que suponía de merma de autoridad parental. Convencido como estaba de ser el mejor agente artístico que Wolferl podría llegar a tener nunca y de elegir siempre para él lo más conveniente, exigía de Anna Maria un apoyo incondicional, y sentía como una detestable traición que no le secundase en todos y cada uno de sus actos. Aunque le reprochó con palabras muy hirientes su «insolidaria actitud», sí tuvo que reconocer que ella tenía razón en algo: el tiempo apremiaba y si esperaba a que Amadeus tuviera completa la ópera, *Le donne letterate* ya se habría estrenado ¡con la música de Salieri!

Leopold decidió que había que salir para Viena al día siguiente y que Amadeus fuera componiendo en el carruaje —como tantas veces hacía en los viajes— las arias y conjuntos que se le fueran ocurriendo. Trescientos kilómetros separaban a Salzburgo de Viena. Las diligencias viajaban, en función del estado del camino y las inclemencias del tiempo, a un mínimo de cuatro o cinco kilómetros por hora y a un máximo de ocho. Eso significaba un trayecto de cuatro jornadas, tiempo más que de sobra para que Amadeus, con su vertiginosa rapidez para componer, pudiera llegar a Viena con un buen puñado de arias y conjuntos, ya plasmados en papel pautado. Leopold tenía plena confianza en que el material melódico fuera de tanta calidad como para hacer desistir a Boccherini de su colaboración con Antonio Salieri e impedir que éste debutara en Viena con una ópera que podía convertirle en una estrella.

29

Los versos de Boccherini habían estimulado la imaginación de Amadeus desde que le echara el primer vistazo al libreto, por lo que, a lo largo del trayecto, Leopold se fue encontrando con arias cada vez más inspiradas.

«¡Es imposible que Boccherini no caiga rendido ante semejante despliegue de musicalidad y de ingenio! —se decía cada vez que Wolferl le entregaba una partitura terminada—. ¡Salieri, eres hombre muerto!»

Mientras tanto, Affligio, el empresario del teatro imperial, se encontró con que la ópera que había en cartel en ese momento no estaba cumpliendo con las expectativas, así que decidió retirarla a toda prisa y sustituirla por *Le donne letterate*, en la que tenía depositadas muchas esperanzas. Eso obligó a Boccherini y Salieri a trabajar de sol a sol para cumplir con el nuevo plazo, por lo que, una vez en Viena, a Leopold le costó tres días conseguir audiencia con el italiano, quien prácticamente no pisaba la calle desde hacía semanas.

Convencido de que Leopold había recibido su carta, en la que le anunciaba que desistía de su colaboración con Amadeus, el italiano se quedó de una pieza al enterarse de que estaba en Viena y quería hablar con él de forma urgente. A regañadientes, accedió por fin a entrevistarse con Leopold y Wolfgang y los citó en el café Frauenhuber, un local que le iba a permitir darse el pisto con los recién llegados, porque los camareros se dirigían a los clientes con el tratamiento *gnädiger herr* (distinguido señor).

—¿Qué hacéis en Viena? —dijo Boccherini, visiblemente nervioso—. ¿Acaso no fui suficientemente claro en la carta que os envié?

Leopold había decidido que la mejor manera de proceder, para hacer que el otro se sintiera culpable de haber roto el preacuerdo, era fingir que la carta se había extraviado o sufrido un retraso.

—¿Carta, señor Boccherini? ¿De qué carta me habláis?

—¿Me tomáis el pelo? ¿Acaso no estáis al tanto de que *Le donne letterate* se estrena de aquí a dos semanas con música de Antonio Salieri? ¡Lo sabe toda Viena!

—Eso es imposible, mi querido amigo, teníamos un pacto. Os prometí que estudiaría vuestra proposición y vos aguardaríais mi respuesta. Y para que veáis que hablaba en serio, traigo conmigo un buen puñado de arias y conjuntos ya compuestos por mi prodigioso hijo.

Sin esperar a la reacción del otro, Leopold dejó caer sobre la mesa del café las partituras que Wolferl le había ido entregando a lo largo del viaje, ya orquestadas.

Boccherini no era músico, sino bailarín, pero conocía la notación musical y leyó algunas melodías, tan ingeniosas e inspiradas que lo dejaron sin habla.

—¡Pero esto es sublime! ¿Cómo no me lo hicisteis llegar antes?

—Ya os dijimos que no queríamos precipitarnos. Sólo después de haber leído varias veces el libreto y de comprobar su potencial musical tomamos la decisión de aceptar vuestro encargo.

—Si pudiera confiar en vuestra discreción os diría que… pero no, no es prudente que hable.

—Sé lo que vais a decir. Que comparadas con las de Amadeus, las melodías de Salieri más parecen graznidos de cotorra que arias de ópera.

—La inspiración de vuestro hijo no parece humana, sino divina —admitió Boccherini.

—Y lo que os entrego es sólo un anticipo, para sellar nuestro acuerdo. Lo mejor está aún por llegar. La contraprestación económica será la cantidad habitual para una ópera en tres actos: cien ducados. A la entrega de la partitura completa, claro está.

Boccherini lloraba de impotencia. Tenía el suficiente criterio musical para comprender que las arias de Mozart eran más inspiradas que las del aún inexperto Salieri y que, a pesar de que confiaba mucho en su libreto, *Le donne letterate* tenía muchas más posibilidades de triunfar con la música del austríaco que con la del italiano.

—Veo que estáis realmente impresionado —dijo Leopold, lanzando a Wolferl, que había trabajado a destajo durante cuatro días, una mirada de complicidad y de triunfo.

—¡Es demasiado tarde! —se lamentó Boccherini.

—¡Pero teníamos un acuerdo!

—¡Esperad! Tal vez podamos encontrar una fórmula.

—¿A qué os referís?

—A Salieri aún le queda bastante música por componer y vuestro hijo tampoco ha completado el trabajo…

La idea con la que Leopold había viajado a Viena había sido otra: la de hacer valer su «contrato» con Boccherini para impedir que Salieri pudiera debutar. Pero incluso una mente propensa al delirio como la suya era consciente de que, dado lo avanzado de la producción, su plan iba a resultar imposible. Además, si *Le donne letterate* se estrenaba con música de Mozart y Salieri, los espectadores podrían comparar desde el primer día el abismo de talento que separaba a ambos compositores. Sería la aniquilación artística de aquel veneciano entrometido.

—¡Sea pues! —dijo Leopold—. En el bien entendido de que, independientemente de lo adelantado que esté Salieri en su trabajo, el caché habrá de repartirse al cincuenta por ciento. Y me temo que el cartel anunciador de *Le donne letterate* habrá de respetar el orden alfabético: primero Mozart y luego Salieri.

«Mucho aprieta el salzburgués», pensó Boccherini, pero al volver a examinar las partituras que tenía ante él, en las que Mozart hacía tal derroche de imaginación con sus versos, fue consciente de que había que intentarlo a toda costa.

—Como me dijisteis vos en Salzburgo, no os puedo prometer nada. La producción está en manos de Affligio y además Salieri se encuentra bajo la protección de Gassmann, que es tanto como decir del mismísimo emperador. Salieri es persona razonable pero…

—¡Ja!

—¿Tenéis alguna duda?

—Prefiero ser discreto.

—Estoy seguro de que Salieri admira el talento de vuestro hijo tanto como yo, y que se sentirá honrado de poder colaborar con él, incluso cediendo el protagonismo a Mozart en el cartel. Pero sabéis por experiencia propia que en el teatro imperial manda quien manda y que ni libretista ni compositor tienen la última palabra.

30

Leopold no dijo nada, pero no creyó ni una sola palabra del italiano. ¿Salieri iba a aceptar así como así semejante humillación? ¿El caché rebajado a la mitad y su nombre postergado en el cartel por culpa de un adolescente? Solía ocurrir con frecuencia, cuando una ópera se estrenaba con un reparto determinado y tiempo después volvía a ponerse en cartel con cantantes diferentes, que se contratara a otro compositor, si el original no estaba a mano, para que escribiera arias de sustitución. De ese modo, la nueva música podía ajustarse como un guante a la tesitura y habilidad de los nuevos intérpretes. Pero incluso en esos casos, el compositor de sustitución tenía que andar con pies de plomo para no herir el amor propio del autor de la ópera y no sacar demasiado pecho tras la aportación del nuevo material, no fuera a pensar que trataba de medirse con él o incluso de eclipsarle. Siempre había de quedar claro que su intervención no tenía nada que ver con la calidad de la ópera original, sino con facilitar el lucimiento del nuevo reparto, pues en última instancia, el público iba al teatro a ver los despliegues de virtuosismo de las Storace o las Cavalieri de turno. La intromisión de Amadeus podría dejar muy tocado el pundonor profesional de Salieri, que era exactamente lo que Leopold deseaba.

Boccherini, en cambio, levitaba. Estrenar con veintiocho

años, en el teatro imperial de Viena, sin haber escrito jamás antes una ópera, ya era un sueño. Pero si además la música era, al menos en parte, de Mozart, a quien consideraba el mayor genio musical de la época, sus aspiraciones quedarían colmadas más allá de lo imaginable. Al haberse adelantado la fecha de estreno, Salieri se encontraba al borde del infarto, porque no estaba seguro de poder entregar a tiempo todos los números musicales pendientes, de modo que el refuerzo de Mozart supondría para él un balón de oxígeno difícil de rechazar. Aun así, la operación requería un tacto diplomático de primer orden, para evitar herir susceptibilidades, por lo que Boccherini no fue a hablar directamente con Salieri, a quien no le interesaba distraer ni un solo segundo, sino con Calzabigi, su amigo y protector.

—El amor propio de Salieri y el de Mozart nos importan un pimiento, y lo mismo puede decirse de sus expectativas económicas —dijo el veterano libretista en cuanto Boccherini le expuso la cuestión—. ¡Como si tienen que trabajar *gratis et amore*! Lo único que cuenta en este instante, a diez días del estreno, es que la ópera sea un éxito y que vuestros versos lleguen hasta los oídos del público envueltos en la mejor música posible. ¿Decís que las arias de Mozart son excelentes?

—¡A mí me han parecido sublimes!

—No dudo de vuestro buen juicio, pero vos no sois músico, sino bailarín y libretista. Debéis decirle a herr Mozart que haga sin demora copias de las partituras para que las examine Gassmann.

—Aún está en Italia.

—Entonces habrá que pedirle al mismísimo Gluck que ejerza de juez.

—¡El dios de la ópera en persona!

—Asistido por Giuseppe Scarlatti, en quien confía plenamente.

Salieri era un recién llegado al mundo de la ópera y tenía

poco o nada que decir en la cuestión. Era Calzabigi quien le había propuesto para que musicara el libreto de Boccherini y no estaba en posición de rebelarse ante el hombre que le había abierto las puertas del teatro imperial. El adelanto de la fecha de estreno lo estaba sometiendo a una presión insoportable y además de que no estaba seguro de poder cumplir con el plazo que le había dado Affligio, el empresario, era perfectamente consciente de que la calidad de su trabajo empezaba a resentirse. ¡Bienvenida fuera la música de Mozart, aunque eso supusiera ver reducido su caché a la mitad!

Amadeus y Leopold trabajaron contra reloj para tener listas las copias que les había solicitado Boccherini y éste les entregó a cambio un recibí, pero, a pesar de sus quejas y lamentos, ni un solo ducado.

—Aún estáis a prueba —les aclaró—. En cuanto Gluck y Scarlatti aprueben vuestro material, recibiréis lo pactado.

31

El pequeño sanedrín musical presidido por Gluck, al que se sumó también Affligio, el empresario enemistado con Leopold, tenía que decidir no sólo sobre la bondad de las partituras aportadas por Mozart, sino sobre una cuestión aún más peliaguda. Como Amadeus y Salieri habían trabajado de forma independiente, algunas de las arias y conjuntos tenían ya dos músicas diferentes y había que elegir cuál era superior, o al menos cuál se adaptaba mejor a los cantantes, muchos de los cuales estaban ya contratados. Salieri, en parte debido a su temperamento diplomático y en parte debido a su generosidad como artista, no dudó en reconocer que algunas de las arias de Mozart que él ya había compuesto sobre el mismo texto, eran musicalmente más inspiradas y exigió, literalmente, que fueran las elegidas. En otras, en cambio, se llevó la grata sorpresa de ver cómo Gluck se decantaba por las suyas, en detrimento de las de Amadeus. La escritura de Mozart resultaba a veces demasiado virtuosística, y aunque esto siempre era del agrado de los cantantes, que podían así exhibirse como pavos reales ante el público, no era del gusto de Gluck. Éste había revolucionado la ópera unos años antes, defendiendo el postulado estético de que la música tenía que estar supeditada al drama, y si eso implicaba que algunas arias tenían que renunciar a tanto melisma y ornamento vacuo, los cantantes tendrían que resignarse a no llamar la atención sobre sí mismos, sino sobre el drama que se estaba desarrollando en el escenario.

Gluck, Scarlatti y Salieri no se limitaron a analizar las arias y conjuntos sobre el papel, sino que los cantaron *a cappella* en la sala de cámara del emperador y llegaron a la conclusión de que todos los números eran más que aceptables. El material entregado por Mozart era abundante y de excelente calidad, y descargó al veneciano de mucho trabajo.

—Ahora sí os puedo confirmar con total certeza —dijo Salieri con una enorme expresión de alivio— que podremos comenzar los ensayos la semana que viene y que la ópera se estrenará en el día señalado.

—¡Espléndido! —dijo Affligio—. En cuanto a herr Mozart, yo me encargaré de hablar con él para informarle de las arias y conjuntos que hemos seleccionado, y liquidar con él la parte económica.

32

Affligio y Leopold Mozart habían terminado a voces con ocasión de *La finta semplice*, por lo que el encuentro entre ambos, que tuvo lugar en la pensión de El Buey Blanco, donde padre e hijo se alojaban, estuvo lleno de tensiones y suspicacias mutuas. Ambos se detestaban sin disimulo desde aquel primer encontronazo, y con el fin de zaherirse mutuamente, buscaron la manera de decirse las cosas del modo más humillante posible. Affligio abrió las hostilidades.

—Los maestros Gluck y Scarlatti, tras haber examinado las arias y conjuntos que decís que ha compuesto vuestro hijo...

—¡Os lo advierto, señor mío, no voy a tolerar ni una sola insinuación de nadie en ese sentido! Y menos de vos, que no sabríais distinguir una negra de una blanca.

—Sois fácil de soliviantar, mi querido Mozart —dijo Affligio carcajeándose. El italiano sabía que era un gañán y no sólo no se avergonzaba de ello, sino que parecía llevarlo a gala—. Sólo estaba bromeando sobre un rumor muy extendido por toda Viena.

—Son insidias y lo sabéis perfectamente. ¡Ya quisiera yo componer como Wolfgang! Todo el material que os hemos entregado es obra suya y sólo suya.

—Pero no todo ha sido del agrado del maestro Gluck.

Anotad: del primer acto, usaremos *Degne e onorate lacrime*, *Bugiardo! Asinaccio!* y *Ma voi che ne dite...*

Affligio le fue enumerando uno por uno todos los números aprobados por Gluck y cada vez que Leopold le preguntaba por algún aria o conjunto rechazado, el italiano le restregaba que había agradado más la alternativa de Salieri.

—¡Cómo me gustaría poder comparar yo también las escuálidas melodías de ese veneciano con las de mi hijo!

—Vos no tenéis ni voz ni voto en esta cuestión, mi querido Mozart. Y debo añadir que afortunadamente, ya que, al ser el padre de la criatura, barreríais para casa en todo momento, en vez de mirar por el conjunto.

—Espero que esta criba, para mí inexplicable, no se convierta en una excusa para no abonarme lo pactado.

—¿Lo pactado con quién, querido amigo?

—Con el *cavaliere* Boccherini, naturalmente. Aceptó mis condiciones: la mitad del caché para cada uno de los compositores, esto es, cincuenta ducados y orden alfabético en el cartel. Y ya que sale el tema, ¿habéis traído el dinero?

—No tan deprisa, querido Mozart. Todavía no han empezado los ensayos y es seguro que el pequeño Amadeus aún tendrá que hacer muchos ajustes de última hora.

—¿Ajustes? La música de mi hijo no necesita ser ajustada: cada nota está en su sitio, cada compás tiene su razón de ser.

—Eso lo decidirá el maestro Salieri durante los ensayos.

—¿Le llamáis maestro? No es más que el asistente de Gassmann.

—Desde el momento en que va a dirigir la orquesta desde el clavecín...

—¡Ja! ¿Ahora es también director?

—Detecto cierta animadversión hacia un músico que sólo sabe hablar maravillas de vuestro hijo. ¿Sabéis que defendió un par de arias del pequeño Mozart frente a las suyas propias y reconoció ante Scarlatti y Gluck que eran superiores?

—¿Eso dijo? —preguntó Leopold con incredulidad.

—Tal cual os lo estoy contando.

—Entonces es un enemigo mucho más taimado y peligroso de lo que yo pensaba. Sabe disfrazarse de oveja, a la espera de que llegue el momento de mostrar sus fauces de lobo.

—Amigo Leopold, yo también soy del parecer que más vale ser desconfiado que amanecer engañado. ¡Pero lo vuestro supera todo lo imaginable! Hacedme caso: si tuviera que apoyarme en alguien para hacer que Amadeus fuera aceptado de nuevo en los teatros imperiales sería en Salieri.

—¡Cometimos ese error en el pasado y sólo logramos ponernos en contra a todo el reparto de *La finta semplice*! En cuanto a mi dinero…

—Es inútil que porfiéis en vuestra reclamación. Cobraréis el día del estreno —dijo Affligio, dando por terminada la reunión. Y para acabar de sacarlo de quicio, añadió—: Intentaré conseguiros un par de entradas para la sesión de gala, aunque la cosa está difícil.

—¡Pero no doy crédito! ¡Mi hijo es coautor de la ópera! ¿Cómo no va a estar en el estreno?

—Señor mío, habéis pasado muchos años en Italia y os habéis malacostumbrado. El Burgtheater no es como esas catedrales operísticas de Venecia o Nápoles, donde caben miles de personas. El nuestro es un teatro pequeño y *Le donne letterate* ha despertado gran expectación: toda Viena está intentando obtener entradas para la ópera.

33

Gracias a que la fiscal de menores de Palermo era una profesional muy minuciosa y competente, la investigación sobre el acoso al pequeño Luca se llevó a cabo en un plazo récord y arrojó resultados concluyentes. Había siete menores directamente implicados en el acoso, dos de ellos especialmente virulentos, pues no contentos con las sádicas burlas en clase y en el patio de colegio, se habían ensañado con su víctima también por teléfono y en redes sociales. A cada uno de los dos cabecillas se les impuso el abono de una indemnización de tres mil euros, que tuvieron que pagar sus padres, y a todos se les condenó a cincuenta horas de prestaciones en beneficio de la comunidad. Como la filosofía de este tipo de castigos es que, en la medida de lo posible, estén relacionados con el bien jurídico lesionado, el juez de menores decretó que los condenados sirvieran a la comunidad limpiando las instalaciones del Teatro Massimo de Palermo, de gestión municipal. ¿Los acosadores se habían burlado de las dotes canoras del pequeño Luca? Ahora tendrían que mantener en perfecto estado de revista el gran templo de la ópera de la ciudad, templo al que Luca podría asistir siempre que quisiera, ya que el dinero de la indemnización le permitiría acceder al abono plus, que daba derecho a disfrutar tanto de las óperas como de los conciertos y ballets.

Alguien dentro de la Fiscalía se encargó de filtrar a los medios de comunicación los detalles más escabrosos del ciberacoso a Luca, cuya pieza más humillante habían sido unos vídeos, filmados con cámara oculta, de Luca Salieri en un ejercicio de vocalización en el que aparecía particularmente ridículo. El vídeo había sido editado por los dos cabecillas, al objeto de que incluyera risas de lata, como en las comedias de situación, y bucles de pocos segundos en los que podía verse a Luca sacando y metiendo la lengua o poniendo caras muy cómicas al practicar los *lip rolls* o pedorretas vocales de calentamiento. En este tipo de ejercicios, el alumno no está pendiente de si desafina o emite gallos, pues el objetivo no es tanto buscar la perfección, sino empezar a despertar la voz y calentar los músculos que se encargan de modificar la longitud y el grosor de las cuerdas vocales. De ahí que en algunas escalas y arpegios, Luca apareciera desafinando y galleando, como si fuera un cantante lamentable.

Los acosadores confesaron que ocultaron una cámara en el cuartito de ensayo donde solía practicar Luca, al objeto de grabar una sesión entera, y luego volcaron el contenido a un ordenador, seleccionaron los fragmentos más «divertidos» y los editaron para subirlos a internet e intercambiarlos entre ellos por WhatsApp. «Mira, aquí parece un cerdito. Nos lo tendremos que comer para San Martín», decía uno de los mensajes. En Facebook había un vídeo titulado «Salieri practicando sexo oral consigo mismo» en el que se lo veía estirando la lengua hasta tocarse el mentón, un clásico ejercicio que emplean todos los cantantes del mundo para reducir la tensión laríngea. Los torturadores de Luca habían alegado en su defensa que él les había llamado «*terroni*», un término coloquial de carga muy despectiva, con el que los habitantes del norte de Italia, industrializado y rico, denigran a los meridionales, recordándoles que ellos labran la tierra (de ahí lo de *terroni*), es decir, que no son más que una pandilla de labriegos. Como la defensa no logró aportar ni una sola prueba de los insultos de Luca, los acosadores sumaron al delito de trato degradante la ignominia de aparecer como mentirosos descarados. El juez de menores consideró probado que las vejaciones se prolongaron durante al menos cuatro meses —desde que el profesor de música les hizo ver *Amadeus* en el colegio hasta el día mismo en que Luca intentó saltar por la ventana— y que las burlas y humillaciones continuas a las que fue sometido tanto en clase como en redes, le provocaron un estado de estrés y ansiedad tan intenso como para intentar acabar con su vida. De ahí que la condena fuera tan severa y que el recurso que los padres de los acosadores presentaron ante el tribunal de apelación sólo sirviera para confirmar la gravedad de los hechos y la adecuación de la pena al delito. La noticia apareció en los telediarios de toda Italia, y también se interesaron por el caso varios medios de comunicación internacionales.

Luca Salieri había despertado la inquina de algunos alumnos porque era un cantante extraordinario y eso les provocaba una envidia enfermiza, de modo que aunque *Amadeus* no se hubiera proyectado en el colegio, era muy probable que sus acosadores le hubieran hecho igualmente la vida imposible. Sus torturadores, que eran malos estudiantes y educados únicamente en la cultura de los videojuegos, ni siquiera sabían, antes de ver la película, de la existencia de Antonio Salieri, ni mucho menos que se trataba del más famoso antepasado de su detestado compañero. Fue el hecho de ver a Salieri confesando que quería matar a Mozart lo que dio el pistoletazo de salida al acoso y le confirió «legitimidad moral»: no ridiculizamos a nuestro compañero porque tenga la voz bonita y el talento que a nosotros nos ha sido negado, sino porque es un «sangre sucia»: viene de una familia de asesinos. Las bromas en las que uno de los acosadores fingía morir en clase a manos de Luca se volvieron cada vez más frecuentes y eso hizo que el pequeño se fuera recluyendo más y más en sí mismo, como esos presos conflictivos que acaban en el módulo de aislamiento para evitar ser acuchillados por el resto de los internos.

Amadeus sólo actuó como simple catalizador del odio hacia Luca, pero Teresa siempre culpó a la proyección de la película de todo lo que le había ocurrido a su sobrino. Aconsejada por el psicólogo del colegio, hizo lo imposible por reforzar la autoestima de Luca, proceso que pasaba no sólo porque se sintiera orgulloso de las dotes musicales con las que lo había adornado el Señor, sino también de su ilustre antepasado.

—¿Tú sabes de quién es esa voz de ruiseñor que tienes? —le preguntaba Teresa al pequeño, siempre que bajaba a visitarle a Palermo.

—De *nonno* Antonio —respondía Luca, repitiendo de memoria lo que sabía que tenía que responderle a su tía.

—¡Exacto! Y si ahora esa voz la tienes tú, es porque él te la regaló. ¡Que no se te olvide nunca! ¡Recuérdaselo a todos los mierdecillas que se meten contigo en el colegio! La voz de Antonio Salieri fue su pasaporte a Viena y también será la tuya para llegar a La Scala y al Metropolitan. Porque ¿tú qué vas a ser de mayor? Dilo.

—¿Millonario?

—¡Ja, ja! ¡Eso ha estado bien! No, serás cantante. Pero el canto te hará millonario, en el fondo tienes razón: serás las dos cosas.

Y luego, más para estar más tiempo con él, antes de que se escapara a jugar con su hermano Gengio, que porque pensase que ya había olvidado la historia, Teresa le volvía a contar a Luca, por enésima vez, cómo el hecho de tener una voz prodigiosa le había permitido a Antonio Salieri salir de Legnago primero, de Padua después, para finalmente abandonar Venecia y recibir en Viena la mejor de las formaciones posibles.

—Pero ¿te das cuenta del genio que era tu abuelo? ¿Ése que en *Amadeus* llaman el rey de los mediocres? Con sólo entornar los ojos, puedo hasta imaginármelo aquí mismo, en esa esquina, acompañándose él mismo al clave y cantando un aria maravillosa que acaba de aprender. ¿Lo ves o no lo ves?

Luca sabía que era mejor seguirle la corriente a su tía, así que asentía con la cabeza y juraba y perjuraba que estaba viendo a su abuelo al clavecín, donde sólo había un sillón de orejas.

—¿Qué aria está cantando? ¿La reconoces?

—Sí, me la sé de memoria: canta *Alto Giove*, de Nicola Porpora.

—¡Exacto! ¿Y sabes dónde está? No, eso no lo sabes, los jóvenes de ahora, sin GPS, no sabéis ni sacar a pasear al perro. ¡Está en Venecia, en casa de un amigo de su padre, el conde de Mocenigo, que lo ha alojado en su palacio porque ha quedado hechizado por su voz. Es de noche, y Mocenigo ha traído a casa a un invitado excepcional para que escuche al joven Salieri, que sólo es un poco mayor que tú: tiene dieciséis años. Para que no se ponga nervioso, Mocenigo no le ha contado a tu abuelo quién es su huésped. ¿Lo sabes tú?

—¿El emperador?

—¡Casi! No es el emperador en persona, pero sí su compositor de corte, Florian Leopold Gassmann. Todos los años, desde hace cinco, baja a Venecia desde Viena para estrenar alguna ópera. El conde de Mocenigo se vuelca con él siempre que viene, y además de hospedarlo en su palacio, lo pasea de aquí para allá, para exhibirse junto a él y que todo el mundo se quede boquiabierto con el amigo tan importante que tiene. Por la mañana, ambos han estado en la gran fiesta de la Ascensión, y han visto al Dux de Venecia lanzar al Adriático desde el Bucintoro, la enorme góndola de la República, un anillo que simboliza el matrimonio de la Serenísima con el mar. Luego han ido de compras a la Piazzetta, frente al Palacio Ducal, que en fiestas se inunda de puestos ambulantes. Por la tarde, un baile de carnaval y ahora la sorpresa que le había prometido a su invitado: va a escuchar al joven más prometedor de toda Venecia: es su ahijado y canta mejor que los ángeles.

—¿*Nonno* Antonio estaba castrado? —preguntó ingenuamente el pequeño Luca. Lo cual le arrancó a Teresa una sonora carcajada.

—¿Castrado? ¿Un Salieri? ¡Nunca! ¿Cómo se te ocurre?

—¡Pues en *Amadeus* decían que entregó su castidad a Dios!

—¡Bobadas y más bobadas! *Nonno* Antonio se casó con una mujer muy guapa que se llamaba Teresa, como yo. Le dio ocho hijos, de los cuales uno es el abuelo del abuelo del abuelo de tu padre.

—¿Se puede cantar bien sin estar castrado?

—Pero ¿cómo preguntas esas tonterías? ¡Tú cantas de miedo y no lo estás!

—Pero yo no he cambiado aún la voz.

—Ya la cambiarás. Y cantarás igual o mejor que ahora. Me has hecho perder el hilo. ¿Dónde estábamos?

—En el palacio de Mocenigo.

—Exacto. El conde llega a casa con su amigo Gassmann y le dice a *nonno* Antonio que cante un aria para ellos. Ha sido un día agotador y necesita relajarse. Y entonces tu abuelo empieza a emitir unos sonidos tan melodiosos que ni todas las sirenas del mundo podrían igualarlo. Salieri sabe pasar del *pianissimo* al *forte* y del *forte* al *pianissimo* como si fuera el mismísimo Farinelli. Sabe darle a cada frase la expresividad necesaria, mediante un magistral uso del *vibrato*; sabe también dónde hay que respirar y donde no, y tiene tal manejo de la articulación, que se le entienden todas y cada una de las palabras. Gassmann se queda boquiabierto, nunca ha visto tal dominio del canto en un músico tan joven. El aria es tan emotiva, y tan bien la ha declamado el jovencísimo Salieri, que cuando concluye, los dos amigos tienen la carne de gallina y los ojos humedecidos.

»—¡Me lo llevo a Viena! ¡Esta misma semana! ¡Hay que darle la mejor de las formaciones posibles! —exclama Gassmann.

»Mocenigo cree que su amigo está bromeando y le guiña un ojo a Salieri para que le siga el juego.

»—Te estamos muy agradecidos, pero Viena es poco para nosotros, ¿verdad, Antonio? Irá a Nápoles, porque allí sí enseñan los mejores.

»Gassmann no ha entendido que Mocenigo cree que la oferta es una broma y tras improvisar una torpe excusa, se retira ofendido a sus aposentos. El conde y su protegido se miran atónitos por aquel inesperado desplante.

»—Pero ¿qué le pasa? —pregunta Salieri.

»—¡Me temo —dice su protector— que le hemos ofendido en lo más hondo! ¡Lo que nos propone es en serio! ¡Quiere llevarte con él a Viena y convertirse en su protector! ¡Con sólo haberte escuchado una sola vez!

»Viena está a seiscientos kilómetros de Venecia y aunque los padres de Salieri han muerto, tiene muchos hermanos en Italia. Entre ellos, Francesco, que fue quien le dio sus primeras clases de violín. Y mucha gente a la que quiere y a la que no desea decir adiós, como el propio conde de Mocenigo, con el que vive desde hace pocos meses, pero al que ya adora como a un padre. Sin embargo, no tiene elección. Gassmann es el músico más influyente de Viena, el compositor de cámara del emperador. ¡Le presentará a Gluck, el gran renovador de la ópera! Sí, en Nápoles hay excelentes maestros de canto, pero Salieri no debe conformarse con ser cantante. Debe aspirar a lo más alto: tiene que ser compositor. Aquella noche, llora lágrimas amargas por la tristeza de la inminente partida.

Mocenigo le promete que irá a visitarlo siempre que pueda, y le pedirá a Gassmann que lo traiga consigo siempre que regrese a Italia. Está decidido, ¡el futuro se llama Viena! ¡Y tu abuelo lo ha conquistado con tan sólo cantar durante diez minutos!

34

Viena, 1770

En vista de que aún les quedaban un par de semanas en Viena, Leopold, que era muy mirado con los gastos, decidió ahorrarse el importe de la pensión y solicitar alojamiento en casa de su amigo Johann Heinrich Ditscher, como había hecho en otros viajes a la capital. Dado que no deseaba volver a encontrarse con Affligio, a quien no soportaba, le comunicó el cambio de domicilio a través de una nota manuscrita que hizo llegar por mensajero al teatro, en la que informaba al empresario de que Amadeus podría ser localizado allí en todo momento, para cualquier cambio o ajuste que fuera necesario durante los ensayos. Mientras tanto, y fiel a su costumbre de rentabilizar económicamente al máximo los viajes, Leopold hizo circular por toda Viena el anuncio de que Wolfgang se encontraba en la ciudad, disponible para acudir a cuantas veladas musicales tuvieran a bien contar con su presencia. En estas *soirées* no solían pagar en metálico, pero a menudo los nobles obsequiaban a los artistas invitados con costosos regalos. No le faltaron ofertas: la aristocracia vienesa en tiempos de María Teresa de Austria se había vuelto más melómana que nunca, como forma de adular, a través de la imitación, a la gran emperatriz.

Con tan sólo siete años, María Teresa, que cantaba como un ruiseñor, había desempeñado un breve papel en una ópera de Fux. Años más tarde, en Florencia, había llegado a interpretar un dueto con el castrato Senesino que era, junto a Farinelli, el cantante más cotizado del momento. Esta pasión musical de María Teresa y de su marido Francisco de Lorena, que también era un buen aficionado, tuvo una influencia notable en la aristocracia vienesa, hasta el punto de que algunas noches no había un solo palacio en la ciudad en el que faltara una actuación musical.

Fue precisamente en casa de uno de estos nobles, el conde Johann Joseph von Wilczek, donde Leopold se enteró, por boca de uno de los invitados, que lo había visto aquella misma mañana, de que en el cartel anunciador de *Le donne letterate* no se había incluido el nombre de Wolfgang, a pesar de que lo pactado con Boccherini había sido que Amadeus figurara incluso por delante de Salieri.

Leopold fue presa de un ataque de cólera y a punto estuvo de obligar a su hijo a poner fin a su exhibición circense de esa noche, para ir en busca de Affligio y de Salieri y exigirles una explicación. Si no lo hizo fue en parte debido a lo tardío de la hora —el Burgtheater estaría cerrado, sin nadie dentro ante quien protestar—, pero sobre todo porque ausentarse abruptamente del palacio del conde hubiese supuesto quedarse sin contraprestación económica por la actuación.

A la mañana siguiente, y tras una noche de insomnio, en la que Leopold se soñó a sí mismo como un demonio medieval que infligía a los dos italianos los más horrendos y sofisticados tormentos del infierno, padre e hijo recorrieron a uña de caballo los setecientos metros que separaban el número dieciséis de Tiefer Graben, donde se hospedaban, del Burgtheater, donde se ensayaba la ópera.

35

Un ujier les cortó el paso, pero tras montar un escándalo a la puerta del teatro, Affligio bajó a la calle y se entrevistó con los Mozart. El empresario no tenía ninguna intención de complacer a Leopold, de quien había jurado vengarse por haberle hecho perder tiempo y dinero con *La finta semplice*, pero decidió presentarse ante él como otra víctima de aquella situación.

—¡Lo lamento muchísimo, *mio caro* Mozart, el impresor me dijo que ya era tarde para modificar los carteles! ¡Estaban encargados desde antes de que llegarais a Viena!

—Ordenad que los vuelvan a imprimir con el nombre de mi hijo. ¡Lo quiero delante del de Salieri! ¡Es lo que pacté con Boccherini!

—Herr Mozart, eso no es razonable —dijo Affligio riendo por dentro—. Sumadas todas las arias y conjuntos aprobados por el maestro Gluck, no llegarán ni al treinta por ciento. La ópera es más de Salieri que de Amadeus.

—*Pacta sunt servanda!* —gritó Leopold, blandiendo en la mano el recibí que le había firmado Boccherini días atrás.

—Reimprimir los carteles no es posible, amigo mío. Costaría mucho dinero, porque son en color y además la imprenta está sobrecargada de trabajo y no podría acometer en plazo el encargo para el estreno. Lo corregiremos en los programas de mano, que pensaba hacer imprimir esta tarde, y en los que sí estamos a tiempo de incluir el nombre de Mozart.

—¡Dijisteis que mi hijo sería requerido en el teatro para hacer cambios durante los ensayos! Llevamos una semana en Viena para nada. ¿Acaso Salieri cree que puede modificar a su antojo una música que no es suya?

Leopold estaba convencido de que tras la faena de los carteles estaba Salieri y que Affligio no era más que el brazo ejecutor, que se había prestado a colaborar con él porque le convenía estar a buenas con el veneciano. Al fin y al cabo, Salieri formaba parte de la orquesta de cámara del emperador y tenía acceso a él todas las tardes.

Lo cierto es que Salieri, que no era un artista especialmente egocéntrico —se sentía más artesano que artista—, estaba encantado de poder compartir con Wolfgang Amadeus Mozart la enorme responsabilidad de su primer estreno y pensaba que el nombre de Amadeus, que ya era una estrella internacional, atraería al teatro a muchos más espectadores que el suyo propio. Por tanto, cuando en uno de sus paseos por Viena, comprobó en los carteles que su nombre figuraba en solitario junto al de Boccherini se mostró muy preocupado y lo habló con Affligio, que se hizo el tonto y atribuyó todo a un malentendido.

—Maestro Salieri, la imprenta está llena de aprendices que no se enteran de nada —mintió el napolitano—. ¡Dejé bien claro que tenían que figurar los dos nombres!

En la mente de Leopold, sólo existía en cambio otra explicación: Salieri sentía pánico a la comparación con su hijo y había decidido adjudicarse en solitario la gloria de su primera ópera. Estas acusaciones gratuitas iban calando como lluvia fina en la mente del pequeño Amadeus, quien poco a poco empezaba a considerar a Salieri como un italiano diabólico, que empleaba más tiempo en conspirar contra él, para que no tuviera éxito, que en escribir buena música para triunfar gracias a su propio esfuerzo.

La noche del estreno de *Le donne letterate* fue doblemente humillante para los Mozart: en primer lugar, porque Affligio, faltando a su palabra, repartió unos programas de mano en los que tampoco figuraba por ninguna parte el nombre de Mozart. Por si fuera poco, las dos localidades que les había conseguido eran de las llamadas «de visibilidad reducida»: el napolitano había enviado a Leopold y a Wolferl al paraíso del teatro y los había sentado detrás de una columna, con lo que padre e hijo se tuvieron que conformar con oír la ópera, en vez de verla. Las pocas veces que Amadeus intentó moverse de su butaca para ver el escenario, a punto estuvo de perder el equilibrio y acabar estrellado contra el suelo de la platea.

Las arias y los conjuntos escritos por Amadeus fueron muy aplaudidos, pero no menos lo fueron algunos números de puño y letra de Salieri. Con el fin de compensar el hecho de que a Amadeus no se le había reconocido autoría alguna en el programa de mano, cada vez que concluía un aria suya, era Leopold el primero en levantarse de su asiento y aplaudir frenéticamente para animar al público, y hasta que no comprobaba que la ovación era estruendosa, seguía haciendo muecas y aspavientos y proclamando a gritos:

—¡Es de Mozart! ¡El aria es de mi hijo!

Wolfgang, en cambio, se sentía tan entusiasmado por el hecho de escuchar su música por primera vez en el teatro imperial que se había sobrepuesto enseguida a la decepción de no ver su nombre impreso y se hallaba totalmente entregado a las vicisitudes del drama, a cuyo éxito él estaba contribuyendo en no poca medida, y que fluía como un mecanismo bien ajustado. Su actitud poco reivindicativa llegó incluso a despertar la indignación de su padre, quien en un momento dado le gritó:

—¡Pero di a todos que el aria es tuya! ¡Que Salieri no te robe una gloria que te pertenece por derecho!

Al terminar la representación, a la que acudió el emperador en persona, y tras unos merecidos aplausos a los cantantes, subieron al escenario Boccherini y Salieri, que se unieron al reparto para agradecer con teatrales reverencias el calor del público. Salieri era el único que parecía preocupado, y buscaba con la vista entre los espectadores a su valioso colaborador, Wolfgang Amadeus Mozart. De haberlo localizado en aquel momento, lo habría invitado a saludar y habría explicado al público lo ocurrido, pues estaba abochornado por el hecho de que el nombre de Amadeus no hubiese sido incluido junto al suyo en el programa. Affligio, que conocía la generosidad de Salieri, había enviado a los Mozart al gallinero precisamente para evitar que Wolferl pudiese subir a saludar a última hora. Él, en cambio, sí brincó de un ágil salto hasta el proscenio y tras situarse entre Boccherini y Clementina Baglioni, la soprano coloratura que había dado vida a Artemia y que había sido la estrella indiscutible de la velada, empezó a hacer genuflexiones con el resto de los cantantes. En un momento dado, y como sabía perfectamente dónde estaban ubicados Leopold y su hijo, porque era él quien los había enviado allí, les dirigió una mirada burlona e hizo el gesto de quitarse un sombrero imaginario en señal de saludo.

—¡Esto no quedará así! —farfullaba Leopold desde las alturas, y a la rabia de asistir impotente a la gloria de Salieri y a la mofa de Affligio, se añadía la furia de constatar que Wolfgang estaba más sumido en la euforia de aquella noche de estreno que en el rencor por haber sido eliminado torticeramente de los carteles y del programa de mano.

El teatro era —en esto Affligio no había mentido— pequeño como una caja de bombones y los vomitorios y pasillos, angostos como catacumbas, de manera que llegar hasta la salida les costó Dios y ayuda.

—¡Que no se me escape! ¡Que no se me escape ese canalla! —iba mascullando Leopold a medida que se abría paso a codazo limpio hasta la oficina de Affligio, que tenía muy bien localizada, por haber sido el escenario de su primer encontronazo con ocasión de *La finta semplice*.

36

El teatro estaba prácticamente vacío y los ujieres habían apagado ya casi todas las velas y antorchas del recinto cuando padre e hijo consiguieron llegar hasta el despacho del napolitano. La luz se filtraba por debajo de la puerta y eso provocó una descarga de adrenalina en Leopold: la presa se hallaba en su guarida.

—Aguarda aquí fuera —le dijo a Wolfgang—, voy a hacer que ese indeseable nos pague lo que nos debe y nos iremos enseguida.

Affligio no pensaba pagarle a Leopold ni un solo ducado, pero quería darle a aquel abuso apariencia de legalidad. Para ello, había preparado un documento, que pretendía entregar a Mozart, en el que constaban minuciosamente detallados todos los gastos que había tenido que afrontar casi dos años antes, durante el frustrado montaje de *La finta semplice*. Los cantantes cobraban también por los ensayos, y éstos se habían prolongado durante dos semanas, antes del plante general que impidió que la ópera llegara a estrenarse en Viena. Es cierto que en ella no había muchos personajes —siete, para ser exactos— pero el napolitano se las arregló para engordar el caché de los más conocidos: Laschi, Carattoli y Bernasconi, encargados de dar vida a los personajes de Fracasso, Cassandro y Ninetta respectivamente.

En el documento, Affligio había incluido también los sueldos de regidores, carpinteros, ujieres, sastres, maquilladores y peluqueros, así como el coste del decorado y de la impresión de los carteles y los programas de mano; e incluso añadió el lucro cesante de no haber podido estrenar una ópera francesa por haber estado ensayando la de Mozart. La suma de todas esas partidas superaba con mucho los cincuenta ducados, que era lo que Boccherini le había prometido, por lo que el argumento del napolitano iba a ser que no sólo no debía dinero alguno a Mozart, sino que, en puridad, era él quien tenía que indemnizarle. Como no sabía hasta dónde podría llegar la reacción de Leopold, aunque él imaginó que sería violenta, colocó una pistola cargada en el cajón derecho de su mesa de trabajo y lo dejó entreabierto.

En cuanto oyó los golpes de Leopold en su puerta, compuso su sonrisa más falsa, impostó su tono de voz más zalamero, y sin apartarse de la mesa, para tener la pistola a mano en todo momento, lo invitó a pasar.

La cara de Leopold era un poema, pero Affligio adoptó la actitud de la persona eufórica, a la que nada ni nadie pueden amargar en una noche de triunfo.

—Mi querido Mozart, ¿a qué viene ese gesto tan adusto? *Le donne letterate* es un éxito y espero poder mantenerla muchas semanas en cartel. La música de vuestro hijo ha agradado al público de Viena y yo le auguro un futuro más que prometedor en esta ciudad, en los años venideros.

—Dejaos de palabrería, señor mío. No he venido a brindar con vos por el éxito de la ópera, sino a cobrar lo prometido y a exigiros una explicación. ¿Por qué el nombre de mi hijo no ha sido incluido en el programa de mano?

—¡Un error del impresor, que se pasó de listo! Como tiene muchísimos pedidos, se tomó la libertad de adelantar trabajo imprimiendo, además de los carteles, también los programas de mano. Cuando nos quisimos dar cuenta, ya era tarde.

—No os creo ni una sola palabra. Habéis actuado siguiendo instrucciones de Salieri, ¿no es cierto?

—¿Salieri? ¡Se encuentra aún más disgustado que vos! Está convencido (o lo estaba, hasta esta misma noche) de que el nombre de Mozart era lo único que podría atraer espectadores al teatro.

—¿Dónde están mis cincuenta ducados?

—¿Dónde están mis ciento cincuenta?

—¿Qué queréis decir?

—Comprobadlo vos mismo en este documento. ¿Sabéis el dineral que me costó el plante de los cantantes?

—¿Y pretendéis cargarme a mí ese mochuelo?

—*Mio caro* Mozart, nos embarcasteis a todos en un proyecto sin contrato.

—¡Era la palabra del emperador!

—Mostradme el contrato de *Le donne letterate*.

—¡Es la palabra de Boccherini!

—Ja, ja, cerráis acuerdos verbales con otros, pero a la hora de cobrar, ¿soy yo el que os tiene que pagar?

—¡El trabajo está hecho!

—¡También mis cantantes trabajaron! ¡Y todo fue para nada! ¡Vuestro hijo engañó a uno de ellos y puso en pie de guerra a todo el reparto!

—Si no me pagáis ahora mismo…

—Ojo con lo que vais a decir, *signore* Mozart. Podríais luego arrepentiros.

La discusión había ido subiendo de tono y los dos contendientes estaban ya riñendo a grito pelado. Wolfgang esperaba al otro lado de la puerta, pero al escuchar gritar a su padre y al otro maldecir en dialecto napolitano, su angustia fue en aumento.

—¿Padre? ¿Estás bien? —gritó desde el otro lado.

—Vuestro hijo os reclama —dijo Affligio—. Id con él y dad gracias al cielo de que soy hombre razonable y no os exijo la diferencia. Vuestra deuda queda saldada.

Tal vez si Leopold no le hubiese prometido a Amadeus que cobraría aquella misma noche, su reacción no hubiese sido tan extrema. Pero verse humillado por aquel estafador delante de su propio hijo era más de lo que podía soportar y se preparó para saltar al cuello de Affligio. Éste, bregado en mil peleas tabernarias, intuyó el peligro inminente y agarrando la pistola que había dejado a mano en el cajón, la amartilló y encañonó a Leopold.

—¡No se os ocurra hacer ni un movimiento en falso! ¡Largaos de aquí o habrá más que palabras!

No había nada que hacer. Leopold conocía la catadura moral del napolitano y sabía que era perfectamente capaz de disparar. Levantó las manos en señal de rendición y comenzó a caminar muy despacio hacia atrás, en dirección a la puerta de salida.

—¡Calmaos, no hagáis ninguna locura! No querréis dejar huérfano a mi hijo, ¿verdad?

—No volváis a aparecer por aquí jamás, ni a reclamarme deuda alguna.

—No lo haré —dijo Leopold—, pero creo que al menos tengo derecho a saber la verdad. Los carteles, los programas, lo de no pagarnos… Ha sido Salieri, ¿verdad?

La obstinación de Leopold en culpar al veneciano, que había permanecido completamente al margen de los manejos de Affligio, hizo prorrumpir al napolitano en una carcajada.

—¡Ja, ja, a fe mía que sois testarudo!

Decidido a tomarle el pelo hasta el final, Affligio optó por darle la razón como a los locos.

—¡Sí, *signore* Mozart, todo ha sido obra del malvado Salieri, ja, ja! ¡Ese veneciano os odia, a vos y a vuestro repelente hijo! ¡Os ha jurado odio eterno, como Aníbal se lo juró hace siglos a los romanos! ¡Guardaos de él, porque no descansará hasta borrar el nombre de Mozart de la faz de la tierra!

Leopold era demasiado paranoico y tenía demasiado

poco sentido del humor como para entender que Affligio estaba siendo sarcástico. Cuando salió al pasillo y se reencontró con su hijo, era tal la euforia que sentía por haber podido confirmar sus delirios persecutorios, que sonreía como si hubiese cobrado su deuda.

—¿Tenemos el dinero, padre? —preguntó Wolfgang.

—¡Tenemos algo mucho mejor, Wolferl! ¡Tenemos la certeza! ¡La certeza de que yo tenía razón: Salieri es nuestra némesis!

En sus pupilas brillaban dos inquietantes puntitos de luz, típicos de la mirada de los genios o de los locos.

37

Affligio jamás llegó a incluir el nombre de Mozart en los carteles ni en los programas de mano, de modo que el público de Viena pensó que *Le donne letterate* era una ópera enteramente de Salieri. Esto le proporcionó al veneciano un prestigio tan grande en Viena, que en tan sólo dos años —para consternación de Leopold— llegó a estrenar siete óperas, varias de ellas con libreto de Boccherini, con el que llegó a formar un exitoso tándem. Todas estas óperas —desde *L'amore innocente* hasta *La secchia rapita*— fueron estrenadas además en el Burgtheater, el teatro imperial que le había cerrado las puertas a Wolfgang desde el fiasco de *La finta semplice*. El templo en el que Leopold hubiese querido ver triunfar a su hijo y fracasar a Salieri se había convertido en el feudo indiscutible del italiano.

Wolfgang, mientras tanto, tampoco permanecía ocioso. No sólo componía cantidades ingentes de música instrumental, un género muy poco frecuentado por Salieri, sino que también estrenaba una ópera tras otra. Algunas de ellas, como *Ascanio in Alba* o *Mitridate, re di Ponto*, obtuvieron un éxito clamoroso, cuyo eco debió resonar sin duda en Viena. Pero estos encargos venían de la periferia del imperio: Milán, Múnich, Salzburgo; y la obsesión de Leopold era triunfar en la capital. Los éxitos operísticos de Amadeus no hacían más que confirmar las teorías conspiranoicas de Leopold, en las que Amadeus, por influencia de su padre, empezaba a creer también. La única que permanecía escéptica era Anna Maria, que de cuando en cuando se atrevía a cuestionar la supuesta aversión de Salieri hacia los Mozart. Esta actitud sacaba de quicio a su marido, que consideraba un delito de lesa traición el solo hecho de que su mujer no confirmara sus prejuicios.

—No entiendes nada de lo que está pasando, Anna Maria, por lo que creo que lo más prudente es que te calles. Nuestro hijo es una estrella de la ópera. ¿Por qué no lo llaman de Viena?

—Ya lo llamarán. Sólo hay que tener paciencia.

—A lo que tú llamas paciencia, yo lo llamo indolencia. ¿Sabes lo que me dijo el castrato Benedetti en Milán cuando estrenamos *Mitridate*?

—¿A qué viene eso ahora?

—¡Te da la medida del genio de nuestro hijo, mujer de poca fe! Pietro Benedetti me dijo, a mí personalmente, en el Teatro Regio de Milán, que si el público no quedaba encantado con el dueto final del segundo acto, «se haría castrar por segunda vez».

La anécdota hizo sonreír a Anna Maria, pero no le aclaró adónde quería ir a parar su marido.

—¿De verdad no lo entiendes o te haces la tonta? Si con un talento semejante aún no han llamado a Wolferl para estrenar en Viena, sólo puede querer decir una cosa: que alguien está actuando de tapón.

—Es evidente que ese empresario, Affligio, no nos tiene mucha simpatía —concedió Anna Maria—. Pero es un gañán, al que sólo le importa el dinero. Le ha dado por explotar comercialmente el teatro, lo mismo que se podría haber puesto al frente de un negocio de salchichas. Ten la seguridad de que en cuanto vea que Wolferl le puede llenar el patio de butacas, no dudará en hacerle un encargo.

—Pero ¿tú has visto las críticas de *Ascanio* o *Mitridate*? ¡Wolferl llenaría el Burgtheater hoy mismo! Estoy contigo en que Affligio sabe que está perdiendo dinero, y que se tragaría su orgullo a cambio de un éxito de taquilla. Eso revela que el tapón no es él, sino Salieri. Él es el único que saca tajada de esta delirante situación. Se afianzó en Viena gracias a nuestro hijo, con quien no se dignó compartir la gloria de *Le donne letterate*, y ahora, sabedor de sus triunfos operísticos en otros teatros del imperio, está presionando para que Affligio no lo lleve al Burgtheater. ¡La única manera de que Wolferl estrene en Viena es acabar con ese veneciano!

38

Si el trabajo de identificar a los acosadores de Luca y castigarlos como es debido lo dejó en manos del juez y el fiscal de menores, Teresa quiso asegurarse personalmente de que *Amadeus* no volvería a usarse en el colegio con fines didácticos. Con ese propósito, solicitó una entrevista con el profesor de música de Luca, el señor Pincopallino, y como su actitud le pareció la de un completo irresponsable, la cosa acabó como acabó.

Teresa, que atesoraba muchos más conocimientos de música que todos los profesores de secundaria de Palermo juntos, preveía que la situación podría ponerse desagradable, de modo que acudió a la cita dispuesta a contenerse, para no aparecer ante aquel mentecato como la típica sabelotodo que reparte lecciones a diestro y siniestro. «Aun así, se sentirá amenazado —me dijo nada más cerrar la entrevista—, porque él es el profesor y yo no, y porque yo soy la mujer y él es el hombre.» Lo que Teresa no sospechaba es que la cosa podría llegar a ponerse tan desagradable.

El encuentro tuvo lugar en un cuartucho infecto y mal iluminado, situado junto a la secretaría, en el que la mesa y la silla eran de párvulos. A Teresa le pareció humillante tener que abordar un conflicto tan serio como el de Luca en aquel escenario liliputiense.

—¿No podemos hablar en otro sitio? —dijo cuando se dio cuenta de que no había ni una miserable percha para dejar el abrigo.

—El resto de los cuartos de tutoría están ocupados en este momento —dijo muy seco el profesor—. A los que impartimos las asignaturas maría sólo nos dejan este cuchitril.

—Pero la música no es una maría —objetó Teresa—. La política, la religión y la gimnasia, lo siento por ellas, sí lo son. Pero ¿la música? ¿En Italia? ¿La cuna de Monteverdi, de Puccini, de Salieri? ¿Por qué se deja usted meter en el mismo saco?

Primer reproche. Y eso que Teresa se había propuesto no adoptar una actitud desafiante. Pero como en la fábula de la rana y el escorpión, ¿qué podía hacer ella, si era su carácter? Aquel primer comentario tuvo la virtud de poner al profesor a la defensiva.

—Me gustaría verla en mi lugar —dijo el profesor—. ¿Sabe usted que no me dan ni una pizarra de música? Todas las veces tengo que dibujar yo con tiza el pentagrama.

Teresa no había ido a la reunión a escuchar los lamentos de aquel pusilánime, así que lejos de mostrar empatía por el maltrato al que lo sometía el colegio, entró en materia inmediatamente.

—Quiero que me dé su palabra de que nunca más volverá a ponerles *Amadeus* a los alumnos.

Pincopallino era un tipo excepcionalmente alto y desgarbado, lo cual hacía que pareciese aún más ridículo en aquella silla para renacuajos. Debió de sentir que necesitaba reivindicar la poca dignidad que le quedaba como docente, porque replicó invocando la libertad de cátedra y diciendo que a él nadie le decía cómo tenía que enfocar sus clases.

El macho alfa empezaba a exhibir su poderío, de modo que Teresa hizo un primer y último intento por parecer humilde y razonable, con el fin de llevarlo a su terreno.

—No es mi intención interferir en sus clases —dijo Teresa. Y añadió una mentira, aún sabiendo que el otro sabía que lo era—: Luca siempre dice que es usted su profesor preferido.

—*Amadeus* es una de las mejores películas de la historia del cine, está llena de música y divierte a los alumnos. Tienen once años, señora, ¿qué quiere que haga en clase, explicarles contrapunto y fuga?

—Pero está plagada de patrañas. ¿Sabe que el acoso a Luca estalló al día siguiente de que usted les hiciera ver *Amadeus*?

—El acoso ha partido de una minoría de alumnos. Tres de ellos ni siquiera están en el mismo curso que Luca. El resto se lo pasó en grande con la película y aprendió muchas cosas de ella, por lo que no veo por qué no puedo seguir empleándola con fines docentes.

—Perdone, no le he oído bien —dijo sarcástica Teresa—. ¿Ha dicho con fines «docentes» o «indecentes»?

El profesor decidió que Teresa acababa de cruzar la delgada línea que separa el reproche del insulto e hizo ademán de levantarse, pero la Salieri, como un autoritario director de orquesta, le hizo un enérgico gesto con la mano para que no se moviera y le informó de que la reunión no había terminado. Después, para compensar, volvió a adoptar un tono más razonable.

—Me hago cargo de lo que es dar clase de música a una manada de cabestros. ¿Cuántos tiene en clase?

—Treinta y nueve. Aquello es como estar en Vietnam, señora. En cuanto me doy la vuelta me tiran papeles o me escupen granos de arroz, usando el boli como cerbatana. ¿Sabe lo que les importan nociones como el ritmo o la armonía? Para la mitad de ellos, hasta el rap es música de élites. Al menos con las audiciones y las películas me dejan tranquilo por un rato.

—Les pone la película ¿y luego qué?

—Les invito a que escriban lo que les ha parecido. Así los tengo otra media hora calladitos.

Teresa decidió que era el momento de poner a prueba a aquel majadero que utilizaba discos y películas para narcotizar a sus alumnos, y se lanzó a comprobar qué sabía en realidad de Mozart y Salieri y de la asignatura que estaba impartiendo.

—Me figuro que al final les aclararía que Amadeus no era el superdotado que nos cuenta la película, ¿no?

—No sé adónde quiere ir a parar.

—¡Esa escena absurda, en la que aparece Salieri con cara de bobo, porque las partituras de Mozart no tienen ni una sola corrección!

—¿Qué pasa con ella? A mí me pareció de las más logradas de la película.

—¡Pero es otra mentira! ¿O acaso desconoce usted que Mozart emborronaba páginas y páginas de bocetos, antes de dar por buena una composición?

—Yo lo que creo es que...

—No me importa lo que usted cree, sino lo que usted sabe, que estoy viendo que es muy poco —le interrumpió Teresa—. ¿Acaso no les enseña también historia de la música? Al menos eso es lo que dice el programa del Ministerio de Educación. ¿No sabe que todas las memeces que se cuentan en *Amadeus* sobre Mozart son obra de un intoxicador de la época llamado Friedrich Rochlitz?

—Señora, si he aceptado tener esta entrevista con usted es sólo para hablar de Luca, no para ser examinado por una...

—¿Por una...? Termine la frase, buen hombre. ¡Por una mujer! Eso es lo que iba a decir, ¿verdad?

—No, iba a decir por una extraña. Usted no es la madre de Luca. ¿Por qué debo atenderla?

Teresa no escuchó la pregunta. O fingió que no la había escuchado.

—Les explicaría también que Mozart era profesor de piano y de composición, y no de canto. Ése fue el motivo por el que el emperador confió a Salieri, y no a Mozart, la educación musical de la princesa de Wurtemberg: ella quería cantar, no aporrear el piano. ¡Eso es lo que les tiene que explicar en clase! Que esa infamia de que Salieri difamó a Mozart ante el emperador para que no tuviera alumnas no es más que una patraña. Si no se lo enseña su profesor de música, ¿quién se lo va a enseñar? ¿El papa Francisco?

El profesor se encogió de hombros, lo cual hizo ver a Teresa que había llegado ya el momento de sacar la munición de grueso calibre y hacer que se sintiera culpable.

—¿Se da cuenta de que Luca estuvo a punto de tirarse por la ventana porque usted no se tomó el trabajo de aclarar en clase que su abuelo no es ningún asesino? ¿Qué tiene que ocurrir para que usted se comporte de una manera responsable? ¿Que mi sobrino lo vuelva a intentar? ¿Y que esta vez tenga éxito? Le aseguro que habría un juicio, Pincopallino. ¡Y que yo testificaría en él y le acusaría sin dudar de instigador del acoso! ¡Y, además, aportaría como prueba la grabación de esta entrevista! ¡Sepa usted que todo cuanto ha dicho hoy ha quedado registrado en mi móvil! ¡La Fiscalía sabrá que yo le avisé del riesgo que corría mi sobrino y que usted no hizo nada!

A Pincopallino no le hizo ni puñetera gracia que Teresa le hubiera grabado sin permiso y le exigió que borrara la conversación en aquel mismo instante. Teresa ignoró olímpicamente la petición y cuando fue a guardar el móvil en el bolso, el profesor se lo arrebató por la fuerza y empezó a buscar el archivo como un poseso, para borrarlo él mismo. Recibió un bolsazo en la cabeza como respuesta, lo que provocó que Pincopallino intentara arrebatarle el bolso para evitar ser agredido de nuevo. Aquello ya fue demasiado, y Teresa se lanzó sobre él como un jugador de rugby en un placaje. Los dos rodaron por el suelo: hubo gritos, patadas, insultos. El escándalo se oyó hasta en el piso de abajo. Las dos empleadas de secretaría avisaron a seguridad y Teresa acabó en urgencias, con tres puntos en la frente.

39

Siempre que mencionaba el nombre de Salieri, a Leopold se le descomponía el rostro y aparecía un brillo enloquecido en su mirada que estremecía a su mujer. ¿Qué quería decir exactamente su marido con «acabar con Salieri»? Con el fin de apartar de su cabeza aquellos deseos de venganza, Anna Maria trataba sin cesar de convencer a Leopold para que adoptara una actitud más positiva. En vez de estar todo el día dándole vueltas al modo de acabar con Salieri, ¿por qué no animar a Wolferl a salir de la provinciana Salzburgo y a establecerse en Viena? Allí tendría muchas más oportunidades de contactar con libretistas y empresarios, y ¿por qué no?, de limar asperezas con la camarilla de italianos que controlaba el Burgtheater. Para Leopold, Amadeus en Viena equivalía a perder el control absoluto que ejercía sobre él y aunque a su mujer le prometía todo el rato que estudiaría el asunto, lo cierto es que no albergaba la menor intención de empujarle a dar un paso hacia la gran metrópoli.

Anna Maria falleció de fiebres tifoideas antes de ver cumplido el sueño de ver a su hijo emancipado y establecido en la capital del imperio, pero su puesto fue ocupado por la hermana mayor de Wolferl, Nannerl, a la que encargó, antes de morir, que lo persuadiera para establecerse en Viena, a fin de acercarse al emperador y a los italianos que controlaban la ópera.

Para Wolfgang, afincarse en Viena significaba desafiar abiertamente a su padre, y hacerlo sólo le compensaría si tenía éxito y lograba que le encargaran una ópera. Nada hubiera sido más mortificante para él que desatar la cólera paterna y encima tener que regresar de Viena a Salzburgo con las manos vacías y el rabo entre las piernas.

La oportunidad llegó cuando José II, un tanto saturado por la omnipresencia de la ópera italiana en los teatros imperiales, decidió impulsar una ópera autóctona, escrita y cantada en alemán. El emperador desmontó la compañía estable de ópera bufa italiana y la sustituyó por una de *singspiels*, dramas en los que la trama avanza mediante diálogos hablados en alemán, que se alternan con partes cantadas. Salieri no fue despedido, pero como era el responsable de la ópera bufa, se quedó sin gran cosa que hacer y pidió permiso para marcharse a Italia, a atender diversos encargos teatrales. El emperador torció el gesto, porque confiaba en el criterio musical de Salieri y le habría encantado que le ayudara a montar el nuevo Teatro Nacional. Pero tampoco quería enemistarse con su compositor favorito y lo dejó partir.

Leopold estaba ebrio de gozo. ¿Era el principio del fin de aquel detestable veneciano? Nada más enterarse de que Salieri había huido a Italia y no podía conspirar contra él, habló con Wolfgang y le dijo que empezara a buscar urgentemente un buen libreto en alemán: había llegado el momento de tomar la capital del imperio por asalto. Wolferl planteó la posibilidad de instalarse ya en Viena, pero su padre no quiso ni oír hablar del tema.

—Una cosa es ausentarte unos cuantos días, para hablar con libretistas y empresarios, y otra dejar para siempre el puesto de viceconcertino en la orquesta del arzobispo Colloredo.

—Pero, padre, en unos días poco puedo hacer.

—No insistas. Primero te asegurarás un buen puesto en la

corte de Viena y sólo entonces podremos abandonar Salzburgo.

—¿Podremos?

—Nannerl y yo iremos a vivir contigo, Wolferl. ¿Qué te figurabas? Cuando hablo de un cargo como Dios manda, quiero decir un empleo con el que puedas mantener a toda tu familia.

Salieri y el idioma alemán eran irreconciliables. Pese a llevar viviendo en Viena desde los dieciséis años, la lengua de Goethe se le resistía como gato panza arriba, y cuando lograba hilar alguna frase en ese idioma, siempre acababan mezclándose en su boca expresiones en italiano o en francés, que era el habla distinguida de la corte. Ésa era una de las razones por las que el veneciano se consideraba incapaz de echar una mano a Su Majestad en la puesta en marcha de su anhelado Teatro Nacional. El otro motivo no se lo confesó a nadie: después de llevar años tocando con José II todas las semanas en su grupo de cámara, Salieri conocía muy bien al emperador y sabía que en su ánimo no estaba solamente el noble deseo de promover la lengua y la cultura alemanas, sino el más inconfesable y cicatero de rebajar los costes teatrales al mínimo posible, cosa en la que no estaba dispuesto a colaborar. La ópera italiana resultaba cara de producir, y si no, no era digna de llamarse ópera. La apuesta del monarca era por el *singspiel*, una versión descafeinada de la ópera. Los actores-cantantes de los *singspiels* eran mucho más baratos de contratar que los grandes virtuosos de la ópera italiana, pues normalmente sus partes entrañaban menor dificultad técnica. En cuanto Salieri comprobó la falta de ambición de los primeros montajes, decidió poner pies en polvorosa y marcharse a Italia.

Hasta tal punto era roñoso con el dinero Su Majestad, que decidió inaugurar la temporada de *singspiel* con una ópera de un acto, que encargó a un compositor menor, al que pagó una miseria. Como no era ningún tonto, el emperador se dio cuenta enseguida de que estaba tirando piedras contra su propio tejado, pues es precisamente en el momento de arrancar cualquier proyecto cuando más necesario resulta invertir en él. Tras ver la falta de respuesta que obtuvieron los primeros montajes, el emperador pidió ayuda por carta a Salieri, que a la sazón se encontraba en Florencia. Aunque las obras fueran flojas, ¡tenía que haber al menos buenos cantantes! La gente iba al teatro, esencialmente, a escuchar grandes interpretaciones, por mucho talento que exhibieran los compositores de moda.

Querido Salieri:

Te rogaría que hicieras averiguaciones acerca de dos cantantes alemanes llamados Valentino y David. Me comentan que han cantado con éxito en varios teatros de Italia y necesito saber si estarían dispuestos a venir a actuar al Teatro Nacional y bajo qué condiciones.

Aprovecho esta ocasión para reiterarte la profunda admiración que te profeso como músico y la gran estima en que te tengo como amigo.

Afectuosamente,

JOSÉ II

Tanto Salieri como el hermano del emperador (que se llamaba Leopoldo y era gran duque de Toscana y también muy melómano) fueron informando puntualmente a Su Majestad de qué artistas que pudieran cantar aceptablemente y hablar en alemán sin acento italiano estaban disponibles y a qué precio.

Con semejantes ojeadores, no es de extrañar que la *troupe* imperial de *singspiel* fuera ganando en calidad en pocos meses, y que cuando Salieri regresó de Italia, pudiera comprobar personalmente el enorme progreso que había hecho la compañía.

El emperador estaba ansioso por mostrarle lo bien que funcionaba ya su nuevo juguete y nada más terminar la primera sesión del grupo de cámara, tras meses de ausencia, Su Majestad lo invitó a asistir esa misma noche al Teatro Nacional, a escuchar un *singspiel* en alemán.

Al día siguiente de la presentación, antes siquiera de sentarse a ensayar, José II se acercó a Salieri.

—¿Y bien? ¿Qué os ha parecido la compañía de *singspiel*?

—¡Maravillosa, majestad! ¡En todos los sentidos!

—Entonces ya no hay excusa —dijo el emperador—. ¡Debéis escribir una ópera en alemán!

—Majestad, durante los meses que he estado en Italia, he compuesto cinco nuevas óperas. Traduzcamos cualquiera de ellas al alemán.

—¡Nada de traducciones! ¡Un *singspiel* original!

—¡Ni siquiera sabría cómo empezar! ¡Ya sabéis lo mal que me expreso en vuestro idioma!

—Entonces, *mio caro* maestro, deberéis tomaros este encargo que os hago como una oportunidad para profundizar en el conocimiento de una lengua que se os resiste.

—Pero...

—¡Complacedme! Mañana por la mañana ordenaré al conde Rosenberg que os haga llegar un libreto en alemán.

40

Salieri pasó unas semanas de infierno. Deseaba complacer al emperador, que tantos buenos gestos había tenido con él desde su llegada a Viena, pero no creía en el proyecto. Aun así, desde que José II le dejó claro que no tenía elección, no se atrevió a poner ni una mala cara, ni a permitirse la menor palabra de protesta; ni siquiera cuando el conde Rosenberg le comunicó que el libreto que tenía que musicar era de Auenbrugger, un médico austríaco por el que Salieri sentía gran aprecio en lo personal (había sido testigo en su boda), pero tan dotado para el drama lírico como un castrador de gorrinos. Lo que el galeno le entregó era un enredo sin pies ni cabeza, que la crítica vienesa destrozó de manera inmisericorde desde el mismo día del estreno.

Leopold Mozart se frotaba las manos. Sus espías vieneses le tenían puntualmente informado, así que estaba al tanto de las enormes dificultades de Salieri con los versos de Auenbrugger y de lo irritante y vulgar que era el argumento de *El deshollinador*. Tan negativos eran los informes procedentes de Viena, que llegó a pensar que aquel engendro iba a suponer la muerte artística del veneciano. Pero Salieri atesoraba demasiada astucia y oficio como para caer muerto en aquella emboscada, y consiguió salvarse de la quema: entre otras cosas, porque hizo trampa y coló, más o menos justificadas por la trama, hasta cuatro arias en italiano. Era como decirle al emperador: vos encargadme un *singspiel*, que yo os entregaré lo único que sé hacer: ópera bufa.

—Si no se hunde él solo con ese engendro —le dijo Leopold a su hijo la víspera del estreno—, lo rematarás tú.

Si tan seguro estaba Leopold de poder dejar a Salieri fuera de combate era porque Wolfgang había encontrado un libreto en alemán de mucha mayor calidad que el de Salieri, llamado *El rapto en el serrallo*, y aguardaba agazapado a que el veneciano se diera el gran batacazo para estrenarlo en el Burgtheater.

Salieri, tal como era previsible, fracasó con su *singspiel* alemán, aunque el triunfo de Leopold no fue completo. Le habría gustado que Amadeus aniquilara para siempre al italiano, pero sólo lo dejó herido de pronóstico leve. De hecho, lo único que fracasó fue el texto; los críticos salvaron la música de Salieri, y se limitaron a lamentar el hecho de que desperdiciara «su enorme talento» con libretos de tan poca valía. *El deshollinador* aguantó nueve asaltos. Cuando se iba a representar por décima vez, el conde Rosenberg —por instrucciones del emperador, que se había erigido en el único y verdadero programador del Teatro Nacional— decidió retirarla del cartel y estrenar la ópera de Mozart.

Fue un bombazo.

El rapto en el serrallo dobló el número de representaciones de *El deshollinador* y recibió el aplauso unánime no sólo de la crítica, sino de la flor y nata de los músicos vieneses. Hasta Gluck se deshizo en elogios hacia Mozart, y eso que era el padrino artístico de Salieri.

Amadeus había triunfado, había materializado el gran sueño del emperador, que era poder rivalizar en alemán con la ópera italiana, y se había granjeado el respeto y la admiración de toda Viena. Y, sin embargo, seguía sin ser rico. Salieri en cambio disfrutaba de un espléndido salario anual, que le permitía vivir como un príncipe, tocaba todas las tardes con Su Majestad y ostentaba un cargo fijo en la corte. Este estado de cosas amargaba a Leopold hasta lo indecible y le impidió disfrutar del gran triunfo de Amadeus como hubiera querido.

—¡Cien miserables ducados! —exclamó Leopold cuando se dio cuenta de que, a pesar del clamoroso éxito de *El rapto*, eso era todo lo que su hijo iba a recibir a cambio.

Al no ser empresario, el compositor no tenía derecho a los *royalties* de las representaciones posteriores.

Wolfgang en cambio tenía ya claro que las puertas de Viena, si no abiertas de par en par, estaban cuando menos entornadas, y que por más que el emperador no le hubiera ofrecido cargo alguno, él podía ganarse la vida perfectamente como músico independiente en la capital del imperio. Además, acababa de casarse, y a su mujer le encantaba Viena. Cuando le comunicó a su padre que no regresaría a Salzburgo, Leopold, que seguía aferrado a la idea de vivir con Wolfgang y Constanze a costa del primero, montó en cólera.

—¡Hijo desagradecido! ¡Así me pagas todo lo que vengo haciendo por ti, desde el día mismo en que emborronaste tus primeros pentagramas con cuatro años! ¡He trabajado toda mi vida como un burro para convertirte en lo que hoy eres! Y ahora que has alcanzado el estatus de estrella internacional, ¡en gran medida gracias a mí!, me das una patada y me alejas de tu lado. Tu madre, a la que prácticamente dejaste morir en París, ya no puede cuidarme y me he quedado solo como un perro, ¡pero a ti te da igual lo que le ocurra a tu anciano padre, al que sacrificas como si tuviera la rabia!

—Está Nannerl…

—¿Nannerl? ¡Otra ingrata! ¿Acaso no sabes que ya me ha anunciado que quiere casarse con un capitán del ejército? Tengo sesenta y tres años, ¿quién cuidará de mí de ahora en adelante?

—No te hagas la víctima: los dos sabemos que te quedará una generosa pensión cuando te retires.

—La servidumbre no hace compañía, Wolfgang. Es lo único que tendré a mi alrededor: doncellas y criados.

—Padre, yo tengo derecho a formar mi propia familia.

—Pero ¿es que no lo entiendes, hijo? ¡Aún me necesitas! Has hecho morder el polvo a Salieri con un *singspiel* en alemán, pero es en la ópera bufa italiana donde está el negocio. Y ése es un feudo en el que ese veneciano reina desde hace años. ¿Cómo piensas desafiarle?

—Esperaré a tener un buen libreto y mientras tanto viviré de dar conciertos y de impartir clases particulares.

—¡Los buenos libretos en italiano se los quedan los italianos!

—Hemos llegado a una vía muerta, padre. No pienso regresar a Salzburgo. Y no es por ti, es que no estoy dispuesto a dejarme maltratar ni un segundo más por el arzobispo Colloredo. ¿Sabes que me hace comer en la cocina, con los lacayos?

—¡Éste no era el plan! Quedamos en que esperarías a tener un cargo estable antes de afincarte en Viena.

—Siempre fue tu plan, padre, no el mío.

41

Teresa fue declarada persona non grata en el colegio de Luca. Nunca más podría ya interceder por su sobrino ante el profesorado si volvía a plantearse una situación difícil, y como tampoco confiaba ni en su hermana ni en su cuñado, decidió que Luca tenía que aprender a defenderse solo y lo matriculó en la mejor escuela de taekwondo de Palermo. A Luca nunca le habían gustado las artes marciales «porque gritan mucho», así que contrariamente a lo que su tía esperaba, se resistió al tatami con la fuerza con que otros niños se rebelan cuando sus padres les obligan a estudiar piano o violín.

—Es tiempo que le quito a la música, no quiero ir —objetó cuando se lo propuso—. Y además, ¿quién se va a quedar con Gengio?

Teresa tuvo que pagar de su bolsillo, además del curso de defensa personal, también a una cuidadora para que se ocupara de su sobrino más pequeño.

—Los siete chicos que te acosaban han recibido severas condenas, por lo que es muy posible que ahora te odien más aún —le advirtió Teresa—. La sentencia los ha dejado de momento en estado de shock, pero si se les presenta una oportunidad de vengarse de ti, no tengas duda de que la aprovecharán. Igual estoy equivocada y han aprendido para siempre la lección, pero ya sabes lo que dice el refrán: «Espera lo mejor, pero prepárate para lo peor». ¿O es que quieres correr el riesgo de que cualquiera de ellos te agarre un día del cuello y te rompa las cuerdas vocales?

Luca puso cara de pánico. Nunca se le habría ocurrido que sus rivales, tras haber destrozado su autoestima, intentaran ahora acabar con su tesoro más preciado: su garganta.

—Prefiero estar muerto a estar vivo y no poder cantar —dijo resignado—. Si no me queda más remedio, asistiré a clases de taekwondo.

De no querer ni siquiera pisar el tatami, Luca pasó, en pocas semanas, a convertirse en un apasionado de la defensa personal. Lo veía como una prolongación del canto, porque entrenaba para el día en que sus compañeros trataran de dejarle sin voz. No se conformó con la docena de clases que duraba el curso inicial y le pidió a Teresa que le pagara más lecciones. A ella le habría encantado asistir a una escena en la que Luca dejaba fuera de combate a tres o cuatro asaltantes a la vez, así que financió su taekwonditis sin poner una sola objeción. Cada semana, le telefoneaba desde Legnago para saber si sus compañeros le dejaban en paz o habían vuelto a las andadas.

—No se meten conmigo. Al contrario, ahora son los que mejor me tratan.

—No te confíes —le decía Teresa—. Y sigue con tus clases, hasta que le inspires respeto al mismísimo Chuck Norris.

Yo no estuve allí pero Luca me contó, mucho tiempo después, que a las dos semanas de esta conversación, Gaspare Rufino, uno de sus dos acosadores más crueles, y el que más había cambiado en su forma de tratarle, se aproximó a él en el recreo y le informó de que sus cincuenta horas de servicio a la comunidad habían terminado. Sus padres habían pagado la multa impuesta por el juez y él se sentía plenamente rehabilitado. Usó esa palabra, como si fuera un delincuente común al que hubieran puesto por fin en libertad.

En señal de paz, le ofreció un mordisco de su bocadillo, que era pan con chocolate. Luca sonrió, pero dijo que no con la cabeza. Como vio que Luca no se fiaba de él, Rufino intentó ganárselo, sacando un tema de conversación muy masculino: la defensa personal.

—He oído que estás dando clases de kárate.

—Taekwondo —corrigió Luca—. ¿Cómo lo sabes?

—Un primo mío también va y te ha visto. Dice que eres bueno.

—Pschá —mintió Luca.

Rufino vio que a Luca le había gustado el cumplido.

—Que quede una cosa clara entre tú y yo: si hubiéramos sabido que nuestras bromas te molestaban tanto, nos hubiéramos buscado a otro con más sentido del humor.

—Ya.

—Tendrás que admitir que los ejercicios esos que hacéis los cantantes son muy cómicos. Sobre todo el de cantar con la lengua fuera.

—Bastante —dijo Luca. No sabía qué quería exactamente Gaspare y eso le ponía nervioso. ¿Había venido sólo a pedir disculpas? ¿O pretendía convertirse en su amigo?—. Bueno —añadió para despedirse—, ya nos veremos. —Y se dio media vuelta.

—Espera, hombre. Traigo un mensaje de Beatrice.

Beatrice Rufino era su hermana mayor. Estaba un curso por encima, a una edad en la que un año de diferencia equivale a un abismo infranqueable. Beatrice estaba ya en la pubertad y a Luca lo tenía completamente fascinado. La sola mención de su nombre hizo que se ruborizase.

—En realidad no es un mensaje —aclaró Gaspare—. Es un regalo que queremos hacerle, para el día de su cumpleaños.

—Ajá.

Rufino había sido informado de que a Luca le gustaba su hermana, y dado que medio colegio andaba tras ella, decidió, para ganárselo, anunciarle de que todos los posibles pretendientes, él era el único que gozaba de su completa aceptación.

—A Beatrice le gustas mucho —dijo.

Y en cierto sentido no mintió. Estaba claro que para Beatrice, Luca era aún un pequeñajo; ella se sentía ya atraída por chicos dos, tres y hasta cinco años mayores que ella. Pero le había oído cantar el *Miserere* de Allegri en el Coro de Voces Blancas del Teatro Massimo de Palermo y se había quedado fascinada. Luca había sido el solista, naturalmente, y había entonado perfectamente el do sobreagudo que coincide con el momento más emotivo de toda la composición. Esto había ocurrido pocas semanas antes de que empezara el acoso, y Gaspare sintió muchos celos de Luca, después de los desmedidos elogios que su hermana hizo de él durante los días siguientes al concierto.

—¿Te animarías a cantarle algo por sorpresa el día de su cumpleaños? Ya sabes que es tu fan número uno.

Luca sabía que Beatrice había ido a verle al teatro —la vio sentada, con sus padres, en la primera fila—, pero de eso a enterarse de que se había convertido en su gran admiradora había un buen trecho.

—Sería una forma muy bonita de sellar por fin la paz entre nosotros —dijo Rufino—. Y ten la seguridad de que a partir de ese día, Beatrice tendrá sueños húmedos contigo.

Para Luca, que no había cambiado aún la voz y estaba en pleno período de latencia, Beatrice era un ser idealizado, un ángel completamente desexualizado por el que sólo sentía admiración y ternura. El solo hecho de que alguien ensuciara su imagen, asociándola a escenas carnales, le producía indignación y repugnancia.

Más para castigar a Gaspare por contaminar de sexo a su idolatrada Beatrice que por el hecho de que no le apeteciera cantar para ella, Luca respondió que estaba muy ocupado.

—Buscaos a otro —dijo.

Gaspare había previsto una reacción así por parte de Luca y venía preparado para contraatacar.

—Como quieras. Le diré a mi hermana que no quisiste participar en su fiesta de cumpleaños. Se va a poner muy triste, ¿sabes?

La amenaza provocó en Luca un ataque de pánico. Lo último que habría deseado es aparecer ante Beatrice como un maleducado o un resentido, pero no quería darle el gusto a Gaspare de mostrarse tan fácilmente manipulable, así que fingió indiferencia.

—Haz lo que quieras —dijo. Pero en vez de darse la vuelta, se quedó plantado donde estaba, mirando a Gaspare, como si lo único que buscase fuera hacerse de rogar un poco más antes de ceder.

—Pero ¿qué coño te pasa, tío? Mi hermana no participó en las bromas, al contrario, nos dijo muchas veces que dejáramos de putearte. ¿Le vas a hacer pagar el pato también a ella?

—No es eso —dijo Luca. Se llevó una mano a la garganta, como si tuviera molestias, y carraspeó un poco para reforzar la impresión de que andaba pachucho—. Es que... he pillado una laringitis. No puedo cantar.

—No me vengas con ésas, la fiesta es dentro de dos semanas. Para entonces estarás de puta madre.

Rufino era muy hábil. Había conseguido que Luca entrara en contradicción consigo mismo: primero había dicho que no podía cantar, porque estaba «muy ocupado», ahora el pretexto era la afonía. Le estaba haciendo quedar como un auténtico idiota.

—Eh, no será que no quieres venir porque nos tienes miedo, ¿no?

—Sí, seguro que es eso —respondió Luca en tono irónico.

—Ahora haces taekwondo, tío. Tus manos y tus pies son

armas mortales. ¿Qué podríamos hacerte? Somos nosotros los que correríamos un grave riesgo si volviéramos a putearte.

Rufino se quedó expectante, a ver si su comentario le arrancaba al menos una sonrisa a Luca. La sonrisa no llegó, pero Luca empezó a negociar.

—Podría... haceros una grabación —dijo Luca—. Podría grabaros en un CD mi aria preferida de Gluck y que la pusierais después de cantarle el *Cumpleaños feliz*.

—No es lo mismo —respondió Gaspare—, y tú lo sabes. Tienes que admitir una cosa, tío. Por muy amargado que te sintieras, ninguno de nosotros te puso jamás la mano encima. No íbamos a por ti, si no ahora mismo estarías en el hospital o en el cementerio. Sólo queríamos reírnos un rato, joder, el cole es un puto aburrimiento. Hoy te ha tocado a ti, mañana le tocará a otro. Es la ley del colegio. De todos los colegios. El juez se ha pasado cuatrocientos pueblos. En otros coles, al acosado lo muelen a hostias y las condenas son menores que las nuestras.

—Me llamasteis «cerdo». Os reísteis de mí, me llamabais todo el rato «asesino».

—¡No te llamamos asesino! Hacíamos que nos moríamos como si nos hubieras asesinado a lo Salieri. ¡Pero si con algunas bromas se reían hasta los profesores! Vamos, dime que vendrás a casa, a cantarle algo bonito a mi hermana el día de su cumpleaños.

Luca miró a su alrededor y vio al fondo del patio de recreo a la pandilla de Gaspare, seis o siete chicos que le observaban atentamente. A la distancia que estaban, no podían escuchar la conversación, pero no perdían ripio de sus gestos y actitudes y de vez en cuando intercambian risitas y comentarios inquietantes entre ellos, que él tampoco podía oír. No le gustó sentirse escrutado, entre otras cosas porque en el grupo reconoció al menos a tres de los energúmenos que habían participado en el acoso. Sin embargo, no quiso ser descortés, para que Gaspare no tuviera muchos argumentos con que denigrarle ante su hermana.

—Dile a Beatrice que cantaré para ella cuando me haya recuperado del todo. Tal como estoy ahora, no me puedo comprometer.

Luca se dio la vuelta y comenzó a alejarse de Gaspare, que le llamó un par de veces por su nombre para que se detuviera. Al no hacerlo, fue a por él y le agarró del hombro por detrás, con firmeza, pero sin violencia. Luca reaccionó instintivamente, como si estuviera en clase de taekwondo, y tal como le había enseñado su maestro, hizo tres cosas de manera simultánea. Echó las manos atrás para atrapar el antebrazo de su asaltante, retrasó la pierna derecha para zancadillearle y se giró ciento ochenta grados para derribarle. La llave, que resultó exitosa, fue aún más meritoria por el hecho de que Rufino era bastante más alto y corpulento que él.

El profesor que se hallaba de guardia en el patio, que por azar era Pincopallino, se acercó a la carrera para ver qué diablos estaba pasando.

—Pero ¿se puede saber qué hacéis? —dijo Pincopallino—. Gaspare, ¿estás bien? ¿Necesitas ir a la enfermería?

—¡No pasa nada, joder! —gritó Rufino, más humillado por el hecho de ser tratado como víctima que por haber ido a parar al suelo como un fardo.

Aceptó la mano tendida de Luca, como si fuera un jugador de fútbol al que ayudan a incorporarse tras una falta, y se dolió de la herida que se había hecho en el codo, al impactar contra el pavimento. El profesor intentó cogerle el brazo para constatar la profundidad del corte, pero Gaspare se zafó de la presa con un gesto brusco.

—Ya lo tenía de antes, ¿a que sí, Luca?

A Pincopallino, lo que más le importaba en aquel momento era poder decir que en su turno no había ocurrido nada de importancia, así que dio unas palmadas al aire, como para espantar a los mirones, y tras invitar a agresor y agredido a que se dieran la mano, continuó su ronda por el patio como si tal cosa.

Gaspare había reaccionado con mucha nobleza tras el derribo y no le había delatado. Eso provocó que Luca sintiera que le debía una. Lo cierto es que la herida en el codo era de bastante consideración y que Rufino podría haber exagerado aún más su importancia ante Pincopallino, como esos delanteros marrulleros que escenifican un dolor agónico tras haber sufrido un derribo. Eso hubiera traído a Luca serias complicaciones, pues en el colegio estaban hartos de tensiones entre alumnos y probablemente le hubieran castigado con severidad.

—Lo siento, tío. No me gusta que me agarren —le explicó a Gaspare.

—No me has hecho nada, joder —dijo Rufino—, a ver si vas a pensar ahora que por haber dado cuatros clases de taekwondo ya eres Bruce Lee. En cuanto a esta mierda —añadió señalándose la herida—, con un poco de hielo y Betadine, mañana estaré como nuevo.

—Tú ganas —repuso Luca.

—¿Qué quieres decir?

—Que cantaré para tu hermana.

—¿Y la afonía?

—Pasará. Con infusiones.

Gaspare le estrechó la mano.

—Eres muy grande, tío. Beatrice te va a adorar. ¡Y a mí también, claro! ¡Porque la idea ha sido mía y sólo mía!

Cuando Gaspare ya se había dado la vuelta, Luca le preguntó:

—Oye, ¿qué querías de mí?

—No te entiendo.

—Cuando me agarraste del hombro. Algo querrías...

—Ah, nada. Decirte que estábamos dispuestos a pagarte.

—¿A pagarme? ¿Por cantar para Beatrice?

—Claro.

—Sabes que lo haría gratis.

—Mientes. Todo el colegio sabe que mi hermana te gusta tanto que pagarías por cantar para ella.

42

Gaspare había jurado venganza contra Luca por haberle denunciado ante la Fiscalía. No se trataba sólo de las cincuenta horas que había tenido que trabajar gratis, arrastrando la mopa por los pasillos del Teatro Massimo, era sobre todo la bronca monumental que le habían echado en casa por haber llevado demasiado lejos las bromas a su compañero de clase. Su padre, especialmente, estaba fuera de sí por el hecho de haber tenido que desembolsar los tres mil euros de multa que les había impuesto el juez y le había asegurado que ese año se quedaría sin vacaciones. Si la sentencia había sido tan dura era sólo por el hecho de que Luca Salieri había estado a punto de saltar por la ventana; aquello había impresionado mucho al tribunal, que quiso dar a los bromistas un castigo ejemplar. Bromistas, sí, porque eso y sólo eso se consideraba Gaspare: un bromista. Media docena de vídeos ridículos colgados en internet, un puñado de coñas en clase y en el patio del colegio, eso había sido todo. Gaspare no le había pegado, no le había tocado siquiera. Cualquier persona medianamente inteligente habría sabido sobrellevar aquellas tomaduras de pelo con más o menos entereza. Salieri no, era artista, por lo tanto hipersensible y el mundo se le había venido encima. Pero Gaspare también había tenido que soportar tiempo atrás las bromas crueles por sus orejas de soplillo.

—¿Tú sabes lo que es el viento? —le preguntaban los mayores—. ¡Las orejas de Gaspare en movimiento!

Así un día, y otro, y otro. Le jodía un montón, pero ni por un momento se le ocurrió tirarse por la ventana o cortarse las venas, ni tampoco denunciarlo ante los profesores. Lo único que hizo fue implorarle a su madre que le pagara una operación para arreglarse las orejas. Su madre lo mandó a paseo y le dijo que se pusiera esparadrapo por las noches, para que las orejas se le fueran pegando a la cabeza. Lo estuvo haciendo durante meses y la cosa mejoró lo suficiente como para que sus compañeros se olvidaran de él y le dejaran en paz. Ahora le había tocado la china a Luca y no había sabido estar a la altura. ¡Puto chivato! Canta como una nena y ni en un millón de años lograría ligarse a su hermana. Gaspare había dedicado todas y cada una de las horas de su servicio a la comunidad en el Teatro Massimo a planear su desquite.

Durante las primeras semanas de castigo, había experimentado tanta rabia que sólo pensaba en darle a Luca la paliza que no se había llevado durante el acoso. Más por miedo a una nueva denuncia que por rechazo a la violencia, descartó una agresión física contra él. Estaba seguro de que cualquier puñetazo o empujón acabaría en una nueva investigación y en un nuevo castigo. ¿Quién sabe de cuánto sería esta vez la multa que el juez impondría a su familia? Su padre le mataría, así que no, no podría tocarle ni un pelo a Luca. Además, ahora que el cabrón estaba yendo a clases de taekwondo, incluso aunque le atacaran entre varios podrían acabar cobrando más que él. La paliza estaba descartada, además no era su estilo. A él le iba más la tortura psicológica, la consideraba más divertida, y mucho más duradera y devastadora. De un puñetazo, con una bolsa de hielo, te recuperabas en dos días. Después de un ridículo estrepitoso, tardabas semanas en sobreponerte. ¡Puto chivato!, volvió a decirse, y recordó la escena de *Amadeus* en la que Salieri le va con el cuento al emperador de que Mozart está componiendo *Las bodas de Fígaro*, a pesar de que la obra de Beaumarchais ha sido expresamente prohibida por Su Majestad, porque «alimenta la lucha de clases». Luca era otro chivato, como su antepasado, y debía recibir su merecido. Gaspare estuvo devanándose los sesos durante semanas, hasta encontrar el más humillante de los escarmientos que podría recibir aquel delator. Y decidió que el ridículo en que pensaba dejarle tenía que ser ante la chica que tanto le admiraba: su propia hermana.

43

Leopold no estaba dispuesto a quedarse solo así como así, y como vio que no podía doblarle el brazo a Wolfgang, que acababa de instalarse en Viena, concentró sus esfuerzos en Nannerl, que siempre se había mostrado mucho más sumisa. Se las arregló para abortar el matrimonio de ésta con el capitán que la estaba cortejando y trató de presionar a Wolfgang a través de su hermana, para que luchara por un cargo en la corte que le permitiera mantener a toda la familia. Pero ese puesto en palacio estaba ligado a la música de cámara y a la ópera, los dos feudos de Salieri; por tanto, Leopold seguía considerando imprescindible eliminar al veneciano para que sus sueños se cumplieran.

Al cabo de unos meses, Nannerl consiguió por fin emanciparse, pues se casó con un juez millonario que la llevó a vivir a veinticinco kilómetros de Salzburgo. Esto dejó completamente solo a Leopold y lo llenó de amargura y resentimiento hacia sus hijos. La necesidad de marcharse a Viena, a vivir con Wolfgang, Constanze y los nietos que la pareja quisiera darle, se hizo cada vez más imperiosa. Pero ¿cómo conseguir que Amadeus obtuviera por fin un cargo importante en la corte?

Cuando pensaba que todo estaba perdido, llegaron noticias de Viena que le hicieron concebir nuevas esperanzas: Salieri había cometido un gravísimo error al tomar bajo su protección a un joven poeta, veneciano como él, llamado Lorenzo da Ponte.

Para empezar, Da Ponte era judío converso y la corte austríaca era, además de profundamente católica, ferozmente antisemita. María Teresa de Austria no sólo obligaba a los judíos a vivir segregados en los guetos, sino que había tratado incluso de expulsar de Praga a todos ellos. No era infrecuente que, en presencia de un judío, la emperatriz hiciera incluso despliegue de muecas y aspavientos, como muestra de desagrado físico. Por si fuera poco, Da Ponte, una vez convertido, se había ordenado sacerdote —la única manera de que una persona de origen tan humilde pudiera acceder a la cultura era en el seminario— pero luego había traicionado las obligaciones que conllevan los hábitos. Estando a cargo de la parroquia de San Lucas, en Venecia, no sólo empezó a llevar una vida licenciosa, sino que se exhibió en público, sin recato alguno, con una amante con la que tuvo dos hijos. Fue juzgado, acusado de concubinato y secuestro y de regentar un burdel y condenado por las autoridades de la Serenísima a quince años de exilio.

Dado el origen y los antecedentes de Da Ponte, Leopold estaba convencido de que ese paso en falso de Salieri iba a suponer la caída en desgracia definitiva de su archienemigo. ¿Cómo una persona tan astuta podía haber cometido una imprudencia semejante? Leopold fue informado de que, una vez más, los venecianos se habían comportado como un auténtico clan de hampones: recién llegado a Viena, Da Ponte se había presentado ante Salieri con una carta de recomendación de otro veneciano, Caterino Mazzolà:

Amigo Salieri:

Mi querido Da Ponte te entregará estas líneas. Haz por
él lo mismo que harías por mí. Su corazón y su talento lo
merecen. Es tan íntimo amigo mío que forma parte de mi
alma.

Tuyo,

Mazzolà

Su amigo Caterino había escrito para él el libreto de uno
de sus grandes éxitos, *La escuela de los celosos*, por lo que
sentía que estaba en deuda con él; de modo que a pesar de no
haber leído jamás un verso suyo, Salieri se arriesgó a tomar a
Da Ponte bajo su manto. Y no era aquélla poca protección,
ya que, por entonces, él se había convertido en uno de los
más famosos compositores de Europa y el músico favorito de
José II.

Leopold estaba convencido de que el italiano había ido
esta vez demasiado lejos y que, al brindar amparo a un personaje de pasado tan turbio, iba a generar un profundo malestar en la corte. Sin embargo, Leopold no había tenido en
consideración el hecho de que José II tenía un talante bastante más permisivo que el de su madre, fallecida recientemente.
En tiempos de María Teresa, un personaje como Da Ponte no
hubiera tenido acceso ni a los establos del palacio de Hofburg. José II, en cambio, no sólo lo recibió en cuanto Salieri
se lo propuso, sino que ya desde el primer encuentro, le dis-
pensó un trato cercano y afable. Tras formularle un sinfín de
preguntas sobre su Italia natal y las circunstancias que lo habían traído hasta Viena —cuestiones a las que Da Ponte contestó de manera sucinta, obviando las partes más controver-
tidas de su biografía—, el emperador quiso saber cuántas
óperas había escrito hasta la fecha.

44

Salieri, presente en la reunión, sabía que Da Ponte no había escrito ni un solo libreto, pero ignoraba si el veneciano, al que aún no conocía bien, venía dispuesto a contarle la verdad a Su Majestad. Si para hacerse el importante, se adornaba con obras que no había escrito, José II, que podía ser muy incisivo y curioso, seguramente le repreguntaría y le acabaría cazando en una mentira, lo que provocaría una situación muy tensa entre los tres. Pero si contaba la verdad, el emperador podría pensar que Salieri le estaba haciendo perder su valioso tiempo con un don nadie. Se produjo un silencio extraño, en el que Salieri miró a Da Ponte, éste no le devolvió la mirada, y el emperador se quedó esperando la respuesta durante unos segundos, con una sonrisa en los labios.

—¿Óperas, majestad? —dijo al fin el veneciano—. Ninguna, hasta la fecha. Al menos, que yo sepa.

—Ja, ja, bien, bien —respondió el emperador—, ¡entonces hemos de dar la bienvenida a una musa virgen!

La salida de José II hizo reír a los dos italianos, y Salieri comprendió que Su Majestad confiaba totalmente en Da Ponte, por el solo hecho de que él tenía fe en su talento.

Cuando Leopold se enteró de que Da Ponte no sólo no iba a ser expulsado de la corte sino que, a pesar de carecer de experiencia alguna, el emperador le había encargado que adaptara un libreto para Salieri, montó en cólera. Su rabia, sin embargo, no tardó en atemperarse cuando vino a saber que de la ingente montaña de libretos antiguos que Salieri ofreció para adaptar, éste, que no tenía demasiado instinto dramático, había escogido uno de los más flojos, un absurdo enredo llamado *Il ricco d'un giorno* sobre dos hermanos enamorados de la misma mujer.

«No todo está perdido —pensó Leopold—. Es harto probable que partiendo de un material tan pobre, y careciendo aún Da Ponte de un mínimo oficio, los dos venecianos pergeñen un bodrio mayúsculo y eso haga que la hasta ahora refulgente estrella de Salieri empiece a palidecer.»

La redacción de *Il ricco d'un giorno* se prolongó durante meses y meses, y las noticias que llegaban periódicamente de Viena hicieron concebir esperanzas a Leopold de que la ópera no llegaría ni a estrenarse. Sus espías en palacio le proporcionaban informes con regularidad.

—¡Da Ponte está desesperado! ¡El libreto no contiene el suficiente número de personajes ni las peripecias necesarias para mantener el interés del auditorio durante dos horas!

—¡Da Ponte se ha estancado en el final del primer acto! ¡Lleva diez versiones y ninguna le convence!

—¡Da Ponte ha terminado por fin el libreto, pero Salieri le ha pedido que haga tal cantidad de cambios que lo está volviendo loco!

Los espías de Leopold no exageraban. Una vez empezados los ensayos, Da Ponte se dio cuenta de que lo más arduo de su trabajo estaba aún por llegar. Salieri le exigía que alargara o abreviara escenas, que insertara duetos, tercetos y cuartetos, que cambiara la métrica de las arias, que añadiera coros, que acortara los recitativos...

El público de Viena era inmisericorde, así que Leopold dio por hecho el batacazo y empezó a escribir una larga carta a Wolfgang en la que, pletórico de entusiasmo, le aseguraba que en el plazo de unos meses se convertiría en el rey indiscutible de la ópera bufa.

«¡El huerfanito —le decía en la misiva a su hijo, refiriéndose a Salieri— se ha ahorcado con su propia soga! Una soga italiana, como no podía ser de otra manera, pues el tráfico de favores que se traen los venecianos no podía acabar en nada bueno.»

Wolfgang no tardó en contestar, agradeciéndole a su padre los buenos augurios que albergaba para él, pero dejándole claro que la conquista de Viena no le iba a resultar tan fácil. Uno de los principales obstáculos tenía nombre de mujer y voz de soprano: Nancy Storace. El emperador en persona la había elegido para garantizar el éxito de la nueva ópera de su amigo y protegido Antonio Salieri.

45

Tras derrotar a Salieri en la ópera alemana con *El rapto en el serrallo*, Mozart y Leopold tenían claro que se había tratado de una victoria rotunda pero ciertamente menor, pues el género rey en aquellos años era la ópera bufa italiana. Había que hacer morder el polvo a Salieri en su propio feudo y en su propio idioma. Wolfgang, que ya estaba viviendo en Viena, había sido presentado a Da Ponte en una fiesta y se había quedado prendado de su ingenio. Carecía de experiencia, es cierto, pero era un magnífico poeta y sobre todo un conversador de una agudeza y una gracia como no había conocido en años. Y para triunfar en la ópera bufa había que tener vis cómica. Ya en aquel primer encuentro, Da Ponte y Mozart barajaron la posibilidad de trabajar juntos —la oficina del primero estaba muy próxima al domicilio del segundo—, aunque el veneciano le aclaró que se hallaba en pleno parto del libreto de Salieri y que le estaba costando tanto tiempo y esfuerzo que en ningún caso podría simultanearlo con un nuevo proyecto.

Cuando Wolfgang le contó a su padre que se había puesto en lista de espera con Da Ponte, pensó que le estaba dando buenas noticias, pero a Leopold aquel cura libertino le repugnaba moralmente y no le inspiraba confianza como libretista, de modo que hizo manifiesto su disgusto.

—Comprendo que Salieri, que se siente en deuda con Mazzolà, haya decidido darle trabajo a ese facineroso. Pero ¿qué razón te asiste a ti? Por lo que me dices, Da Ponte te hizo reír un par de veces en una reunión, pero eso no es motivo suficiente para pensar que pueda llevar a buen puerto una ópera en tres actos. Si queremos triunfar en Viena, debemos jugar sobre seguro.

—¿En quién estás pensando?

—En el abate Varesco, naturalmente. Te hizo triunfar con la adaptación de *Idomeneo*.

—¡Pero aquello era ópera seria!

—La ópera es ópera. ¿Qué más da si es seria o es bufa?

—¡Es un anciano sin sentido del humor!

—El humor lo pondrás tú. Él aportará sabiduría y oficio.

—¡Pero vive en Salzburgo!

—Entonces tendrás que regresar a casa.

—¡Eso jamás! ¡El teatro está en Viena!

Por respeto a su padre, y también por no encolerizarle más de lo que ya estaba, Amadeus aceptó trabajar con Varesco sobre una trama delirante llamada *La oca del Cairo*, una farsa paródica del mito del caballo de Troya. Ni el padre Varesco estaba dispuesto a desplazarse a Viena, ni Wolfgang a instalarse en Salzburgo, por lo que la colaboración entre ambos fue, desde el arranque, muy difícil. Además, Varesco se mostró en todo momento muy renuente a introducir los cambios que Mozart le iba solicitando, como si su libreto fuera una catedral gótica en la que no pudiese ser alterada ni una gárgola. Esta actitud de intransigencia extrema hizo que Wolfgang tuviera que recurrir todo el rato a su padre como intermediario, pues la diferencia de edad con Varesco hacía que el abate lo tratara como a un niñato.

«¡Qué error ha sido no esperar a que Da Ponte termine con Salieri! —le escribió Mozart a su padre, poco antes de mandar todo el proyecto a paseo—. ¡Este hombre no tiene ni idea de teatro! Lo cierto es que si me he decidido a trabajar con él ha sido únicamente porque dos inteligencias mucho más preclaras que la mía han decidido que el suyo es un buen libreto: Varesco y vos mismo.»

Leopold, profundamente herido por los sarcasmos de su hijo, que prácticamente le estaba llamando imbécil por haber confiado en el abate, también estuvo a punto de dar una patada al tablero; pero tenía tantas ganas de hacer morder el polvo a Salieri que se contuvo como pudo e hizo llegar a Varesco cuantas peticiones de cortes y alteraciones le solicitó Wolfgang desde Viena.

El abate entró en un estado de irritación permanente: transigió con algunos cortes, se enrocó en los más y exigió que en todo caso el libreto tendría que publicarse íntegro, tal cual había salido de su pluma. Mozart, desolado, comprendió que por muy mala que fuera la ópera de Salieri, nunca podría competir con ella con la bazofia que le había preparado el padre Varesco y ni siquiera llegó a completar el primer acto.

Nada más comunicarle a su padre que había tirado la toalla, éste montó en cólera, pero Amadeus intentó que comprendiera que la situación era desesperada: Da Ponte y Salieri contaban con Nancy Storace para el papel de Emilia en *Il ricco d'un giorno*.

—Solamente por eso, ya tienen prácticamente asegurado el éxito. Hay que aceptarlo.

—¡Una soprano inglesa cantando ópera italiana! —se mofó Leopold—. ¿Dónde se ha visto?

Wolfgang sabía que su padre hablaba por hablar, pues no había visto ni escuchado nunca a la Storace, que no había cumplido por entonces ni veinte años. Él, por vivir en Viena, sí había tenido ya ocasión de disfrutar de su talento y había quedado fascinado por aquella joven. Nancy Storace era, con toda certeza, la mejor soprano que él hubiera escuchado en toda su vida, una cantante estratosférica, que parecía llegada de otro planeta.

A diferencia de la Cavalieri —un ruiseñor indiscutible pero sin demasiadas dotes como actriz—, la Storace, además de buena cantante, exhibía una expresividad y una gracia en escena sin rival en toda Europa. José II, que había cerrado ya la ópera alemana y desde la marcha de Affligio dirigía personalmente la compañía de ópera bufa del Burgtheater, no había dudado en desembolsar una fortuna para que aquella angloitaliana extraordinaria abandonara su Londres natal y se instalara en Viena, como integrante de la compañía de ópera bufa. Además de un sueldo astronómico, el emperador le pagaba aparte desde el alojamiento a la comida, pasando por los carruajes y las velas de cera, tan caras en aquella época que la mayoría de los hogares no podían permitírselas.

La Storace era hija de un contrabajista italiano que se había afincado en Londres tras casarse con una inglesa, pero el grueso de su carrera lo había desarrollado en Italia. Salieri la conocía bien, ya desde antes de que llegara a Viena, pues la había visto cantar en Florencia, en Parma y en Milán, ciudades en las que había comenzado a forjarse su leyenda. Cuando el emperador dio por finiquitada la compañía de *singspiel* —que era tanto como admitir que su experimento con la ópera alemana había fracasado—, decidió reinstaurar la ópera italiana y pidió a Salieri que inaugurara la nueva era con *La scuola de' gelosi*, una ópera suya que había arrasado en Venecia algunos años antes, pero aún no estrenada en Viena. Al igual que Mozart, el italiano estaba también fascinado con la Storace y le había dado el papel de la condesa Bandiera. Nancy se había metido al público en el bolsillo desde la primera aria, y ahora Salieri pretendía volver a usarla como cebo para que los espectadores acudieran en masa a ver la ópera que había pergeñado con Da Ponte.

Alertado por su hijo, Leopold comprendió por fin que, si

cantaba la Storace, las posibilidades de éxito de Salieri eran muy altas, pues el veneciano había compuesto la ópera para que fuera su vehículo de lucimiento. Pero ¿cómo lograr que no cantara? La inglesa ganaba al año una fortuna, por lo que la sola idea de ofrecerle dinero a cambio de que fingiera una indisposición resultaba impensable. ¿Amenazarla o chantajearla entonces? Pero ¿con qué? Como favorita del emperador, la Storace estaba mimadísima, y al más mínimo intento de meterle miedo en el cuerpo, ella obtendría protección de inmediato. ¿Y si la indisposición no fuera simulada, sino real? Pero ¿cómo dejar a la soprano fuera de combate durante una buena temporada?

46

Leopold Mozart atesoraba bastantes conocimientos de farmacia, pues en los años en que paseó a sus dos niños prodigio por toda Europa, tuvo que hacer frente a numerosas emergencias médicas. La más grave de todas le había sorprendido en La Haya, cuando sus dos hijos contrajeron fiebres tifoideas y Nannerl llegó a estar tan grave que recibió la extremaunción.

En función del país en que estuvieran, podía suceder que el médico de guardia no se encontrara disponible, o que en la ciudad no existiera el remedio que tanto se necesitaba, o simplemente que Leopold, por exceso de soberbia o por simple desconfianza, prefiriera medicar personalmente a sus hijos, antes que ponerlos en manos de un facultativo extranjero. El maletín de primeros auxilios de Leopold contenía casi tantos medicamentos como una pequeña botica y tenía fascinados a sus dos hijos, que sabían que su vida podía depender, en un momento dado, de aquellos mejunjes.

Cuando consideró que Nannerl (cuatro años mayor que Wolferl) se había hecho lo suficientemente responsable como para confiarle el manejo de aquel arsenal médico, la inició en los secretos del misterioso neceser, como habría hecho un licenciado con una auxiliar de farmacia.

—Agua de tamarindo. —Leopold le fue señalando los botes y cajitas que contenía el maletín.

—¿Para qué sirve?

—Diurética y laxante.

—Entendido, padre.

—Eso de allí, jugo de violeta.

—¿Qué cura?

—Evita los vómitos y mejora la gastritis.

—¿Y eso dorado?

—Polvo de margrave. Es carísimo, porque además de carbonato de magnesio, raíces de peonía, muérdago y coral, contiene oro.

—¿Puedo abrir el frasquito?

—Ni lo toques. Sólo hay que administrarlo en caso de fiebres muy altas. Eso negro es *pulvis epilepticus niger*, un potente antiespasmódico. También sirve para aplacar pesadillas.

A Leopold no solamente le gustaba administrar personalmente aquellos remedios, sino que le encantaba presumir en las reuniones sociales de sus amplios conocimientos de farmacia. Al menor descuido, el incauto de turno podía verse atrapado en un monólogo interminable sobre las propiedades de la *Cinchona officinalis*, más conocida como corteza peruana o del jarabe de diacodión, hecho a base de adormideras blancas.

La conversación más apasionante la había mantenido, hasta la fecha, con William Hamilton, embajador británico en el reino de Nápoles, con quien, en uno de sus viajes a Italia, estuvo intercambiando secretos de farmacia durante cerca de una hora. Su interlocutor resultó ser tan aficionado a los fármacos como a las pócimas venenosas, y le contó que la policía de la ciudad buscaba infructuosamente, desde hacía meses, a una mujer, mezcla de bruja y alquimista, que se dedicaba a vender un potente veneno a mujeres insatisfechas que querían acabar con sus maridos sin despertar sospechas.

47

El deseo irresistible de vengarse de Salieri, dejando fuera de combate a Nancy Storace, le recordó de pronto aquella pócima diabólica. ¡Si pudiera hacerse con ella! No para acabar con la cantante —Leopold no se sentía ningún asesino—, sino para causarle, con una dosis apropiada, una indisposición lo suficientemente aguda como para que tuviera que renunciar a actuar en *Il ricco d'un giorno*.

En su maletín de primeros auxilios, Leopold almacenaba sustancias curativas que, a dosis elevadas, seguramente podrían causar el efecto contrario y dejar fuera de combate hasta a un búfalo. Pero el agua tofana —tal era el nombre del veneno que el embajador le había descubierto en Nápoles— tenía la ventaja de ser incolora, inodora e insípida —de ahí lo del «agua»— y por tanto susceptible de ser disimulada en cualquier comida o bebida. Tenía que conseguir aquella pócima, tanto por ajustar viejas cuentas con Salieri, como para despejar definitivamente el futuro de su hijo.

Los ingresos de Wolferl en Viena provenían de tres fuentes diferentes: clases particulares, conciertos y óperas. Las clases dejaban poco dinero, porque su hijo no tenía acceso a las alumnas más distinguidas, hijas de aristócratas que podían pagar una fortuna por cada lección. Los conciertos, a medida que el caprichoso público vienés se fuera cansando de la novedad del recién llegado, irían escaseando cada vez más. Lo único que no pasaba nunca de moda era la ópera, y los encargos teatrales tenían la ventaja de que se pagaban por adelantado. Pero, aunque Wolferl había triunfado en el Burgtheater con un *singspiel* en alemán, nadie pensaba que fuera capaz de rivalizar con Salieri, Cimarosa o Paisiello en su propio feudo: la ópera bufa italiana. Y para el caso de que alguien sí lo pensara, ya estaban los propios italianos para cerrarle el paso a Amadeus e impedir que el emperador le diese ocasión de probar su genio prodigioso. El precio que su hijo estaba pagando por ser un artista independiente era el de una enorme inestabilidad económica. Periódicamente, Leopold se informaba a través de sus amigos vieneses, en especial de Johann Heinrich Ditscher, su anfitrión habitual en Viena, acerca del tipo de vida que llevaba Amadeus en la gran metrópoli. Por más que trataba de hacerle decir a Ditscher que Constanze, a la que siempre había despreciado, era una manirrota incapaz de administrar las finanzas del hogar, la verdad era muy otra, por lo que su amigo, hombre honesto y prudente, se resistía a complacerle.

—El problema, mi querido Leopold, no es tanto Constanze, que me parece una mujer equilibrada y sensata, sino que los amigos que frecuenta vuestro hijo son, básicamente, los actores y cantantes del Burgtheater. Están muy bien pagados y llevan un tren de vida notable, pues saben además que su empleo es fijo. Wolfgang trata de imitarlos y vive por encima de sus posibilidades. El apartamento que ha alquilado en la Schulerstrasse le cuesta al año una fortuna, pero cuando invita a Müller, Kelly o Storace le gusta presumir de casa y por eso lo mantendrá contra viento y marea hasta que esté al borde de la ruina. Además (esto me lo contasteis vos mismo, hace tantos años que tal vez ni siquiera lo recordéis), Wolfgang se aficionó a los juegos de azar cuando estuvo convaleciente de la viruela, y esa ludopatía, lejos de atemperarse, se ha agravado desde que frecuenta a esos tipos de la farándula, pues ganan dinero a espuertas y sí se la pueden permitir.

—¿Hay algo entre mi hijo y esa soprano? —preguntó Leopold.

Wolferl no era bien parecido —tenía los ojos saltones y era bastante enclenque— y además no era muy alto, hasta el punto de que la primera mujer con la que intentó casarse, Aloysia Weber, hermana de Constanze, lo había rechazado «por demasiado pequeño». A pesar de ello, a poco que la mujer que tuviera enfrente le atrajese, Wolfgang lo intentaba siempre, y según Ditscher, su porcentaje de conquistas era más que aceptable.

—No hay nada entre ambos, que yo sepa. Además, ella se acaba de casar.

—¿De veras? ¿Y quién es el agraciado?

—Un tipo bronco y mal encarado llamado Fisher, que le dobla la edad. Presume de que es compositor y violinista, pero yo le he oído tocar sus propias piezas y os aseguro que no pasa de ser un rascatripas y un juntanotas. Pero lo peor es que le da muy mala vida.

—¿A qué os referís?

—Pega a su mujer. Vuestro hijo se ha erigido en una especie de paladín de la dama y yo mismo he presenciado cómo en alguna ocasión le paraba los pies al marido.

—¿Mi hijo? ¡Pero si es un alfeñique!

—No me refiero a que haya habido enfrentamiento físico, pero sí he visto cómo a veces le decía que fuera más cortés con su propia mujer.

—¡Demonio de hijo! ¡Mientras no se haga matar por esa inglesa!

La información de que la Storace formaba ya parte del círculo de amigos de Wolfgang solucionó la primera parte del problema para dejar fuera de combate a la cantante: dónde y cómo acceder a ella. Leopold podría hacerse invitar cualquier noche a una de esas cenas que había mencionado Ditscher y arreglárselas para verter su medicina en la bebida o la comida de su víctima. Cuando sus hijos eran pequeños y hacían caprichos para no tomarse un remedio, por temor a que supiera a rayos, Leopold siempre se las había ingeniado para que lo ingirieran sin darse cuenta, de modo que encontrar el modo de que la Storace tragara sin saberlo unas gotas de agua tofana no le iba a suponer un gran problema. Pero ¿cómo hacerse con el veneno? La fórmula era secreta, de manera que, a pesar de sus conocimientos de farmacia, él no estaba en condiciones de fabricarlo. ¿Se vería obligado entonces a viajar a Sicilia, de donde era originaria el agua? Tal vez no. El embajador británico en Nápoles le había contado muchos detalles acerca del veneno de moda en Italia, hasta el punto de que Leopold llegó a pensar si Su Excelencia no se habría servido ya alguna vez de él para quitar de en medio a un adversario molesto o a una amante chantajista.

48

Aunque la conversación con Hamilton había tenido lugar hacía muchos años, Leopold, que por músico poseía una excelente memoria auditiva, logró recordar fragmentos enteros de aquella larga charla. Según el diplomático, los lugares en los que se vendía el veneno habían ido aumentando con el paso del tiempo.

—El agua tofana empieza a ser ahora muy conocida —le explicó el embajador—, pero existe desde hace más de siglo y medio. La inventó una bruja y alquimista de Palermo llamada Teofania di Adamo que tras hacerse de oro vendiendo su pócima a centenares de mujeres, fue detenida por las autoridades, juzgada por envenenadora y ahorcada y descuartizada en la plaza pública. Su hija, Giulia Toffana, heredera del negocio familiar, consideró prudente alejarse de Palermo y se trasladó primero a Nápoles y luego a Roma. También fue detenida y ejecutada, en compañía de su hija Girolama, que era su mano derecha. Pero el secreto del agua homicida no murió con ellas, pues disponían de ayudantes que estaban al corriente de la fórmula y que se diseminaron por toda Italia. Aunque la policía busca ahora en Nápoles a una de esas mujeres, se sabe que hay otras vendiendo el agua en Roma, Milán y Venecia.

Venecia era la ciudad italiana más próxima a Salzburgo,

por lo que al recordar que el veneno era obtenible allí, a Leopold se le iluminó el rostro. ¿No era de justicia poética acabar con Salieri Veneziano, que era como firmaba las óperas, merced a un veneno comprado en la ciudad que le vio nacer como músico?

Wolfgang no había encontrado aún un libreto para su ópera bufa a la italiana —en esto era mucho más exigente que Salieri, quien estaba siempre dispuesto a musicar hasta el más mediocre de los textos—, de modo que decidió viajar a Venecia para, con el pretexto de buscar un libreto digno del genio de su hijo, procurarse el agua tofana con la que dejar fuera de la circulación a Nancy Storace. El primer motivo iba a servirle para encubrir el segundo.

49

Luca me contó que quería convertir su actuación en casa de Gaspare Rufino en algo más que una exhibición de sus facultades canoras. Impresionar a Beatrice, conmoverla hasta las lágrimas, era, por supuesto, importantísimo para él, pero no era su único objetivo. Había decidido que aquella fiesta era el mejor lugar para poner fin al mito de la rivalidad entre Mozart y Salieri, porque estarían todos sus acosadores, además de los padres y la hermana de Gaspare. No sólo cantaría, acompañándose él mismo en el pequeño Clavinova en el que Beatrice daba clases de piano, sino que aprovecharía para sacar a todo el mundo del inmenso error en que *Amadeus* les había hecho caer: Mozart y Salieri no fueron nunca enemigos y se admiraban recíprocamente. Esto aparece reflejado incluso en la película de Miloš Forman, a pesar de todas las mentiras que contiene: cuando Mozart se queja ante Salieri de que *Las bodas de Fígaro* se ha caído del cartel tras sólo nueve representaciones, le pregunta luego qué opina de su ópera. Salieri contesta que le ha parecido «maravillosa». Mozart parece concederle gran importancia a la opinión de Salieri, luego no le considera un mediocre. Incluso en un guión tan lleno de patrañas como el de *Amadeus*, a Shaffer y Forman les resultó imposible ocultar el hecho de que Mozart sentía un gran respeto hacia su rival, al que en modo alguno consideraba un «idiota musical». Luca les contaría también, antes de cantar, que la última carta que escribió Mozart antes de morir fue, precisamente, para hablarle a su mujer de Antonio Salieri.

¡He ido yo personalmente a buscarle en mi carruaje, para que viera *La flauta mágica* desde mi palco, y desde la obertura hasta el final, no se ha cansado de gritar «bello» y «bravo»!

Para Mozart, triunfar de verdad era que su música le gustase al gran Salieri, pensaba decir Luca en la fiesta de Beatrice; para terminar informando a todo el mundo de que cuando fue nombrado *kapellmeister* por el emperador, la ópera que eligió el supuesto «rey de los mediocres» para celebrarlo en Viena no fue una propia, sino *Las bodas de Fígaro*. ¿Habría hecho tal cosa un envidioso, dispuesto a borrar del mapa artístico a su rival?

Como aún no había decidido lo más importante, Luca estaba inquieto. ¿Qué arias cantaría? ¿Optaría por arias de *bravura*, donde prima la pirotecnia virtuosística sobre la musicalidad, o elegiría melodías de menos lucimiento para el intérprete, pero con mayor poder para conmover al auditorio? ¿Mezclaría arias clásicas con canciones pop? ¿Tendría sentido, por ejemplo, sorprender a todos con *Song Sung Blue*, de Neil Diamond, y anunciar al final que la canción es un homenaje al *Concierto para piano n.º 21* de Mozart? Tras mucho cavilar, concluyó que su presencia en casa de Beatrice tenía un propósito muy concreto, que era el de la reconciliación. Esa tarde se firmaría la paz entre agresores y agredido, pero también entre Mozart y Salieri, ¿y por qué no?, incluso entre Italia y Alemania. Cantaría un aria de Mozart, en italiano, y otra de Salieri, en alemán, a pesar de que su tía Teresa le había informado de que las dificultades de su antepasado con la lengua de Goethe eran apreciables. Tuvo claro enseguida que el aria de Mozart no podía ser otra que *Non più andrai*, de *Las bodas de Fígaro*. Era una melodía para barítono, pero la cantaría transportada a una tonalidad que le viniera bien a él. El aria, que le canta Fígaro a Cherubino para tomarle el pelo cuando el conde de Alamaviva se lo quita de en medio, destinándolo a su regimiento sevillano, no sólo le parecía la más divertida de todo el repertorio mozartiano, sino que resultaba imprescindible para desmontar otra de las grandes patrañas de *Amadeus*: Salieri jamás compuso una marcha de bienvenida para Mozart, y por lo tanto a éste le habría resultado imposible improvisar sobre ella y mejorarla, creando a partir de esa melodía el aria para Fígaro. Luca detestaba esa escena de la película, en la que Mozart humilla artísticamente a su antepasado, porque era difamatoria y de un sadismo gratuito. La marcha atribuida a Salieri fue compuesta adrede para la película, tal vez por su director musical, Neville Marriner, para que fuera de una simpleza y de una banalidad insultantes. Luca recordó el modo en que se lo había contado tía Teresa: «Estos hijos de puta no han encontrado ni una sola melodía de tu antepasado que sea tan trivial como para que Mozart pudiera ridiculizarla y la han tenido que componer ex profeso, a fin de empequeñecerlo». La escena también estaba en el drama de Peter Shaffer, pero al menos éste tuvo el detalle de que la humillación musical fuera sin testigos: cuando Mozart empieza a improvisar sobre la marcha de Salieri, el emperador y su abyecto séquito ya se han retirado. En *Amadeus* quisieron hacerlo aún más vejatorio, delante de José II y su camarilla de aduladores.

El aria que había escogido de Salieri no era tan famosa y además estaba en alemán, por lo que Luca pensó que antes de cantarla la traduciría al italiano para su auditorio. Se llamaba *Como alas de águila* y pertenecía a su ópera *El deshollinador*. Había sido uno de los mayores triunfos de su antepasado, y le abrió el camino a Mozart. José II estaba decidido a potenciar la ópera en alemán, pero había tan poca tradición que al principio todos los teatros optaban por traducir obras italianas y francesas. Salieri fue el primero que demostró que se podía competir en alemán con la ópera bufa italiana, en la que era todo un maestro, y al año siguiente, Mozart le imitó y compuso *El rapto en el serrallo*, esa ópera de la que el emperador dijo que tenía demasiadas notas. Luca se acordó de las teorías de su tía sobre el talento musical de Salieri y sonrió al evocarlas.

Teresa sostenía que Mozart y Salieri poseían un talento similar y que lo que los diferenciaba era únicamente la actitud que mantenían hacia el público. Mientras que Mozart exigía demasiado de su auditorio y acababa fatigando a los espectadores, Salieri sabía perfectamente lo que cabía esperar de ellos, y les daba sólo aquello que podían asimilar. Por eso el segundo consiguió en vida mucha más aceptación que el primero. Ésa era para Teresa la única verdad en todo el guión de *Amadeus*:

—¡Mi querido Mozart, no les dais ni un mísero chimpón al final de las arias, para que sepan al menos dónde tienen que aplaudir!

A lo que Amadeus replica, sin poder disimular la envidia que le produce la sagacidad del italiano a la hora de complacer al público:

—Estoy seguro, querido Salieri, de que vos podríais darme más de una lección en ese tema.

A pesar de que tenía claro lo que quería contar y cantar, y eso le aportaba bastante seguridad, Luca empezó a darse cuenta de que no era lo mismo cantar ante Beatrice que cantar para Beatrice, en el día de su cumpleaños y delante de sus acosadores, por lo que atribuyó las fluctuaciones de voz que comenzó a experimentar durante los ensayos al nerviosismo que le provocaba aquella actuación.

50

El otro principal acosador de Luca, también un repetidor como Gaspare, llamado Ruggero Peppe, no tenía tan claro que a Luca hubiera que darle un escarmiento; o para ser exactos, no tenía tan claro que ese escarmiento se le pudiera dar impunemente, sin que volvieran a castigarlos a ambos. Desde que su compañero le contó la faena que tenía pensada para Luca, trató de disuadirle del plan, y al constatar su cerrazón, intentó luego desvincularse del mismo y dejar a Gaspare solo con su venganza. Esto provocó una escalada de tensión entre los dos amigos que acabó como el rosario de la aurora.

—Si nos cazan —decía Ruggero—, será mucho peor que la primera vez, porque nos juzgarán con la agravante de reincidencia. ¡El riesgo no merece la pena!

—Nunca sabrán que hemos sido nosotros —respondía Gaspare.

—Entonces ¿qué placer hay en la venganza? Si hacemos que parezca un accidente, luego no podremos restregarle a ese niñato de mierda que la lección se la hemos dado nosotros.

—¡No me jodas, tío! ¿Acaso el simple hecho de ver cómo Luca Salieri hace el ridículo delante de mi hermana no te parece suficiente?

—No digo que no, pero ¡dejemos pasar algo más de tiempo! ¡No han transcurrido ni dos semanas desde que acabamos de barrer el Teatro Massimo! ¡No quiero volver tan pronto a pasar la mopa todos los fines de semana!

A medida que se acercaba el cumpleaños de Beatrice, los intentos de Ruggero por desactivar la venganza contra Luca se le hicieron cada vez más irritantes a Gaspare, que primero trató de razonar con su compañero, luego de someterle con amenazas e insultos, para acabar en una pelea a puñetazo limpio a la salida del colegio.

—Lo que han hecho con nosotros —decía Gaspare— no es justicia: ha sido un abuso. No se puede poner en relación causa-efecto el hecho de que colgásemos unos vídeos de choteo en Facebook con que ese gilipollas se deprimiera tanto que intentara suicidarse. Si no nos vengamos, si no le damos a ese chivato su merecido, estaremos amargados toda la vida, o al menos hasta que salgamos de este puto colegio. ¿Tú quieres vivir amargado toda tu vida?

—Sólo digo que esperemos a que se enfríe lo del juicio, tronco. Y que lo hagamos en otro sitio. Si nos vengamos en tu casa, todo el mundo sospechará que hemos sido nosotros.

—He aprendido de la vez anterior, ¿sabes? Un juez no nos puede condenar por una simple sospecha. Y eso es lo único que habrá sobre nosotros: simples sospechas.

Al ver que Ruggero no estaba tan corroído por el rencor como él y pretendía dejarlo solo, Gaspare abandonó los buenos modos y empezó a denigrarlo.

—Tienes tanto miedo que el olor a mierda llega hasta mi casa, tío —le decía cada vez que tenía ocasión.

Y cuando las acusaciones de cobardía y deslealtad dejaron de provocar una reacción en el otro, empezaron las amenazas.

—Si no estás conmigo, estás con Luca: tienes que elegir. Y si estás con ese mamón, tú también recibirás un escarmiento que no olvidarás jamás.

El padre de Ruggero se había tomado aún peor que el de Gaspare el hecho de que el juez le hubiera obligado a pagar tres mil euros de multa por el acoso a Luca, y no se había limitado a dejarlo sin vacaciones, sino que lo azotó con la correa tanto el día en que perdieron el juicio en primera instancia como cuando la Audiencia de Palermo confirmó la sentencia. Ruggero temía a Gaspare, no había duda, pero tenía aún más miedo de su padre. Cuando faltaban tres días para el cumpleaños de Beatrice y Gaspare vio que su amigo le dejaba tirado, se acercó a él a la salida de clase y lo empujó al suelo, fingiendo que se tropezaba. Por la cara de burla de su compañero, Ruggero se dio cuenta de que el tropezón había sido intencionado, y al incorporarse le dio con el hombro en plena barbilla, simulando también que había sido sin intención. Presa de la ira, Gaspare abandonó las contemplaciones y aprovechando que ambos estaban en un pasillo sin testigos, le propinó a Ruggero una patada en los testículos, esta vez sin disimulo alguno, que lo dejó doblado en el suelo, a punto de perder el conocimiento. Al día siguiente, se dio cuenta del error que había cometido al haber llegado tan lejos, pues Ruggero, como venganza por haberle pegado, les chivó todo el plan a sus padres.

Nada más entrar en casa Gaspare supo, por la voz gélida con que le llamó su padre desde la salita de estar, que pasaba algo gordo. Cuando entró en la estancia y vio que allí estaba también su madre, con una cara de funeral que le llegaba hasta el suelo, lo primero que pensó fue en salir huyendo, pues sabía que Ruggero le había traicionado. Sobre la mesa de comedor estaba la botella de jarabe de ipecacuana que Gaspare tenía pensado administrar a Luca antes de la actuación, para inducirle el vómito mientras estuviese cantando. Sus padres debían de haber hecho un registro de su alcoba de nivel carcelario, porque él había escondido la botella en el rincón más recóndito de su ropero.

Gaspare era un bigardo tan alto y corpulento como su padre y eso, de momento, le salvó de recibir un par de bofetadas allí mismo. Él mismo no sabía cómo habría reaccionado de haberle puesto su padre la mano encima. Seguramente le hubiera devuelto el golpe. Ignoraba qué les había contado exactamente Ruggero a sus padres, así que se inventó un cuento chino, a ver si lograba confundirlos.

—Vimos en una peli del oeste que la ipecacuana va bien para adelgazar —dijo—. La compramos para regalársela a Paolino Romano, que se está poniendo hecho una bola. Por eso la tenía.

—Y una mierda —dijo su padre. Y por el tono en que lo dijo, Gaspare supo que, si seguía insistiendo en su mentira, acabarían llegando a las manos allí mismo. Delante de su madre.

—¡De acuerdo, era para gastarle una broma a Salieri! ¿Las bromas también son acoso?

Si había algo que sacaba de sus casillas a su madre era cuando su hijo intentaba hacerse el tonto.

—Merecerías que tu padre te hiciera tragar toda la botella de esa cosa ahora mismo, como castigo a tu estupidez. ¿Es que no te das cuenta del lío en que podrías habernos metido si no nos hubiéramos enterado a tiempo de lo que tramabas?

—¡Pensar que nos contaste que querías convertir la fiesta en un acto de reconciliación! Por no hablar de la humillación intolerable que esto hubiera supuesto para Beatrice —dijo el padre—. Ruggero nos ha dicho que tu plan era que Salieri le vomitara encima. Pero ¿es que has perdido la cabeza?

—¡Papá, Salieri nos ha buscado la ruina! ¡Ojalá se hubiera estampado contra la acera el día en que intentó saltar por la ventana!

El padre comprendió que era inútil razonar con su hijo y se limitó a hacerle una advertencia, en el tono más severo posible. Parecía el alcaide de una penitenciaría amonestando a un recluso conflictivo.

—Si vuelvo a enterarme de que a ese chico le ha pasado algo, y cuando digo «algo» incluyo hasta un simple resfriado, te meteré en el más duro internado de Palermo y no saldrás de allí hasta que termines el bachillerato. Dime que lo has entendido.

—Lo he entendido.

—No me fío un pelo de ti, me dan ganas de cargarme la fiesta de cumpleaños de Beatrice. Pero da la casualidad de que le ha hecho mucha ilusión que Luca vaya a cantar para ella, así que todo sigue su curso.

—No te preocupes, papá. Yo no pienso estar en la fiesta.

—Por supuesto que estarás. Es la fiesta de tu hermana y ella no sabe nada de la jugarreta que le tenías preparada. Le hace ilusión que estés, así que te quedarás de principio a fin. Y te comportarás como un ser civilizado, o de lo contrario irás a parar al internado.

51

Por fin llegó el gran día, y Gaspare estaba furioso por no haber podido llevar a cabo su plan. La ipecacuana es un emético muy potente que le habría hecho vomitar a Luca quince minutos después de haberlo ingerido, disimulado en algún refresco. Ahora tendría que asistir impotente al triunfo de aquel mequetrefe por el que su hermana Beatrice bebía los vientos. Su padre le había advertido en el tono más duro posible de que no le pasaría ni una en la fiesta, así que desde que vio a Luca entrar por la puerta, se mantuvo a prudente distancia de él.

Luca venía muy elegante, nunca le había visto con chaqueta y corbata y tan bien peinado. No quedaba nada del chico depresivo que se había intentado quitar la vida hacía tan sólo unos meses y aun antes de haber cantado una sola nota, se convirtió en la estrella absoluta de la fiesta, lo cual aumentó aún más si cabe su animadversión hacia él. ¡Parecía que el que cumplía años, el protagonista de la fiesta, era Luca y no su hermana! Para ahorrarse aquel nauseabundo espectáculo de reverencias y zalamerías, se refugió en la cocina, donde encontró a su madre colocando las velas en la tarta de cumpleaños, que había elaborado ella misma.

—Contentos nos tienes —le dijo sin mirarle—. Menos mal que por el momento te estás comportando.

—Bah, es un fantoche.

—No es ningún fantoche, es un chico encantador y educadísimo que además se está haciendo un hombrecito. Lo he encontrado más alto que hace unos meses. Yo creo que hasta le está saliendo bigote.

—Mamá, le sobrevaloras. Si yo tuviera esa voz, te aseguro que ya habría ganado todos los *talent shows* de la tele. Es un cagón, que sólo se atreve a cantar para mi hermana.

Gaspare escuchó algunas escalas y acordes del piano desde la cocina y supo que la actuación de Luca era inminente. Primero interpretaría las dos arias que había elegido y luego le cantarían todos el *Cumpleaños feliz* a Beatrice.

Era tal la rabia de Gaspare por tener que presenciar aquella actuación, que intentó escaquearse y se encerró en su habitación. Su madre, sin embargo, vio cómo se ausentaba del salón y se lo dijo al punto a su padre, que fue a buscarle a la alcoba.

—Baja inmediatamente.

—Papá, no me encuentro bien.

—Te aguantas, que es el cumpleaños de tu hermana.

—Es que me parece que voy a vomitar.

—No digas bobadas. Tú organizaste este sarao, ahora apechuga con las consecuencias.

Gaspare sabía que su padre estaba a cinco segundos de amenazarle de nuevo con el internado y se quiso ahorrar ese momento. Abrió la puerta de la habitación, vio cómo su padre sonreía complacido por su victoria y ambos empezaron a bajar las escaleras del dúplex mientras Luca Salieri entonaba las primeras notas del aria de Mozart.

Gaspare no tenía ni idea de canto ni de ópera, pero notó que algo no andaba bien. Él había escuchado cantar a Luca varias veces en el colegio y su voz ahora sonaba diferente, mucho más vacilante y débil de lo que recordaba. No había notas falsas ni desafinadas, pero a la interpretación le faltaba seguridad y brillantez y la melodía de Mozart, que imita en el pasaje más agudo la fanfarria de una corneta militar, sonó triste, apagada y desprovista de emoción. El propio Luca, que había estado sonriente y encantador durante los canapés, parecía ahora cejijunto y preocupado, y aunque al cabo de los cuatro minutos que dura el aria fue ovacionado por los invitados, la cara de su hermana era un poema titulado «Decepción». Ver la desilusión pintada en el rostro de Beatrice le llenó de regocijo e hizo que bendijera mentalmente el nombre de su padre, por haberle hecho bajar a ver la actuación estelar de Luca. Éste sabía que su actuación había sido muy pobre, por lo que agradeció la generosidad de aquellos aplausos, para él totalmente inmerecidos, con varias reverencias quizá demasiado teatrales. Eso hizo que Gaspare le comentara por lo bajo a su padre:

—Mírale, papá. No canta una mierda y saluda como si fuera Caruso.

El padre no podía soportar la inquina de su hijo hacia Luca, que ya le había costado tres mil euros y amenazaba con traerle nuevos disgustos, así que fulminó a Gaspare con una mirada de censura y se colocó el dedo índice delante de la boca para ordenarle que estuviera calladito.

Luca sabía que algo raro le pasaba a su laringe, pero lo atribuyó a alguna infección en ciernes, o quizá a una simple inflamación de las cuerdas vocales, pues había ensayado las arias de manera obsesiva. No podía sospechar —o si lo sospechaba, no quería ni planteárselo— que los cambios que se operan en las cuerdas vocales al comenzar la adolescencia hubieran elegido precisamente el día más importante de su vida para empezar a manifestarse. Aún le quedaba por cantar el aria de Salieri, más difícil que la de Mozart, aunque —por mucho que se empeñara su tía Teresa— no tan memorable, y nada más desvanecerse los aplausos se dio cuenta de que tenía miedo de cantarla. Dentro de su cabeza se desencadenó una pugna entre su temor a hacer el ridículo y su amor propio de artista, que le decía que podría superar aquella difícil situación. En aquel tira y afloja, el miedo empezó a ganar la partida, y como consecuencia de ello, Luca, que había previsto contar sólo un par de anécdotas sobre Salieri y su exitosa ópera, empezó a extenderse más de la cuenta, para retrasar todo lo posible el momento de abordar el aria.

—Y entonces, Volpino, que es el deshollinador, decide enamorar a la acaudalada viuda y a su hija, para que los dos hombres que las están cortejando le tengan que pagar una especie de rescate a cambio de desenamorarlas y dejarlas otra vez en libertad…

La madre de Gaspare empezó a impacientarse. ¿Cuánto más iba a prologarse aquella interminable perorata antes de que Luca cantara la dichosa aria y diera por terminada la actuación? ¿De verdad era necesario conocer todo el argumento de la ópera para poder degustar una melodía, cuya letra nadie iba a entender, porque estaba en alemán, y que no podría durar más de tres o cuatro minutos?

Ella también quería ser protagonista, pues era una excelente repostera y se moría de ganas de que sus invitados degustaran la tarta que había preparado.

—Luca, cariño —interrumpió—, todo lo que nos estás contando es apasionante, pero como tardemos un poco más en cantarle el *Cumpleaños feliz* a Beatrice, mi tarta no la va a querer probar ya ni el gato. ¿Podemos escuchar ya el aria de tu ilustre antepasado?

—¡Que cante, que cante! —dijo una voz, a la que se sumaron de inmediato casi todos los invitados, hasta convertirse en un clamor que le dejó claro a Luca que había llegado ya el momento de elegir: o tiraba para adelante, aun sabiendo que su voz había dejado de obedecerle, o pedía disculpas a la concurrencia y cancelaba la actuación.

Beatrice, mientras tanto, se había levantado de su silla y

había ido a la cocina a buscarle un vaso de agua. Se lo dejó junto al atril del piano y le hizo una pequeña carantoña en el brazo. Un gesto que quería decir «ánimo, estamos contigo, queremos que triunfes». Ese detalle decantó la lucha interna que estaba viviendo Luca en favor del riesgo. Cantaría el aria de Salieri, claro que sí, y demostraría que, a su antepasado, a la hora de componer ópera, no le hacía sombra ni el mismísimo Amadeus.

—*Como alas de águila*, de Antonio Salieri —anunció a la concurrencia, y tras beber un pequeño sorbo del agua que le había traído la chica de sus sueños, se sentó al piano y empezó a tocar la extensa introducción.

El aria que había elegido era de las llamadas *di bravura*, pura pirotecnia vocal concebida por Salieri para compensar las carencias como actriz de Caterina Cavalieri, la soprano que estrenó la ópera en su día y que después de haber sido su alumna se convirtió en su amante. La enrevesada melodía ya habría sido difícil de cantar con la garganta en condiciones óptimas, porque llega varias veces al do agudo y en una ocasión alcanza el re. Pero con las cuerdas vocales en estado de mutación adolescente resultaba imposible, por más que la hubiera ensayado mil veces. Nada más arrancar a cantar, Luca supo que se le quebraría la voz, la única duda era en qué momento ocurriría, si al intentar alcanzar las notas sobreagudas o en los vertiginosos pasajes melismáticos en los que la Cavalieri gorgoriteaba durante interminables compases a lomos de una sola vocal. En su cabeza, oyó la voz de la sensatez que le decía: «Detente, vas hacia el desastre, deja de cantar en este instante». Pero la inercia de la melodía, que avanzaba a galope tendido, le impidió obedecerse a sí mismo.

El graznido ocurrió en una nota sostenida, al llegar a una fermata. Las cuerdas vocales no soportaron tanta presión y se quebraron de golpe, como cuando una inesperada ráfaga de aire abre una ventana con tal furia que parece arrancarla de sus goznes. Fue tan cómico como un resbalón con piel de plátano y a todo el mundo se le vino a la cabeza la imagen de un burro rebuznando. Paradójicamente, no se escuchó ni una carcajada, ni una risita, ni el más mínimo comentario. El público contuvo el aliento, esperando a ver cómo reaccionaba Luca. Éste dejó de tocar al instante, levantó la mano como para pedir un poco de paciencia y tras agarrar el vaso de agua que le había traído Beatrice y hacer un brindis al aire, se lo bebió de un trago, como si fuera un cowboy apurando un vaso de whisky, y arrancó un gran aplauso por parte de todos los presentes. Luca logró terminar el aria sin más gallos y volvió a ser ovacionado por los invitados. Con toda seguridad, aquélla no había sido la mejor interpretación de su vida, pero en el momento del desastre había demostrado una presencia de ánimo y una entereza con las que se había metido al auditorio en el bolsillo.

52

La madre de Gaspare se acercó a Luca para darle las gracias por la actuación y decirle que ahora se apagarían las luces y ella entraría con la tarta de cumpleaños de Beatrice, momento en que él tendría que liderar a todos los invitados para entonar el *Cumpleaños feliz*. Gaspare no podía dejar pasar la ocasión de tomarle el pelo por el gallo que se le había escapado y se aproximó a Luca para aprovechar el momento en que estuvieran todos a oscuras y su padre no pudiera verle merodeando cerca de su víctima. Nada más apagarse la luz, Gaspare arrimó su boca al oído de Luca y hablando en falsete, como para imitar a su hermana Beatrice, le dijo:

—¡Oh, Luca, amor mío, con tu rebuzno has conseguido que moje las bragas! ¡Dame un besito!

Al tiempo que le agarraba de los genitales, intentó besarle, momento en el cual Luca dejó de entonar el *Cumpleaños feliz* y se lo quitó de encima de un violento empujón, emitiendo un grito de rechazo.

—¡Déjame ya en paz, tío!

Gaspare era más corpulento que Luca, pero éste había aprendido a aprovechar la menor fuerza que tenía en las clases de taekwondo y el empujón lanzó literalmente de espaldas a su agresor, con tan mala suerte que fue a golpear con la nuca contra el borde del piano.

Cuando encendieron la luz, tres segundos después, Gaspare estaba muerto: los ojos abiertos, totalmente inexpresivos, un hilillo de sangre asomando por la comisura derecha del labio y la cabeza retorcida de un modo inverosímil. Aquél no era un chico que hubiera perdido el conocimiento; todo el mundo supo al instante que estaban en presencia de un cadáver.

—Pero ¿qué coño has hecho, Luca? —dijo el padre de Gaspare, con voz gélida, como de robot que pregunta la hora—. ¿Has matado a mi hijo?

53

Los diarios sensacionalistas y los programas basura de la televisión decidieron que la historia de Luca, «El niño asesino de Palermo», podría disparar las audiencias y empezaron a comportarse como acosadores de colegio. «¡Tenían razón!», tituló el más amarillo de los periódicos de Sicilia, que sacó en portada a los niños que habían sido sancionados por decir que Luca pertenecía a una estirpe de asesinos. Todo el sur de Italia, plagado de mitos y supersticiones, ese sur que creía aún que la sustancia que se licúa tres veces al año es la sangre de san Genaro y que el inofensivo *tirasciatu* es en realidad un diabólico reptil que se introduce en la boca de los niños para asfixiarlos, compró la historia de que los *genes* homicidas del asesino de Mozart se habían reproducido en el cuerpo del pequeño Luca. Por los platós de televisión empezaron a pasar todo tipo de desaprensivos, que haciéndose pasar por expertos en salud mental, juraban y perjuraban que Luca había ido a clases de taekwondo porque ya tenía planificado matar a su compañero Gaspare Rufino. «La retorcida mente de un niño de once años», decían unos. «La justicia le supo a poco, él quería venganza», aseguraban otros.

De nada sirvieron los esfuerzos de los medios de comunicación más serios y confiables, que aseguraban que incluso la policía afirmaba que había sido un accidente. El hecho de que, por estar la habitación a oscuras y la gente cantando nadie hubiera visto bien qué había pasado, ni en qué había consistido la provocación de Gaspare a Luca, hacía sin embargo más difícil que la gente dejara de pensar en una venganza.

Teresa y yo viajamos al día siguiente a Palermo y tras hablar con la policía, con los Servicios Sociales y con los padres de Luca, decidimos que lo mejor era que los dos hermanos terminaran el curso en Legnago: no podíamos exponer a los niños al vendaval mediático que se avecinaba. Por ser menor de edad, Luca era inimputable, así que la Fiscalía de Menores no nos puso ningún problema.

54

Leopold solamente había estado una vez en Venecia, hacía casi tres lustros, durante el primer viaje a Italia con Wolfgang. Habían permanecido un mes en la ciudad y tanto por el lugar en que se hospedaron, como por el poco éxito que obtuvieron, no guardaba muy buen recuerdo de aquella visita. El *palazzo* en que se alojaron pertenecía a la familia del conde Falletti, un noble depravado que había sido condenado a muerte unos años antes por atentar contra la moral pública y los sentimientos religiosos. Sus herederos, venidos a menos, se habían visto obligados a alquilar a un pintor la planta baja, que se asomaba al Ponte dei Barcaroli, y ofrecían habitaciones sueltas en los pisos superiores a los viajeros que, en época de carnaval, llegaban en tropel desde toda Europa para disfrutar de las fiestas.

Fue precisamente durante esa primera estancia en la ciudad, al enterarse de los antecedentes y catadura moral de su anfitrión, cuando Leopold empezó a desarrollar el aborrecimiento patológico que profesaba por los venecianos; aversión que ahora había llegado al paroxismo con Antonio Salieri. De hecho, nada más saber que Ca' Falletti, como era conocida la residencia del depravado conde, había pertenecido a semejante libertino, Leopold intentó encontrar otro alojamiento. Si al final se resignó a permanecer allí con Wolfgang el mes entero, fue sólo porque la habitación era barata y estaba próxima a los teatros de la ciudad.

Durante el tiempo que permanecieron en el *palazzo*, Leopold constató con creciente preocupación cómo el personaje del conde Falletti, *il dissoluto punito*, como lo apodaban en Venecia, despertaba la curiosidad de Wolferl, en vez de provocar su rechazo; y en más de una ocasión lo sorprendió hablando con sus descendientes, que ocupaban el ático, para interesarse por los excesos que le habían llevado al cadalso. Wolferl tenía por entonces quince años y comenzaba ya a dar muestras de esa rebeldía que lo llevaría a su actual distanciamiento; pero aun así, su padre intentó por todos los medios que no intimara con la familia.

—Si se enteran en Venecia de que tratamos con gente de esta ralea, dejarán de invitarnos a fiestas y *soirées* musicales. Y estamos aquí para darte a conocer, no para que fisgonees en la vida y milagros de un degenerado. No quiero que vuelvas a hablar con esa gentuza.

—Esa «gentuza», padre, son nuestros anfitriones. Además, ¿qué culpa tienen los hijos de los pecados cometidos por el progenitor? Te aseguro que la historia del conde es fascinante. ¡Algún día escribiré una ópera sobre Francesco Falletti! ¿Sabes que el criado, Leporello, era el encargado de concertarle las citas amorosas? ¡Formaban un dúo tragicómico que sería digno de verse en un escenario! Las autoridades encontraron en poder de su correveidile un catálogo de todas las mujeres a las que había seducido, documento que, en última instancia, fue lo que sirvió para incriminar a su *padrone*. Las había de todas las nacionalidades, francesas, alemanas, españolas... ¡Sólo italianas, llegó a seducir a seiscientas cuarenta!

—No puedes hacer una ópera sobre el conde Falletti sin que la familia te demande.

—Eso no sería problema, siempre podría cambiar los

nombres. Y a don Francesco llamarlo, por ejemplo, Don Giovanni.

Al llegar a Venecia, después de quince años, Leopold volvió a experimentar sentimientos encontrados: por un lado, la ciudad —San Marcos, el Canal Grande, el Palacio Ducal— lo fascinaba desde un punto de vista urbanístico y arquitectónico. Por otro, veía a sus habitantes como si fueran los descendientes de Sodoma y Gomorra, hasta el punto de que cuando se cruzaba con personajes —allí el carnaval duraba siglos— que le inspiraban poca confianza, contenía la respiración hasta dejarlos bien atrás, por temor a que con sólo rozarle o respirar a su lado, pudieran contagiarle alguna enfermedad relacionada con la mala vida.

Durante su anterior visita a Venecia, Leopold había empleado todos los medios a su alcance —cartas de recomendación, regalos, etcétera— con el fin de que la aristocracia de la ciudad los recibiera en sus salones, y a Wolfgang le encargaran una ópera para el Teatro San Benedetto, que muy pronto se convertiría en La Fenice. Ansioso por darse a conocer, Wolfgang ofreció varios conciertos gratuitos, en los que lo único que sacó en limpio fue alguna cajita de rapé o algún viejo reloj, sin demasiado valor de cambio. Los venecianos los recibieron con curiosidad e interés, pero entregados como estaban al frenesí del carnaval, no tuvieron tiempo de hacerle a Mozart encargo alguno. La amargura de Leopold por esta falta de resultados se le marcó en el rostro, hasta el punto de que un veneciano, amigo del compositor vienés Johann Adolph Hasse, le escribió una malévola carta en la que se burlaba de la codicia del salzburgués:

> Mozart padre está un tanto mortificado por la falta de encargos. Tal vez esperaba que toda Venecia fuera detrás de él a pedirle una ópera a su hijo, y se ha encontrado con que es él el que nos ha tenido que venir a suplicar.

La respuesta de Hasse había sido aún más demoledora:

> Por lo que yo sé, ese hombre vive siempre amargado, independientemente de dónde esté o de cómo le vayan las cosas.

Si los esfuerzos de Leopold en aquella primera visita habían sido para acceder a lo más granado de la nobleza veneciana, ahora se vio en la situación inversa. Para obtener el agua tofana, tendría que adentrarse en los barrios o *sestieri* más turbios de la ciudad y dado que sólo estaba acostumbrado a tratar con las capas altas de la sociedad, lo cierto es que no sabía ni por dónde empezar. La idea de tener que aventurarse solo por callejas mal iluminadas, en pleno carnaval, en busca de un veneno letal, le ponía los pelos de punta.

55

Nada más desembarcar en la Riva degli Schiavoni, Leopold se enteró de que, al otro lado del Canal Grande, en el *sestiere* de Dorsoduro, se había producido, la víspera de su llegada, un crimen espeluznante. En dos pozos cercanos a la iglesia de Santa Margarita, acababan de descubrirse restos de un cuerpo descuartizado: en el primero, el tronco y los brazos; en el segundo, las dos piernas. La policía intentaba hallar la cabeza para identificar el cadáver, pero las pesquisas no habían dado resultado.

—Algún viajero, que se ha metido donde no le llaman —le dijo el gondolero que le dejó en el muelle—. Durante el carnaval, anda todo el mundo embozado y es fácil para el viajero confundir a un hombre de bien con un delincuente.

El horror de Leopold fue en aumento al darse cuenta de que los isleños no se mostraban horrorizados por el crimen y sus truculentos detalles, sino que hablaban de él casi con complacencia, como una inesperada atracción que se hubiera incorporado a última hora a los festejos del desenfrenado carnaval veneciano. *Semel in anno licet insanire* (una vez al año es lícito volverse loco), decía el viejo adagio latino, que los venecianos habían hecho suyo para justificar aquel exceso, en el que hasta el homicidio parecía estar tolerado.

«¿Es éste el destino que me espera si me aventuro por los

arrabales más lúgubres de la ciudad, en busca del agua tofana? —pensó Leopold mientras decidía dónde hospedarse esta vez—. ¿Servir de tétrica atracción en el carnaval más depravado de toda Europa?»

Se dio cuenta de que era demasiado peligroso vagar, haciendo preguntas, por los bajos fondos de la ciudad, hasta encontrar el agua tofana. Incluso Dante había necesitado de Virgilio en el Infierno, así que él decidió procurarse una persona de confianza que lo llevara, sin exponerse a una puñalada callejera, a los lugares donde se vendía el veneno.

Quince años atrás, Leopold había reconvenido con dureza a Amadeus por congeniar con sus anfitriones, a los que, como descendientes de uno de los nobles más depravados de la ciudad, imaginaba también corrompidos por la misma enfermedad moral que su antepasado. «De tal palo, tal astilla», le dijo entonces a su hijo. Ahora seguía defendiendo el mismo prejuicio, pero precisamente por suponer que los Falletti eran gente de dudosa reputación y conectada con lo más bajo de la sociedad veneciana, pensó que eran las personas capaces de ayudarlo en la búsqueda de la ansiada ponzoña. Con esta convicción, se dirigió a pie hacia el Ponte dei Barcaroli en busca del Palazzo Molin, residencia de aquellos aristócratas estigmatizados por el tenebroso pasado del conde Falletti.

La hija mayor, Antonia, se acordaba aún de él, y sobre todo de un Wolfgang de quince años que había subido muchas noches a confraternizar con ella y su hermano, y a obsequiarles con algún que otro recital, en un desvencijado clavicordio que había pertenecido al conde.

—No nos queda ni una sola habitación libre —le dijo la mujer. Sostenía un perrito pinscher en los brazos, que observaba a Leopold con desconfiada curiosidad—. Por el carnaval, ya sabéis. A pesar de que en estas fechas el precio de los alquileres se triplica por la demanda, nos las quitan de las manos.

Leopold tenía tan alto concepto de sí mismo que había

llegado a Ca' Falletti pensando que nada más solicitar hospedaje, media docena de criados le iban a tender una alfombra roja hasta sus aposentos.

—Vaya, esto sí que no me lo esperaba —dijo Leopold, muy contrariado.

—¿Cuantos días pensáis quedaros?

—Pocos. No es como la otra vez, cuando Wolfgang tenía que darse a conocer y necesitábamos tiempo. Si tengo suerte, lo que he venido a hacer no me llevará más de uno o dos días.

—Si no os importa compartir una habitación con mi hermano…

La sola idea de cohabitar con un miembro de aquella familia le revolvía las tripas, pero como necesitaba a los Falletti, tenía que mostrarse educado y hacer pasar su rechazo por reverente consideración.

—Sois muy amable, pero no quiero abusar.

—No os preocupéis por eso, no creo ni que lleguéis a encontraros. Cuando la ciudad está en fiestas, mi hermano se pasa el día en la calle y la mitad de las noches duerme fuera de casa. Ya sabéis como son los hombres.

«Querréis decir las bestias, señora mía», pensó Leopold. Pero se abstuvo de hacer comentario alguno, porque aquél era precisamente el Falletti que andaba buscando: un juerguista mujeriego, que conociera bien la calle y fuera capaz de escoltarle hasta su meta.

—Está bien, si creéis que es la mejor solución… —dijo al fin.

—La mejor solución no, herr Mozart: la única. Os aseguro que no lograréis encontrar ni una sola habitación libre en estos días. Por desgracia, tengo que cobraros la habitación, no estamos atravesando un buen momento. Pero como sé de buena tinta que mi futuro va a ir a mejor, la próxima vez que os alojéis en nuestra humilde morada, lo haréis invitado. Por tener un hijo tan excepcional, que nos cautivó a todos.

56

La *signora* Antonia ardía en deseos de interrogar a Leopold sobre los éxitos de su hijo, pues en quince años la fama de Wolfgang como compositor y como intérprete se había extendido por toda Europa. El eco de sus triunfos en Italia —con las óperas *Mitridate, re di Ponto* y *Ascanio in Alba*— y en Viena, con *El rapto en el serrallo*, había resonado en Venecia y los Falletti gustaban de presumir entre sus huéspedes de que, durante un mes entero, habían acogido al pequeño genio en su *palazzo*. Incluso habían pensado en poner una placa metálica en la puerta, que dijera:

AQUÍ ESTUVO HOSPEDADO, DURANTE
EL CARNAVAL DE 1771,
EL INSIGNE COMPOSITOR W. A. MOZART

La anfitriona esperó a que Leopold se instalara en la habitación y luego, sin haberle preguntado siquiera si le apetecía comer algo, se plantó en su alcoba con un plato de arroz con guisantes y otro de hígado a la veneciana, que dejó encima de la mesa.

—En Venecia es aún un poco pronto para el almuerzo —se justificó—, pero vuestro hijo nos contó que en vuestro país tenéis otras costumbres.

Leopold le agradeció sinceramente el detalle y sin más preámbulos, empezó a dar cuenta de aquellos dos exquisitos platos, típicos de la cocina veneciana.

La *signora* permaneció en la habitación, disfrutando a prudente distancia de la voracidad de Leopold, como una madre orgullosa del buen apetito de su hijo. Tan concentrado estaba éste en su yantar que al principio ni se dio cuenta de que su anfitriona seguía allí, contemplándole con expresión de arrobo. Al levantar la vista y ver que le observaba, pensó que estaba esperando un cumplido sobre lo buena cocinera que era.

—¡Hacía semanas que no comía tan bien, señora! La verdad es que este hígado resucitaría a un muerto.

—¡Gracias, herr Mozart! Era el plato preferido de vuestro hijo, cuando subía a cenar con nosotros. ¿Qué tal se encuentra?

—Se ha casado.

—¡Magnífico!

Leopold detestaba a Constanze, a la que, pese a ser prima del gran compositor Carl Maria von Weber, consideraba indigna de su hijo. ¡Si al menos hubiera prosperado su romance con la hermana mayor, Aloysia, que era una famosa soprano y ganaba mucho más dinero que Mozart!

—Sí, magnífico —dijo sin ganas—. El año pasado tuvieron un hijo...

—¡Qué buena noticia!

—... que murió al poco de nacer.

—¡Cuánto lo siento!

—Ahora están esperando otro. Esperemos que éste nos dure un poco más.

—¡Casado y con un hijo en camino! —exclamó la *signora* Antonia—. ¡Y por las noticias que llegan hasta Venecia, convertido en una estrella de la ópera!

Leopold, que iba a cumplir ese año los sesenta y cinco, se encontraba muy fatigado por el largo viaje desde Salzburgo;

lo único que deseaba era echarse en la cama y recuperar fuerzas. Aquella conversación con la *signora* Antonia le irritaba profundamente, pero no veía el modo de librarse de ella sin parecer maleducado.

—Wolfgang está aún muy lejos de ser, como decís vos, una estrella de la ópera. Sólo se es *estrella* si conquistas Viena, y Viena está tomada por los…

Fue a decir «por los venecianos», sin darse cuenta de que estaba en su feudo y la señora que le escuchaba era una de ellos. Pero Antonia Falletti era muy rápida de mente y comprendió al momento por qué su huésped se había mordido la lengua.

—Los Falletti somos piamonteses —dijo riendo—, así que podéis hablar libremente. Llevamos poco viviendo en Venecia, y como sin duda debéis saber, la ciudad no nos ha tratado muy bien que digamos.

Era una alusión muy clara a su padre, el conde ejecutado por disoluto, pero a Leopold, católico y puritano, el caso del libertino ajusticiado le producía una enorme incomodidad, así que decidió cambiar de tema.

—¿Y a vos qué tal os va? ¿Muchos huéspedes?

—Sólo en carnaval. El resto del año, gastos y más gastos. ¿Sabéis lo que cuesta mantener un *palazzo* así? Mi hermano funde el dinero de la familia a manos llenas, y hay veces que no sé ni cómo llegamos a fin de mes. Yo estoy muy preocupada. Menos mal que La Turchetta me ha dicho que las cosas irán a mejor dentro de poco.

—¿La Turchetta? ¿Quién es?

—Una bruja que echa las cartas, la más famosa de toda Venecia. ¡Dicen que hasta Casanova la consulta de vez en cuando!

57

«Lo que me faltaba —pensó Leopold—. Una conversación sobre una echadora de cartas a la que acude el tipo más inmoral del que yo haya oído hablar nunca.»

—No os quiero entretener, señora —dijo apartando la bandeja con la mano de manera ostensible, para hacer ver que había terminado de almorzar—. Con tantos huéspedes, debéis de tener infinidad de tareas que atender y yo, al cabo de tantas horas de viaje, puedo ofreceros una conversación muy limitada. Estaré mejor después de haber dormido un par de horas.

Su anfitriona pareció darse por fin por aludida, porque se acercó a recoger la bandeja como una complaciente camarera y sin decir palabra se encaminó hacia la puerta.

—¿Queréis que os despierte a alguna hora? —preguntó, ya desde el umbral.

—Depende. ¿A qué hora regresa vuestro hermano?

La mujer dirigió los ojos al cielo como para decir: «¡Sólo Dios lo sabe!».

—Os lo pregunto porque quiero hacer algunas compras y con un asesino suelto, me da miedo acabar metiéndome por calles en las que no debiera.

—Ah, sí, qué horror —dijo Antonia—. Espero que encuentren pronto la cabeza para poder saber quién era el infeliz. Mi hermano podría haceros de guía, porque conoce la ciudad como la palma de la mano, pero es imprevisible. Lo mismo aparece esta noche, que podemos estar tres días sin verle. Si me decís lo que necesitáis, tal vez yo pueda ayudaros.

—No os preocupéis, estaba pensando en recuerdos de viaje para los chicos: vestidos para Nannerl, alguna partitura para Wolferl, y tal vez una pieza de cristal de Murano para mí.

—Yo tengo que ir a Murano mañana —dijo Antonia, entusiasmada por poder ser de ayuda al padre del gran Mozart—. Si queréis, puedo acompañaros: de ese modo evitaremos que os cobren más de la cuenta.

Leopold había mentido a su anfitriona por la sola razón de que empezaba a ponerse demasiado fisgona. Lo cierto es que no tenía intención alguna de navegar hasta Murano, ni de dedicar un solo minuto de su tiempo a comprar souvenirs de viaje para sus hijos. Lo único que le había traído a Venecia era el agua tofana, que esperaba conseguir una vez hubiera logrado internarse sin peligro por los bajos fondos de la ciudad.

—Lamentablemente —se excusó—, es poco el tiempo que tengo y muchos los asuntos que he de atender antes de regresar a Viena. Pero si veis algún vidrio bonito, compradlo para mí, que yo os lo abonaré a la vuelta.

—Pero yo no voy a Murano a comprar vidrio —dijo su anfitriona muy seria—. Voy a encontrarme con La Turchetta.

—¿Otra vez? ¿Pero no me decís que ya os ha dicho la buenaventura?

—Precisamente por eso. He de abonarle sus servicios. La semana pasada, que es cuando estuve con ella, me di cuenta al ir a pagar de que mi hermano me había quitado todo el dinero del bolso para satisfacer alguna deuda de juego. Es como un crío, ¿sabéis? En cuanto te descuidas, ¡zas!, te ha sisado hasta el último *zecchino*. No dejéis ni una sola moneda a la vista, herr Mozart, o ese sinvergüenza os la birlará antes de que podáis pestañear.

—Lo tendré muy presente.

—Mi hermano me hizo pasar un rato horrible ante la bruja. Cuando vio que no traía el dinero, La Turchetta se puso como una hidra: me dijo que si no le pagaba ese mismo día, arrojaría sobre mí una maldición terrible. Quería que volviera a Venecia y regresara de inmediato a pagarle. Yo no puedo dejar esto desatendido durante tanto tiempo y, además, esa mujer no es barata precisamente y no iba a poder reunir el dinero para pagarle en pocas horas. Así que tuve que llorar y suplicar para que se apiadara de mí y me diera unos días de plazo.

A Leopold, los problemas de la señora Antonia con la echadora de cartas le importaban un comino y no se molestó en ocultarlo.

—Claro, claro —dijo en tono desabrido—, espero que mañana quede todo solucionado. Y ahora, si me permitís, quisiera descansar.

El miedo a las represalias de la bruja parecía haberse apoderado de la *signora* Antonia, hasta el punto de que lejos de abandonar la habitación bandeja en mano como le estaba pidiendo su huésped, volvió a dejarla sobre la mesa para desahogarse con él.

—¡Es una mujer terrible, herr Mozart! ¡Si vierais las cosas que me soltó! La mitad en griego, porque aunque es de origen turco, se crió en Corfú. Espero que acepte mi dinero aunque llegue con retraso y cumpla su palabra de levantarme la maldición que me lanzó al marcharme. Para mí es una suma considerable; para ella, una minucia: la verdadera fortuna la hace con las mujeres que quieren poner fin a su embarazo y sobre todo con las que quieren librarse de sus maridos.

Nada más escuchar en qué consistían los servicios de La Turchetta, la expresión de fastidio de Leopold desapareció de su rostro como por ensalmo. Agarró una silla, invitó a la *signora* Antonia a ponerse cómoda y le hizo saber que empatizaba con su sensación de peligro y deseaba ayudarla.

—Me parece que al final sí que iré con vos a Murano —dijo Leopold—. Si esa bruja sigue enfadada, lo mejor que podemos hacer para que se aplaque es compensarla con algunas monedas de más.

—Sois un hombre muy generoso, herr Mozart. ¿De verdad haríais eso por mí?

—¿Por una mujer que es capaz de cocinar así el *fegato* a la veneciana? ¡Sería capaz hasta de tragarme una ópera de Salieri!

La mujer rió con la salida de Leopold y le explicó que, inicialmente, La Turchetta había montado su negocio de adivinación en el *sestiere* de Cannaregio, al norte del Gran Canal, pero que debido a que la policía empezaba a sospechar de ella, había decidido poner agua de por medio e instalarse en la cercana isla de Murano, donde se creía a salvo.

—No me extrañaría —dijo Antonia— que ese cuerpo que ha aparecido decapitado tuviera alguna relación con ella.

—¿Qué intentáis decirme?

—No sólo la consultan mujeres, ¿sabéis? También empiezan a ir los hombres. En cuanto apareció el cadáver, lo primero que pensé es que algún marido cornudo se había enterado por La Turchetta de quién se estaba acostando con su mujer.

—Entiendo. ¿Decís que ayuda a las mujeres a desembarazarse de sus maridos? ¿En qué forma?

58

La pregunta puso algo violenta a Antonia, que se debatía entre el deseo de presumir ante Leopold de toda la información que atesoraba y el miedo a que la bruja pudiera tener oídos en aquella misma habitación. Antes de contestar, se levantó de la silla y tras comprobar que no había nadie espiando en el pasillo, cerró la puerta de la habitación para ir finalmente a sentarse junto a Leopold, al que empezó a hablar en actitud conspiratoria.

—Las mujeres que vamos a consultar a La Turchetta le contamos todos nuestros padecimientos. Y si no, ella se las arregla para enterarse de aquello que realmente nos aflige. En cuanto descubre que una de nosotras es infeliz en su matrimonio, le ofrece el agua.

—¿Os referís al agua tofana?

—Exacto. Un veneno terrible, indetectable, porque no huele, no sabe a nada, es incoloro. Desde que mi hermano y yo vivimos en Venecia, decenas de maridos maltratadores han muerto a manos de sus mujeres. Y el agua se la ha vendido La Turchetta. Ella les cuenta todo lo que tienen que hacer y en qué dosis deben administrar el veneno, para que parezca una muerte natural, por agotamiento.

—¿Vos habéis comprado el agua?

—¡No soy una asesina, herr Mozart! Yo sólo fui a que me

dijera qué va a ser de nosotros en los próximos meses. Y estoy muy contenta de haber ido, porque la bruja vio en los posos del café que mi hermano va a ganar dentro de poco una suma importante en el juego, y con ella podremos arreglar por fin el *palazzo*, que se nos cae a pedazos.

—¿Y vos lo creéis?

—Por supuesto. Tengo amigas que acuden a consultarla de manera regular y me cuentan que siempre acierta en sus predicciones.

Leopold no creía en supercherías ni en adivinaciones, pero fingió que estaba interesado en las dotes proféticas de La Turchetta, a la que ya había decidido comprarle el agua.

—Si es tan buena, yo también debería consultarle. Me preocupa mi hijo, ¿sabéis? El público vienés es caprichoso y voluble y temo que pueda cansarse de Wolfgang en breve. Necesito preguntarle si a pesar de todas las zancadillas que nos ponen los venecianos, lograremos un éxito en la ópera bufa.

—Entonces no se hable más, herr Mozart —dijo Antonia—. Mañana iremos juntos a Murano a visitar a La Turchetta, que al ver que le llevo un nuevo cliente, se pondrá muy contenta y me levantará la maldición.

—¿Estáis completamente segura de que ella vende el agua tofana?

—Toda Venecia lo sabe. Pero una cosa es saberlo y otra muy distinta demostrarlo. La Turchetta es tan poderosa que hasta la policía tiene miedo de ir en su contra. Ella ha propagado el rumor de que el primero que la detenga morirá de alguna maldición.

—¡Sí que es astuta!

—Es muy poderosa, y los hilos de su red llegan hasta magistrados y obispos.

—¿Cómo es eso posible?

—Su clientela abarca a mujeres de toda clase y condición.

Dicen por ejemplo que la condesa de Mocenigo va a verla regularmente. ¡Los Mocenigo son una de las familias más aristocráticas de Venecia, herr Mozart! Es normal que los jueces no quieran molestar demasiado a la bruja, ¿no creéis? Lo que ocurre es que es tanta la gente que muere al año por su agua, que un día de estos no les va a quedar otra que ir a por ella de verdad.

Leopold era muy creyente y se había quedado muy impactado con la revelación de que también la Iglesia estaba al tanto de los crímenes de La Turchetta.

—Bueno, no la Iglesia como institución —le aclaró Antonia—, pero sí algunos frailes. Veréis, herr Mozart: aunque la fórmula exacta del agua tofana es un misterio que sólo conoce La Turchetta, se sabe que uno de los compuestos es el arsénico, que no es fácil de conseguir. Ella lo obtiene a través de un fraile de Santa Margarita: los religiosos tienen acceso al arsénico, porque manejan hospitales y lo usan, en dosis muy bajas, para curar enfermedades de la sangre. Dicen que también sana la anemia y afecciones de la piel y de los nervios.

—¿Frailes conchabados con la turca? ¡Pero esto que me estáis contando es terrible!

—¿Por qué creéis que estoy aterrorizada? ¡Os digo que esa bruja es el demonio!

—¿Es muy cara?

—Una consulta ordinaria, como la que le hice yo, cuesta diez *zecchini*. Puede variar, porque si ella advierte que te sobra el dinero, sube el precio. De vos, al ver que sois extranjero, intentará abusar. No os dejéis y pelead por un precio razonable. Ella siempre aprieta hasta donde sabe que puede apretar. Diez *zecchini* por decir la buenaventura es más que suficiente. Con esa suma, cualquier mujer puede comprarse unos buenos pendientes, ¿sabéis? Pero si lo que buscas es poner fin a un embarazo, es mucho más caro. Y no os digo nada si lo que quieres es el agua. Eso puede costarte el sueldo de un año. Si no dispones del dinero, la bruja te ayuda de igual modo, y espera pacientemente a que tu marido haya muerto, para que le pagues con lo que has heredado.

Leopold registraba mentalmente cada palabra que decía su anfitriona. Antonia le acababa de contar que se estaba estrechando el cerco en torno a La Turchetta, hasta el punto de verse obligada a *exiliarse* a Murano. Ahora, con un crimen tan espeluznante como el que se había descubierto, era probable que las autoridades se decidieran, si no a liquidar al fin aquel inicuo negocio, sí al menos a interrogar a su dueña. ¿Y si la vieja le delataba o alguno de los clientes que hacían cola junto a su puerta le denunciaba a las autoridades? Por no hablar de la posibilidad de que la policía irrumpiera en el tenderete de la bruja, justo en el momento en que él estuviera comprando el agua y le confiscaran tanto el veneno como el dinero.

En Venecia, los interrogatorios ante *i Signori della Notte*, como era conocida la policía criminal de la Serenísima, eran menos cruentos que en otras zonas de Italia, pero igualmente temibles. En una de las salas del Palacio Ducal conocida como la *Camera dei Tormento*, los sospechosos eran izados, con las manos atadas a la espalda, mediante una cuerda unida a una polea, hasta que confesaban. Por presiones de la Iglesia, que insistía en que no hubiera derramamiento de sangre, no se utilizaban tenazas, cuchillas ni punzones, pero el reo acababa con los brazos descoyuntados y tullido de por vida.

—Si La Turchetta es tan temible y cobra tan caro —preguntó Leopold—, ¿por qué las mujeres insisten en acabar con sus maridos con el agua tofana? ¿No hay otros venenos?

—Ninguno como el agua tofana, herr Mozart, puedo asegurároslo. La *cantarella* o la *acquetta di Perugia*, igualmente letales, tienen el grave inconveniente de que son venenos rápidos, que producen vómitos violentos en la víctima, y enseguida se desatan las sospechas de envenenamiento. El agua tofana es un veneno lento, que administrado gota a gota durante semanas, tal y como prescribe la bruja, no produce apenas síntomas. El infeliz se va debilitando poco a poco, sin que los médicos puedan explicarse la causa de esa lenta pero inexorable consunción, que conduce hasta la muerte.

Para Leopold, que era mirado con el dinero hasta la mezquindad, el otro grave inconveniente del agua tofana era el precio. La *signora* Antonia hablaba del sueldo de un año. Pero ¿el sueldo de quién? No era lo mismo lo que ganaba un músico que lo que ganaba un herrero.

—Hablan de trescientos *zecchini* por un solo frasco —dijo la mujer—, pero nadie lo sabe a ciencia cierta, porque, como os he dicho, La Turchetta varía los precios en función de lo que puede pagarle el comprador.

—¡Trescientos *zecchini*! ¡Ni que fuera oro en polvo!

—Como dice una amiga mía, teniendo en cuenta que te vas a librar de tu marido para toda la vida y a quedarte con sus bienes, es un precio más que razonable. Ella arriesga mucho: si alguna clienta la delata (y ya ha ocurrido con otras envenenadoras) sabe que le espera la más horrible de las muertes. En Roma, a una mujer que vendía el agua la descuartizaron viva en Campo de' Fiori, después de haberla torturado durante días. En Nápoles, a otra bruja la ataron de pies y manos, la metieron en un saco y la tiraron a la calle desde el tejado del palacio del obispo, donde el populacho la remató a patadas.

—Si la delatara una clienta se incriminaría ella misma. La idea es absurda.

—Quien dice una clienta dice uno de los frailes que la ayudan, que puede arrepentirse. O alguna de sus ayudantes, que se sienta mal pagada. De todas maneras, en cierta ocasión un marido al que la mujer había echado veneno en la comida le cambió el plato porque el de ella tenía más cantidad y al ver que no comía, el hombre sospechó y la obligó a confesar. La policía acudió a casa de La Turchetta pero, misteriosamente, no fue detenida. Por eso dicen que hay magistrados a los que unta. Debieron de pactar con ella que, a cambio de dejarla libre, se fuera de Venecia y se instalara en Murano.

—A pesar del riesgo, trescientos *zecchini* por una solución de arsénico me parece mucho dinero.

—La turca dice que no sólo hay que compensarla por el peligro que corre, sino porque el veneno es muy difícil de preparar.

—Pero ¿es que alguien conoce la fórmula?

—Todo son habladurías, herr Mozart. Como vos podréis imaginar, son muchos los que han intentado fabricar el agua, porque es un gran negocio, pero nadie ha tenido éxito hasta la fecha. Yo he oído historias de todo tipo, como que hay que envenenar a un verraco con arsénico y colgarlo de una soga por los cuartos traseros, cuando aún rabia y patalea. Mientras el animal, desesperado, profiere espantosos chillidos y se retuerce de dolor en el aire, se le muele a palos. Toda la baba que suelta mientras es apaleado, en la que hay desde sangre a bilis, pasando por ácidos gástricos, se recoge en un cuenco que sostiene un ayudante. Esa mezcla hedionda, que constituye el veneno en estado puro, luego hay que destilarla y diluirla en agua.

Leopold había quedado tan horrorizado por el relato de la *signora* Antonia que estuvo a punto de anunciarle que no la acompañaría a Murano al día siguiente. Pero de pronto recordó por qué estaba allí: Salieri había compuesto una ópera infame con libreto de Da Ponte, que aún no se había estrenado, y lo único que le separaba ya del fracaso absoluto eran la voz y presencia escénica de Nancy Storace. Si la mágica soprano angloitaliana, recién llegada al Burgtheater, cantaba el papel principal, el público vienés acudiría en masa a verla, por muy floja que fuera la ópera. Pero si con ayuda del agua tofana lograba dejarla fuera de combate durante unas semanas, el batacazo de Salieri y Da Ponte sería de los que harían historia.

59

Tal como había aventurado la *signora* Antonia, su hermano no se presentó a dormir aquella noche, a pesar de lo cual Leopold no pudo pegar ojo hasta que oyó dar las seis en la torre del reloj de San Marcos. Él, que pensaba que hallar el agua tofana le iba a suponer días de peligrosa búsqueda por los bajos fondos venecianos, la había encontrado en cambio nada más llegar, gracias a un inesperado golpe de suerte. Pero precisamente el hecho de tener ya el ansiado veneno al alcance de la mano lo había puesto al borde de un ataque de nervios. ¿Lograría que La Turchetta se lo vendiera? ¿O sólo comerciaba con mujeres? ¿Qué cara pondría la bruja cuando le oyera pedir la *Manna di San Nicola*, que era el nombre con el que se vendía el veneno? ¿Le preguntaría la bruja para quién era? ¿Y si la vieja, abusando de su acento extranjero, le daba gato por liebre y le vendía un envase con agua del grifo? ¿A quién y cómo podría reclamar? Sintió enormes deseos de pedir ayuda a la *signora* Antonia, para que comprara la *Manna* en su nombre o al menos estuviera presente en el momento de la entrega. Pero ¿cómo explicarle a su anfitriona que lo que quería de la turca no era la buenaventura, sino el veneno más mortífero de Europa? No, tendría que negociar él solo con la bruja y confiar en que lo que vendía era, en verdad, el agua tofana.

Leopold y Antonia se dirigieron de buena mañana al pequeño muelle que había frente a la iglesia de San Canciano, donde atracaban las embarcaciones que a través del Rio de Santi Apostoli, partían hacia Murano, y allí subieron a la góndola que, en poco menos de media hora, habría de llevarlos a presencia de la bruja. Por consejo de su anfitriona, Leopold vestía de manera muy discreta, no fuera a ser que La Turchetta lo tomara por un aristócrata vienés, de los muchos que bajaban a Venecia por carnaval, y decidiera pedirle una fortuna por la consulta.

—¿Traéis el dinero? —le preguntó Antonia nada más saltar a bordo de la góndola.

Leopold se levantó la capa y mostró una bolsa con monedas, de notables dimensiones, que llevaba colgando del cinturón y que hizo tintinear dos veces, palmeando el contenido con la mano.

—Lleváis ahí una fortuna, herr Mozart. No es conveniente pasear por las calles con semejante dineral. Le dije que la buenaventura no le costaría mucho más de diez *zecchini*. ¡Ni que fuera a comprar la *Manna di San Nicola*!

El comentario puso violento a Leopold, que se vio obligado a mentir, diciendo que iba a aprovechar la visita a Murano para comprar varios objetos de vidrio.

—Os he hecho madrugar —dijo Antonia— porque a estas horas no encontraremos mucha gente. Aun así, armaos de paciencia ya que siempre hay cola y algo nos tocará esperar.

La mujer se estremeció de frío y cruzando los brazos se dio unas friegas sobre la ropa para entrar en calor.

—La mañana es húmeda y fría y la *bora*, particularmente intensa —sentenció—. ¿No conocíais el viento de la laguna Veneta? Yo he visto a niños volando por los aires cuando sopla fuerte. Abrochaos bien la capa, si no queréis llegar a Murano convertido en un témpano o que la *bora* os levante como si fuerais una cometa.

Antonia estaba, evidentemente, muy preocupada por el modo en que la recibiría la bruja. Leopold se dio cuenta de ello porque salvo las dos advertencias que le había hecho nada más salir, acerca del dinero y de la *bora*, no le había vuelto a dirigir la palabra durante el trayecto. Y eso que, en circunstancias normales, la mujer era de tal locuacidad que casi había que amordazarla para lograr que se callara. Tras la primera visita a Murano, La Turchetta le había permitido abandonar la isla, a condición de que regresase antes de la puesta de sol con el dinero de la consulta.

—Cada día que te retrases, vivirás un año menos —le había amenazado la bruja al salir.

A pesar de aquel terrible hechizo, su situación financiera era tan precaria que había tardado seis días en reunir el dinero: seis años menos de vida, no le hacía ninguna gracia. ¿Lograría que la turca revirtiese la maldición? Confiaba en que la presencia de Leopold, a quien presentaría como un cliente que ella le llevaba, y la generosa compensación por el retraso que éste se había comprometido a entregarle, hicieran compadecerse a la turca.

Al llegar a la altura de la isla de San Michele, en la que había un cementerio donde muchos venecianos enterraban a sus muertos, la *signora* Antonia se santiguó y se dirigió con voz lúgubre a Leopold.

—Sólo el de ahí arriba sabe cuántos maridos envenenados reposan en ese camposanto. Yo he oído que van más de doscientos.

El gondolero, que había sido la discreción en persona hasta ese momento, se volvió en aquel instante hacia sus dos pasajeros, y en dialecto veneciano cerradísimo les dijo que su padre y su hermano estaban enterrados en San Michele.

El trayecto finalizó en el embarcadero de calle Colonna, en el extremo sur de la isla. La casa en la que la turca había instalado su consultorio estaba al otro lado del canal, detrás de la iglesia de Santa Clara, por lo que Leopold y Antonia tuvieron que caminar hasta el primer puente, a lo largo de la Fondamenta dei Vetrai, donde estaban los talleres de los artesanos, ya metidos en faena a pesar de lo temprano de la hora.

Leopold se quedó como hipnotizado, contemplando la destreza increíble con que uno de los sopladores daba forma, en un minuto, a una especie de vasija para flores, y Antonia lo tuvo que sacudir del brazo y recordarle que La Turchetta aguardaba y luego tendría tiempo de comprar lo que quisiera.

Cruzaron el canal por el puente de Santa Clara y dejando la iglesia a su izquierda, se internaron por una calleja lateral que discurría paralela al templo y conducía hasta la casa de la turca. Había cinco personas en la puerta, haciendo cola al final de la callejuela. En lo que tardaron en pedir la vez, las cinco personas se convirtieron en cuatro, porque una ayudante de la bruja hizo pasar al siguiente, al tiempo que hacía salir a la clienta anterior, una mujer joven, vestida con un elegante traje de terciopelo negro, que cubría su rostro con la máscara de carnaval más característica de las damas venecianas: la *moretta*.

60

—Ésa ha venido a por el agua —dijo Antonia en tono cómplice.

—¿La conocéis?

—No, pero aquí en Venecia las mujeres sólo se ponen la *moretta* por dos razones: o porque van a ver a las monjas, o porque van a hacer algo malo.

—¿No tendríamos que haber venido también nosotros con máscara? —planteó Leopold—. Si llega la policía y empieza a preguntar…

—No tenemos nada que ocultar, herr Mozart. Cada palo, que aguante su vela.

La ayudante de la turca que hacía las funciones de portera, reconoció bien pronto a Antonia en la cola y la invitó a pasar dentro, provocando las protestas de las tres mujeres que tenía delante.

Leopold no quería quedarse solo en la cola con tres hidras, furiosas porque su acompañante se había saltado el turno.

—¡Voy con vos! —le dijo en tono de súplica a Antonia.

Por la cara que puso la portera, a Leopold le quedó claro que era mejor no insistir y esperar a ser llamado.

Su ansiedad por el encuentro con la turca era tal, que aunque Antonia sólo estuvo dentro un par de minutos, a él le parecieron una eternidad. Cuando vio salir a su acompañante, comprendió por su cara que la cosa había ido bien, impresión que ella misma corroboró enseguida con sus palabras.

—Salgo contenta. Me ha levantado la maldición, pero dice que por cada día de retraso me va a cobrar un *zecchino* más. Le he dicho que os haríais cargo de los intereses de demora: seis *zecchini*.

Leopold, que ya estaba descompuesto por la fortuna que la turca le iba a hacer pagar por el agua tofana, estuvo a punto de soltar un comentario sarcástico sobre la codicia de la bruja. ¡Seis *zecchini* de multa! ¿Qué se había creído? Pero le había dado su palabra a Antonia de que la ayudaría y se llevó la mano a la bolsa, para darle el dinero allí mismo.

—¡No! ¿Qué hacéis? ¿No veis que la ayudante nos observa? —le recriminó Antonia—. ¿Acaso queréis que la bruja se quede con todo lo que tenéis? ¿No os he dicho que es insaciable? Pagadle a ella directamente, cuando estéis dentro. Ya sabe que vos os vais a hacer cargo de mi deuda.

Tras pocos minutos de espera, en los que La Turchetta despachó a las tres mujeres que tenía delante en un decir amén, la ayudante le hizo un gesto enérgico con la mano para que pasase al interior. Antonia se despidió de él y le pidió que al terminar se reuniera con ella en la puerta de Santa Clara.

—Las hermanas hacen unas pastas deliciosas. Las compraré para vos, por ser tan generoso conmigo. Creedme, herr Mozart, os mentiría si os dijera que os puedo devolver el dinero mañana o pasado. Pero tengo fe ciega en la turca, y ella dice que, en pocos meses, mi hermano y yo seremos ricos. Entonces sabréis vos de qué *polenta* estamos hechos los piamonteses.

61

Era tal la diferencia de luz entre la calle y el interior de la casa que Leopold quedó temporalmente ciego al entrar y tuvo que seguir de oído los pasos de la portera, a lo largo de un negro e interminable pasillo que los condujo hasta una puerta, por cuyos bajos se filtraba una luz muy tenue. La mujer llamó dos veces con los nudillos y sin esperar respuesta, giró el picaporte y asomó la cabeza al interior de la estancia, para anunciar a la bruja la llegada de Leopold. Un gato grande y peludo aprovechó que la puerta se entornaba para escapar al pasillo y rozó con su cola la pierna de Leopold que, al no haber visto al animal, exhaló un gemido de terror, tal vez pensando que habían comenzado ya los encantamientos. La portera se llevó el índice a los labios, para ordenarle que guardara el debido silencio, y le indicó que entrara. Luego cerró la puerta tras de sí y Leopold sintió como si lo hubieran recluido dentro de una gigantesca caja fuerte de la que no conocía la combinación.

La turca era aún más anciana de lo que él había imaginado. En su piel, que parecía un manto de tierra cuarteada por el sol, el tiempo había esculpido la historia de Europa de los últimos cien años. Su avanzada edad inspiró respeto inmediato a Leopold, que obedeció como un niño cuando La Turchetta —era menuda como una niña, así que el diminutivo le encajaba bien— le ordenó en griego que se sentara sobre la alfombra que había frente a ella, al otro lado de una bandeja metálica con patas, sobre la que ardían dos pequeñas velas y una barra de aromas. Al oír a la vieja, Leopold se preguntó si la turca hablaría algo de italiano, pues el griego lo desconocía por completo y el dialecto veneciano era para él una jerga casi tan indescifrable. La sola idea de haber hecho el viaje desde Venecia para no poder explicarle a la turca lo que quería de ella se le antojó ridícula y lo sumió en la angustia. La bruja sujetaba todo el tiempo en el brazo izquierdo un gato muy similar al que le había rozado a la entrada y se manejaba sólo con el derecho. Aunque la habitación estaba en penumbra, Leopold pudo constatar, una vez que sus ojos se acostumbraron a aquella tenue luz, que había allí no menos de media docena de felinos, que lo miraban con indiferencia desde diversos puntos de la estancia. Se le ocurrió que pagar a la turca por anticipado ya era una forma de romper el hielo y de congraciarse con ella, y echó mano a la faltriquera para entregarle los seis *zecchini* que le adeudaba Antonia. Al escuchar el tintineo de las monedas, la turca asintió con la cabeza y farfullando lo que a Leopold le pareció una plegaria, dejó caer las monedas en una especie de mortero de bronce que tenía junto a ella.

Antonia la debía de haber puesto en antecedentes, si no de quién era él, sí de lo que quería, porque nada más pagarle, se zafó del gato que tenía en el regazo, que saltó ágilmente al suelo con un ruido sordo y amortiguado, y le cogió ambas manos por sorpresa, volteándolas para ver sus palmas.

El tacto de las manos de la turca era como el del papel de lija, pero Leopold no se atrevió ni a respirar y se dejó escudriñar por ella. Incluso después de que el ojo se hubiera acostumbrado a aquella oscuridad, resultaba difícil percibir los matices y texturas de los objetos. La bruja tiraba cada vez más fuerte de sus manos, para acercárselas a la cara y poder ver las líneas de cerca, hasta el punto de que Leopold, inclinado sobre la bandeja que los separaba, empezó sentir en las yemas de los dedos el aliento de la anciana. Convencida, tras su charla con Antonia, de que él estaba allí para que le dijeran la buenaventura, la turca empezó a soltar, en una mezcla infernal de idiomas y dialectos, lo que parecían horribles blasfemias, que a Leopold, profundamente católico como era, le provocaron un rechazo frontal. ¿Cuánto iba a durar aquel esperpento? ¿Debía dejar acabar a la turca para no enojarla o informarle, por el contrario, de a qué había venido en realidad? Fue la relación tan especial que Leopold tenía con el dinero lo que le impulsó a poner fin a aquella farsa: si dejaba que la vieja le leyera la buenaventura, tendría que pagarle por una predicción que no quería y de la que no estaba entendiendo además ni una sola palabra. La sola idea de añadir otra factura a la del agua tofana, que no iba a ser precisamente barata, le llenó de pánico; y tirando de las manos para librarse de la presa de la turca, dijo:

—*La Manna, La Manna di San Nicola!*

Una vez al año, cada 9 de mayo, el prior de la basílica de San Nicolás de Bari descendía a la cripta donde reposaban las reliquias del santo y extraía del osario, mediante una cánula, el líquido transparente que destilaban los huesos. La cantidad que el prior recogía en cada extracción no alcanzaba ni para llenar media ampolla de modestas dimensiones, pero se consideraba que el poder curativo de la *Manna* era tal que una sola gota, diluida en agua bendita, bastaba para aliviar todo tipo de dolencias. Los pintores de Bari solían decorar luego las botellas en las que se envasaba ese sagrado cóctel con historiados dibujos de la vida y milagros del santo; no había casa en toda la Apulia en la que no pudiera verse, descansando sobre la repisa de la chimenea, a modo de protectora reliquia, uno de estos artísticos frasquitos.

Las mujeres que comerciaban en toda Italia con el agua

tofana habían elegido envasarlo en estas botellitas porque eran perfectas para sus fines. Podían exigir un elevado precio por ellas porque su *manna* no sólo tenía propiedades mila-grosas, sino que era entregada al comprador dentro de una pequeña obra de arte local. Y al vender el veneno como un agua sagrada, daba un aire de respetabilidad a su negocio que no hubieran obtenido comercializándolo como un simple cosmético. La ironía consistía en que el agua más curativa de toda Italia se había convertido, tras pasar por las manos de las brujas, en la más mortífera de las ponzoñas.

62

La turca entendió a la primera lo que de verdad quería Leopold y sonrió de oreja a oreja mostrando lo que hacía medio siglo había sido una dentadura. Era evidente que la perspectiva de cobrar un buen dinero por el agua tofana la había puesto de buen humor. Como si el gato se hubiera percatado de que la adivinación del porvenir había concluido, regresó al regazo de la turca, que sin prestarle la menor atención, reclamó con voz enérgica la presencia de su ayudante. Siguió un breve diálogo entre las dos mujeres, en dialecto veneciano, del cual Leopold sólo entendió la palabra *manna*, de lo que dedujo que la portera iba a ser la encargada de venderle el veneno. Ésta le indicó que se pusiera en pie y se hiciera a un lado, se llevó la bandeja de té a una esquina de la habitación para que no estorbara y a continuación tiró de la alfombra sobre la que había estado sentado Leopold y dejó al descubierto una trampilla de madera, del tamaño y forma de una puerta, perfectamente mimetizada en el suelo de la estancia.

El hueco estaba oscuro como boca de lobo, pero Leopold pudo sentir en su piel el frío glacial que emanaba del sótano oculto bajo el suelo. Tras encender un hachón, la portera descendió por una empinada escalera vertical e invitó a Leopold a que hiciera lo propio. Llevaba mucho dinero encima y aquel sótano era, desde luego, el lugar ideal para dejarlo inconsciente y vaciarle la faltriquera. Sólo la certeza de que la portera había comprobado en la calle que no estaba solo y que Antonia le aguardaba en la cercana iglesia de Santa Clara, le permitió vencer su miedo y descender el empinado tramo que conducía a aquella gélida bodega.

El sótano se parecía más a una angosta catacumba que a una cámara subterránea, hasta el punto de que sólo se podía avanzar y retroceder por él en fila india. Las paredes eran de piedra y por la cantidad de agua que rezumaban, Leopold dedujo que debían de estar varios metros por debajo del nivel del canal. Apoyado contra uno de los muros, había un anaquel de madera con los tablones húmedos, decolorados y llenos de hongos, sobre los que descansaban no menos de cien frascos, de variados tamaños, con la falsa *Manna di San Nicola*. Todas las botellitas tenían cuerpo rectangular, ricamente decorado, y gollete cilíndrico, rematado con una cinta de tela roja o dorada que cubría el tapón. Había que ser muy mal pensado para imaginar que dentro de aquellas joyas de vidrio, ornamentadas con el celo de un miniaturista medieval, pudiera esconderse una ponzoña tan letal. Leopold se estremeció al pensar que con el agua de aquella terrorífica bodega había suficiente para envenenar a toda la ciudad de Venecia.

La portera le hizo un gesto para que escogiera un frasco y él se decantó por uno del que le gustó el dibujo: en cada cara de la botella el miniaturista había pintado una escena del milagro de los tres niños descuartizados y después recompuestos y resucitados por san Nicolás. Guardó el frasco como pudo, protegiéndolo entre las ropas, pues necesitaba las manos libres para ayudarse a subir la empinada escalera, y convencido de que el pago se realizaría arriba, con la turca como receptora, se dispuso a iniciar la ascensión. Una mano implacable, como el sargento de un carpintero, le pinzó el brazo y le impidió pasar del segundo peldaño. La mujer, sin soltar su presa, le hizo con la otra mano el gesto universal del dinero, frotándose el pulgar contra el índice y Leopold, visiblemente molesto, le dijo, sin mucha esperanza de ser entendido, que le pagaría treinta *zecchini* una vez hubieran salido de aquella cripta. Pese a ello, la portera no soltó su presa. Dijo algo en griego, levantando la voz y como solicitando instrucciones de la turca, que les aguardaba en el piso de arriba y cuando ésta le contestó, señaló varias veces hacia el lugar donde tenía oculta la faltriquera.

El moho lo inundaba todo de un olor terroso y rancio, que resultaba nauseabundo. El ambiente en aquel sótano era tan irrespirable que Leopold se preguntó incluso si con tantas botellas llenas de agua tofana como había en los anaqueles, no habría escapado algo de vapor venenoso a la atmósfera y él lo estuviera inhalando sin darse cuenta. Leopold comprendió al fin la trampa en la que estaba. La negociación se estaba haciendo allí abajo porque el dinero no era sólo a cambio de la *Manna*: se había convertido en una especie de rescate para salir de aquel hediondo sótano. La turca había calculado, con buen criterio, que cualquier persona sensata cedería en la negociación del precio, con tal de salir de aquella catacumba.

Leopold se zafó de la presa de la portera y le dijo que se tranquilizara, que él mismo le entregaría el dinero sin necesidad de forcejeo. Había calculado que treinta *zecchini* —el triple de lo que valía una buenaventura— era una cantidad razonable a cambio del veneno. Pero como ya le costaba respirar y empezaba a marearse, añadió otros treinta para no enzarzarse en una discusión interminable con aquella temible mujer. Echó mano a la faltriquera y entregó las monedas a la portera, pero ésta, lejos de guardarlas satisfecha en el refajo, como él había pensado, le indicó con un gesto impaciente que quería más. Leopold no se fiaba del hermano de Antonia y había decidido no dejar ni un solo *zecchino* en su habitación de Venecia. En la bolsa guardaba todo el dinero que había traído desde Salzburgo, unos seiscientos *zecchini*. El solo pensamiento de que aquellas dos brujas pudieran quedarse con todo, dejándole incluso sin medios para pagarse el viaje de vuelta, más la sospecha de que estaba respirando aire venenoso, le hizo entrar en pánico.

63

A esas alturas del relato, que se venía prolongando ya desde hacía varias sesiones, y dado que Teresa se había limitado hasta ahora —cosa rara en ella— a escuchar las distintas escenas del guión que yo le iba contando por entregas, le dije que necesitaba algo de *feedback.* Es cierto que su deseo de seguir oyendo un nuevo capítulo cada día me indicaba que la historia le estaba gustando: o para seguir con el símil de *Las mil y una noches*, que el sultán estaba complacido con Scheherazade. Pero no es menos cierto que conocía yo demasiado bien a mi jefa como para no darme cuenta de que su entusiasmo con el guión no era total.

—¿Hay algo que te gustaría cambiar? —le dije, sabiendo que la pregunta era retórica.

—El guión (al menos lo que me has contado hasta ahora) está bastante conseguido, no cabe duda. Está por ver cómo destrozas el bulo, hoy aceptado como verdad universal por culpa de *Amadeus*, de que Salieri mató a Mozart. Tampoco queda suficientemente claro que mi *nonno* fue el compositor de óperas más aclamado de toda Europa durante décadas. Tal como cuentas la historia, parece siempre que sus éxitos no lo fueron por mérito propio, sino que cabe atribuirlos a terceras personas.

—¿De verdad te has llevado esa impresión?

—Totalmente. ¿*La scuola de' gelosi*? Parece que triunfó sólo porque en ella cantaba Nancy Storace. ¿*Le donne letterate*? El espectador sacará la impresión de que, si no llega a ser por las arias robadas a Mozart, la ópera no habría tenido éxito.

—Es sólo un primer borrador —dije procurando mantener la calma. Teresa tenía un modo de mostrarte aprecio que se diferenciaba muy poco del reproche—. Lo importante es que ya en esta primera versión, la historia te guste.

—Te acabo de decir que hay partes muy conseguidas: me encanta, por ejemplo, que el enfermo de envidia sea Leopold Mozart y no Antonio Salieri. Pero es crucial insistir en que mi abuelo no era un mediocre. ¡La frase final de *Amadeus* me repatea! «¡Mediocres del mundo, yo soy vuestro santo patrón y os absuelvo!» Pero ¿qué falta de respeto es ésa? ¡Es intolerable!

Teresa llevaba razón, por más antipático que fuera a veces el modo en que decía las cosas. Tras la muerte de Mozart, éste había ido eclipsando la figura de Salieri hasta oscurecerla por completo. Pero durante el decenio en que ambos compitieron en Viena, los éxitos del veneciano habían sido mucho más rotundos que los de Amadeus, no ya sólo en la capital del imperio, sino en toda Europa; por no hablar del duelo musical en el que ambos se enfrentaron y del que salió vencedor Salieri. Por eso entendí perfectamente lo que tenía tan indignada a Teresa: el linchamiento de Salieri en *Amadeus* no sólo había sido moral, sino artístico. Dos generaciones de melómanos habían crecido en el convencimiento de que el italiano era un músico pueril. Nuestra película tenía que mostrar también cómo Salieri se había metido en el bolsillo a los franceses con *Tarare*, escrita en colaboración con Beaumarchais, y con *Las danaides*, ópera con la que eclipsó al mismísimo Gluck; mientras que Mozart había tenido que mendigar trabajo y atenciones en París durante meses, sólo para regresar a Salzburgo con el rabo entre las piernas. Tenía que contar cómo Lorenzo da Ponte había transformado luego *Tarare*, adaptándola al italiano, para crear *Axur, rey de Ormuz* y triunfar en Viena. La aceptación y número de representaciones de esa ópera había superado con creces las del *Don Giovanni* de Mozart y *Las bodas de Fígaro*. Y por supuesto, teníamos que recrearnos en el bombazo operístico que fue *La gruta de Trofonio*, escrita sobre un libreto de Giambattista Casti: una historia deliciosa sobre un mago capaz de cambiar la personalidad de los amantes para hacer que se acoplen entre sí, con la que Salieri se llevó de calle al público vienés.

64

La voz humana es un instrumento tan delicado y tan ligado a nuestra psique, que una persona puede enmudecer de un día para otro a causa de una situación estresante. Es lo que los expertos conocen como «disfonía psicógena».

En cuanto aterrizamos en el aeropuerto de Verona, después del accidente que le había costado la vida a Gaspare Rufino, Teresa y yo comprobamos con horror que Luca se había quedado sin voz. No es que hablara con ronquera o susurrando, sino que no era capaz de emitir sonido alguno. Como este tipo de trastornos son un mecanismo por el que la persona afectada se protege de un shock emocional, a Luca no se lo veía angustiado sino ausente, como si lo hubieran desenchufado. Sus gestos y miradas me recordaron a los de esos extraterrestres desprovistos de emociones a los que nos tienen acostumbrados el cine y la televisión. Sin duda su mente había decidido que todo lo malo que le había ocurrido en los últimos meses era culpa de su prodigiosa voz, y por eso su inconsciente había optado por silenciarla.

Gengio, su hermano pequeño, se llevó un disgusto enorme cuando vio que no podía hablar con él, y empezó a preguntarnos, desesperado, si aquello significaba que Luca ya no podría volver a cantar nunca más.

—No digas tonterías, tesoro —le dijo Teresa—. Es sólo una afonía pasajera, debe de haber cogido frío en el avión.

Al día siguiente, ya en Legnago, llevamos a Luca a un otorrino para obtener un primer diagnóstico. Pese a ser un médico de provincias, el doctor exhibió unos conocimientos sobre la voz y una diligencia profesional que nos dejaron impresionadas. Tras una minuciosa exploración física de la garganta de Luca, nos informó de que no se apreciaban nódulos ni otro tipo de lesiones en sus cuerdas vocales, aunque dijo que éstas presentaban un grado de flaccidez alarmante.

—Es como si en una guitarra, alguien hubiera destensado las cuerdas desde el clavijero. Luca, ¿me dejas que hable un segundo a solas con tu tía y tu amiga Laura, por favor?

Teresa hizo salir a Luca de la consulta y le pidió que aguardara en la sala de espera. Luego, ya sabiendo que no podía escucharla, le contó al médico todo lo sucedido.

—Hace dos días, en Palermo, mi sobrino empujó a un compañero que le estaba hostigando y el chico se golpeó la nuca al caer y ha fallecido. Ayer, nada más tomar tierra en el aeropuerto de Verona, nos dimos cuenta de que había enmudecido.

—Y por si fuera poco —añadí yo—, acaba de superar un episodio terrible de acoso escolar, que le llevó a intentar suicidarse. La cosa acabó en los tribunales, con fuertes condenas para los acosadores. Ha sido una experiencia terrible.

—Entiendo —dijo el doctor con voz grave, mientras iba apuntando todo en una libreta—. ¿Algo más?

—Es un episodio menor —dije yo—, pero tuvo un gallo terrible en la fiesta en la que murió el acosador, mientras cantaba delante de mucha gente, incluida la chica de sus sueños.

Teresa estaba ansiosa por que el médico dejara ya de garabatear en su libreta y nos indicara el tratamiento a seguir. Tal vez esperaba que sacase de su vademécum algún jarabe milagroso que le devolviera a Luca la voz allí mismo.

—Cantar es importantísimo para él —dijo—. Si encima de lo que le ha ocurrido se queda sin ese consuelo, ya me contará usted. ¡Tiene que ayudarle! Es como estar muerto en vida.

—El muchacho ha pasado por experiencias muy traumáticas —dijo el doctor una vez que acabó de apuntarlo todo en su cuaderno—, más que suficientes para desencadenar, en una persona sensible, un cuadro extremo de disfonía psicógena.

—Pero ¿se puede hacer algo o no? —inquirió Teresa revolviéndose de impaciencia en la silla.

—Por supuesto —dijo el médico—, pero lo primero que quiero dejarles claro es que yo no puedo ser la persona que se ocupe de Luca. La disfonía psicógena es un trastorno complejo, en cuyo tratamiento intervienen varios especialistas, que se tienen que coordinar entre sí. Yo sólo soy un humilde médico de provincias, acostumbrado a lidiar con faringitis y tapones de cera y no he tratado nunca a un paciente de estas características. Luca se ha quedado sin voz debido a un trauma psíquico, eso está fuera de toda duda. Por eso, además de un logopeda, que le ayude a recuperar el tono muscular en su aparato fonador, es necesaria la intervención coordinada de un psicólogo. Lo mejor es que acudan a la Clínica de la Voz en Venecia. Está especializada en cantantes y la dirige una buena amiga mía. Díganle que van de mi parte. Aquí tienen su tarjeta.

Yo había quedado encantada con la actitud y el trato de nuestro otorrino local. Había estado cariñoso con Luca —a pesar de que éste se había resistido al principio incluso a abrir la boca—, acertado con el diagnóstico, reconocido sus limitaciones profesionales y lidiado con la impaciencia de Teresa. Por eso cuando al día siguiente, durante el trayecto a Venecia, mi jefa empezó a denigrar al pobre doctor —al que tachó de palurdo ignorante— le dije que no estaba dispuesta a escuchar sus exabruptos ni un minuto más.

—No puedes dedicarte a linchar a las personas cada vez que te irrita cualquier menudencia —le espeté en el coche—. Y menos delante de terceras personas, a las que colocas en una situación imposible.

Cuando vi la cara con la que Teresa recibía mi reproche, deseé no haber abierto la boca y llegué a creer que detendría el Fiat en mitad de la autopista y me dejaría abandonada en el arcén. Era la primera vez en mi vida que osaba enfrentarme de manera tan abierta a mi jefa y pensé que sería la última. Pero Luca y Gengio se encontraban en el asiento de atrás, y montar un número delante de sus sobrinos, con todo lo que estaban ya viviendo, era algo que ni siquiera Teresa Salieri osaría hacer. En cuestión de segundos, su mirada negra, cargada de aborrecimiento, con la que solía fulminar a quienes osaban contrariarla, se disipó como por ensalmo. En vez de masacrarme, se derrumbó al volante y empezó a llorar. Toda la angustia de lo ocurrido hasta el momento —y de lo que quedaba por venir, pues no sabíamos si la Fiscalía de Menores iba a proceder contra Luca y con qué grado de severidad— estalló en ese instante y sentí una compasión hacia ella como no había experimentado en años por ninguna persona. No hizo falta que nos dijéramos nada. Le acaricié la cabeza, para hacerle ver que estaba con ella, y tras inclinarla hacia mí en un gesto muy tierno, como un animal herido que buscara protección, soltó su mano derecha del volante, asió la mía, me la bajó hasta el asiento, y permanecimos así, cogidas de la mano, sin mirarnos ni cruzar palabra alguna, hasta entrar en Venecia.

65

—¡No hay más dinero! —le dijo Leopold a la ayudante de La Turchetta—, ¡no me vais a sacar ni un solo *zecchino* más! ¡Quiero salir de este sótano inmundo ahora mismo! ¡Antonia, Antonia, estoy aquí, avisad a la policía!

La mujer sabía que allí abajo nadie podía oír sus voces, por más fuertes que fueran, así que sin inmutarse dejó que Leopold se desahogara y viendo que no quería entregarle más monedas, le indicó que volviera a dejar la *Manna* en el anaquel. Leopold era consciente de que su salvación dependía de su sangre fría y sacó fuerzas de flaqueza para recuperar el control de sí mismo. Hizo el cálculo de cuánto le había costado el viaje de ida desde Salzburgo y de cuánto le iba a costar el viaje de vuelta. Si regresaba sin el agua tofana a Viena, ese dinero podía considerarse tirado a la basura. Tal vez podría conseguir la *Manna* en otro punto de venta, pensó, pero desechó la idea enseguida, al recordar el enorme poder que la turca tenía en Venecia: jamás hubiese permitido que otra bruja le hiciese la competencia en su propio feudo. Renunciar al agua suponía tal vez perder la última ocasión para acabar con Salieri, porque la sola presencia en el escenario de Nancy Storace era suficiente para salvar del desastre de taquilla el bodrio que había pergeñado con Da Ponte. Y Leopold estaba convencido de que la caída de Salieri era condición *sine qua non* para que Amadeus pudiera estrenar por fin en Viena una ópera bufa en italiano. Todas estas reflexiones, que se sucedieron a velocidad de vértigo, llevaron a Leopold a decidirse: vació la bolsa sobre el mohoso suelo del sótano y dividió en dos montones iguales los *zecchini* con los que había viajado desde Salzburgo. La cantidad que le estaba ofreciendo a la portera era exorbitante: trescientos *zecchini* por una botellita de veneno. Leopold sabía por su larga estancia en Venecia de la vez anterior, que un cuadro de Canaletto, por ejemplo, no pasaba de los cien o ciento veinte *zecchini*, y él estaba dispuesto a sacrificar tres veces esa cantidad con tal de no regresar de vacío a casa. Para no sentirse tan estúpido, no dejaba de repetirse a sí mismo que aquello no era una estafa, sino una inversión, cuyos dividendos se le abonarían en cuenta una vez que Wolfgang hubiese barrido con su genio al odioso Salieri.

La ayudante de la turca volvió a solicitar instrucciones desde abajo y una vez obtuvo el visto bueno de su jefa, recogió con avidez las monedas y se las guardó en el refajo. Al menos no se había quedado con la bolsa entera.

Leopold, aún medio desmayado por el aire pútrido que había tenido que respirar en la cripta, fue conducido a la calle por la portera, donde tardó algunos minutos en acostumbrarse a la luz del sol. Cuando por fin sus ojos se acomodaron al fulgor del día, observó que no había nadie haciendo cola a la puerta de la bruja. Antonia le había animado a madrugar con el argumento de que cuanto más tarde llegaran a Murano, más cola tendrían que aguantar. ¿Por qué entonces no había ni una sola mujer esperando turno? Miró al final del callejón, en dirección al canal, y vio una gran aglomeración de gente.

Voces, carreras, revuelo. Algo había ocurrido. Leopold apretó el paso y al llegar a la iglesia de Santa Clara, que se asomaba al Rio dei Vetrai, encontró mucha policía y una multitud de curiosos que no dejaba de crecer.

—¿Qué ha pasado? —preguntó.

—Ha aparecido la cabeza —dijo un muchacho. Sonreía, como si aquello fuera un festejo programado del carnaval—. Ahí, flotando, junto al puente de Santa Clara.

Una mano pequeña le agarró por detrás y Leopold, pensando que algún ladronzuelo intentaba aprovechar el tumulto para robarle la bolsa, se giró bruscamente, para reaccionar contra el asaltante. Cuando vio a Antonia, con el rostro compungido, comprendió lo que había ocurrido. La cabeza que había aparecido en el canal era la de su hermano. Ni siquiera sabía cómo se llamaba.

—Lorenzo —le dijo Antonia—. Mi hermano se llama —aún era incapaz de usar el pasado— Lorenzo Falletti. Tened, herr Mozart, las pastas que os prometí. Las monjas de Santa Clara son maestras de la repostería.

Cuando la mujer rompió a llorar, le pareció inhumano no abrazarla.

66

Leopold había previsto regresar a Salzburgo en el momento mismo en que consiguiera el agua tofana, pero por estar cerca de Antonia, que tan bien se había portado con él, aplazó el viaje de vuelta hasta el día siguiente.

—La policía me ha dicho que para afrontar tantas deudas de juego como tenía, se había puesto en manos de los usureros. Y ésos no perdonan, herr Mozart: si no pagas en plazo, puedes darte por muerto.

—Pero ¿por qué tanto ensañamiento?

—Un aviso a navegantes. La gente que pide prestado tiene que saber que, si no devuelves el dinero, te espera la más horrible de las muertes. Según parece, primero lo despedazaron vivo y luego le cortaron la cabeza.

Por consideración a Antonia, Leopold fingió estar enormemente apenado por la muerte de Falletti, aunque lo cierto es que nunca lo había considerado muy por encima de una despreciable alimaña. Si su muerte lo había sumido en la ansiedad, era por otra razón bien distinta. La turca había predicho que Lorenzo ganaría una gran cantidad de dinero en el juego y salvaría a la familia de la ruina, y una semana después había aparecido muerto y descuartizado. Si Leopold tenía ya poca fe en adivinos y nigromantes antes de llegar a Venecia, ahora esa fe había desaparecido por completo. La muerte de

Falletti había demostrado que La Turchetta era una estafadora. ¿Qué había en realidad en la botella que le había vendido? ¿Había pagado trescientos *zecchini* por agua corriente y moliente?

En la soledad de su habitación, Leopold retiró la tela roja que cubría la parte superior de la botella, desde el gollete hasta el tapón, y tapándose la cara con un pañuelo, se animó a descorchar el frasco. Tenía miedo de oler el interior, porque si de verdad era arsénico lo que había allí dentro, tal vez podría intoxicarse con su sola inhalación. Fue en busca de su pequeño maletín de afeitado, donde guardaba la navaja y otros enseres, y sacó el pequeño cuenco cromado donde mojaba la brocha. Vertió unas gotas de agua tofana en el cuenco y constató que, tal como estaba previsto, el líquido era totalmente incoloro.

Ahora había que poner a prueba el veneno, comprobar si era tan letal como decían. Durante un instante, se le pasó por la cabeza hacer la comprobación con el pinscher de Antonia, que le había mirado mal desde su llegada. El animal le caía gordo, pero dejar a su anfitriona sin su perrito de compañía, ahora que había perdido a su hermano, le parecía de una crueldad excesiva y desechó la idea.

El Palazzo Molin, en el que se alojaba, estaba a sólo unos cientos de metros de San Marcos, y las palomas de la *piazza*, que podían contarse a cientos, venían a menudo a posarse en los balcones de los edificios cercanos. Leopold las consideraba auténticas ratas del aire, y había oído decir que eran transmisoras de todo tipo de enfermedades, desde la hepatitis a la neumonía: serían sus conejillos de Indias. Abrió la ventana y media docena de ellas, que estaban poniendo el alféizar perdido de excrementos, emprendieron la huida con estruendoso aleteo.

«No tengáis miedo, bonitas —dijo malévolamente para sus adentros—. Tío Leopold sólo quiere serviros la merienda.»

Abrió la caja de las pastas que le había comprado Antonia en Murano, desgajó un trozo de una de ellas y lo hizo migas sobre el cuenco de cromo que contenía el agua tofana. Luego lo posó sobre el alféizar, cerró la ventana y se sentó a esperar. Al cabo de pocos minutos había ya una paloma agitando las alas agónicamente al otro lado del cristal. Leopold abrió la ventana y el ave, que se retorcía impotente de sufrimiento, intentó levantar el vuelo, pero el veneno ya la había abrasado por dentro. La vio caer al balcón de abajo y al asomarse para contemplar su estertor final, comprobó que el pájaro ya no se movía. Había quedado reducido a una carcasa con plumas.

67

Teresa, los niños y yo llegamos a la plaza de San Marcos con tanta anticipación que nos vimos obligadas a hacer tiempo. Luca y Gengio no habían montando nunca en góndola, y aunque Teresa se resistió como gata panza arriba, diciendo que las góndolas eran sacacuartos para turistas y enamorados, acabó pagando los cien euros que nos pidieron por un paseo de cuarenta minutos. A la altura del Rio de la Vesta, que rodea el Teatro La Fenice, Teresa le dijo a Luca que antes de lo que él pensaba estaría cantando ópera allí. Como si el verbo «cantar» hubiera ejercido de catalizador de una reacción que se venía gestando desde que salimos, el gondolero empezó a entonar una canción napolitana que hizo que Teresa sacudiera la cabeza indignada. Algún partido político había protestado últimamente por el hecho de que en Venecia se cantaran ya sólo canciones napolitanas como *O sole mio* y *Funiculì, funiculà*.

Tras haber sorteado puentes bajísimos —en los que el gondolero estaba siempre en un tris de abrirse la cabeza— y evitado, también por la mínima, la colisión con otras embarcaciones, nuestro hombre nos dejó por fin a la altura del Ponte di Rialto. Nada más poner pie en tierra nos encontramos con Zoccoli y Kaminsky.

—¿Qué hacéis aquí? —preguntó Teresa.

—El propietario del *palazzo* donde íbamos a rodar una de las escenas se ha vuelto muy codicioso y nos pide ahora una fortuna —dijo Fred—. Hemos tenido que volver para localizar otro *palazzo*. ¡Qué feliz coincidencia! ¿Podemos invitaros a un helado?

—¿Cuándo os vais? —pregunté yo.

—Dentro de tres horas —respondió Kaminsky.

—Entonces no se hable más —dijo Teresa—. Aún nos queda más de hora y media para nuestra cita.

Los seis acabamos en la Gelatoteca Suso, donde además de degustar el mejor helado de tiramisú que yo haya probado jamás, vi cómo Teresa se dedicaba a mortificar a Fred y a Kaminsky con el anuncio de que yo ya tenía prácticamente acabado el guión que desmontaría *Amadeus*.

—Se llamará *Salieri*. Paolo Sorrentino ya ha mostrado su interés —mintió— y quiere que de la banda sonora se encargue Ennio Morricone. Ya sabéis que Ennio desprecia Hollywood aún más que yo, así que le ha faltado tiempo para decir que sí.

—¿Y el guión? —preguntó Fred.

—Es de Laura —dijo haciéndome una carantoña en la cara—. Está mucho más armado que el de *Amadeus* y tiene dos enormes ventajas sobre el vuestro: que es muy novedoso y que lo que cuenta es verdad.

—Bueno —dije yo riendo—, me he permitido alguna que otra licencia narrativa.

—No tenéis nada que hacer, Fred —dijo Teresa—. Os pasará como cuando se enfrentaron en el mismo año *Valmont* y *Las amistades peligrosas*. Ambas contaban la misma historia, pero de *Valmont* (que por cierto, también es de Miloš Forman) hoy ya no se acuerda ni Dios y *Las amistades peligrosas* se ha convertido en un clásico.

Zoccoli y Kaminsky reían con las bravatas de Teresa, pero cuando, en uno de sus típicos ataques de incontinencia verbal, empezó a avanzarles algunas escenas de nuestra película, como el viaje de Leopold a Venecia en busca del agua tofana, vimos a Fred genuinamente interesado en nuestra historia.

—¿De modo que no es una broma? Me encantaría leer el guión —dijo Zoccoli—. He de admitir que yo siempre he dado por buena la imagen de Salieri que divulgó la película de Miloš Forman.

—Ahora aprenderéis la verdad con sangre —dijo Teresa—. Me va a encantar ver a vuestro todopoderoso estudio americano humillado por una humilde pero honesta película italiana.

Teresa llevó tan lejos su burla a los cineastas que la despedida fue lo más parecido a un «¡hasta nunca!» que yo hubiera vivido hasta entonces.

En cuanto a Luca, los doctores de la Clínica de la Voz nos dijeron que tendrían sesiones con él tres veces por semana. La distancia entre Legnago y Venecia es de ciento treinta kilómetros, lo cual suponía que para llevar y traer a su sobrino todas las semanas, Teresa y yo tendríamos que recorrernos en coche, por un período que nos anunciaron que no sería breve, casi ochocientos kilómetros a la semana.

Armadas de paciencia pero confiadas en las excelentes perspectivas de recuperación que nos anunciaron los psicólogos y logopedas de la Clínica de la Voz, regresamos a Legnago.

68

Pasaron varias semanas y Luca apenas mejoraba. La lentitud del proceso tenía desesperada a Teresa, que cada día decía que iba a demandar a la Clínica de la Voz, por estafadores. Pero la alternativa era dejar a Luca sin tratamiento, y Teresa no tuvo más remedio que seguir abonando, sesión tras sesión, las costosas facturas de los especialistas. Las dos estábamos aterradas con la eventualidad de una curación parcial, en la que Luca recuperase el habla, pero no fuera capaz ya de cantar como antes. Para compensar esta angustia, el juez de menores archivó la investigación de Palermo, gracias a que Beatrice Rufino, la hermana de Gaspare, declaró que todo había sido un accidente provocado por su propio hermano.

Al cabo de dos meses, nos enteramos por una revista de cine de que el proyecto del *remake* de *Amadeus* se aplazaba *sine die*. «Problemas con el guión», decía la noticia, pero sin entrar en detalles. Una semana más tarde, Zoccoli y Kaminsky nos anunciaron por mail que estaban de nuevo en Venecia y que querían invitarnos a almorzar. Como, a causa de la agresividad de Teresa, la última vez que nos encontramos con los americanos la escena fue muy tensa, yo supe al instante que no se trataba de un almuerzo amistoso, sino de negocios. Y que lo que querían era echar un vistazo a mi guión, que yo había ya completado. Se lo comenté a Teresa y me dijo que estaba de acuerdo con mi intuición y que, por si acaso, metiera el guión en el bolso.

La Salieri no pensaba que el Bistrot de Venise fuera el mejor restaurante de Venecia, pero como era uno de los más caros lo eligió a propósito, para que Zoccoli y Kaminsky se tuvieran que rascar el bolsillo.

—Supongo que paga el estudio —dije yo—. ¿Te crees que a ellos les importa soltar doscientos euros por cubierto?

—Pues que se joda el estudio —respondió resuelta Teresa.

—Kelvin Lamont no acaba de dar luz verde a nuestro guión —nos anunció Fred en el restaurante—. El cabrón tiene una cláusula en el contrato que nos obliga a realizar cuantos cambios sean necesarios hasta que la historia quede a su entera satisfacción.

—Eso demuestra que tiene buen gusto —dijo Teresa. Y rió su propia maldad con una carcajada autoparódica, como de madrastra de Blancanieves.

—¿Cuál es el problema? —pregunté yo.

—Que es demasiado parecido al de Shaffer. Lamont dice ahora que no quiere rodar un clon de *Amadeus*, sino (os cito sus propias palabras) «hacer un *remake* creativo». Yo creo que se está cagando de miedo por no poder estar a la altura de F. Murray Abraham.

—El guionista está al borde del suicidio —dijo Kaminsky—. Debe de ir por la vigésima versión del guión y a Lamont no le gusta ninguna.

—¿Y por qué no cambiáis de estrella? —dije yo.

—Tenemos esa opción, pero no sería barata, porque habría que indemnizar a Lamont. Tiene un contrato de veinticinco millones de dólares. Pero Fred ha pensado que, si le sorprendemos, ofreciéndole un guión completamente diferente con el que él vea que puede conseguir el Oscar, tal vez seamos capaces de desbloquear la situación.

—También existe la posibilidad de que Fred le pegue un tiro —dijo Teresa—. De esa forma no tendríais que abonarle nada.

El sarcasmo cayó sobre la mesa como una losa, pero tras la conmoción que causaron sus palabras, Fred reaccionó rápidamente.

—¿Cómo sabes que voy armado?

—Entré por la mañana en tu alcoba —le expliqué—, para avisarte de que teníamos poco tiempo, y vi que llevabas una pistola entre el pantalón y la camisa.

—¿Queréis saber por qué llevo un arma o vamos al turrón?

—Vamos al turrón —dije yo.

—Quiero saber por qué coño te metiste en mi casa con un arma de fuego —dijo Teresa—. No serás un puto friki de esos que cuando se les cruzan los cables se lían a matar gente en un camping, ¿verdad?

—Llevo pistola precisamente para defenderme, como dices tú, de un puto friki. Os resumo la historia. Hace un par de años, durante el rodaje de *Viaje alucinante*, tuve un enfrentamiento con un miembro del equipo. La culpa, en cierto modo, fue mía. En los rodajes soy muy exigente, y para evitar que nadie se relaje, empleo una técnica que copié de Akira Kurosawa. El tipo siempre escogía a alguien del rodaje para tenerlo puteado y lo vejaba al menor descuido. Yo elegí a un ayudante de iluminación al que llegué a zarandear un día en público por un foco mal puesto.

—Joder, Fred —dije yo.

—Lo sé, me pasé. ¡Pero no soy un maltratador, lo hice sólo porque a Kurosawa le funcionaba! No sabéis la casa de putas en la que se puede convertir un rodaje en cuanto la gente se relaja. Pero si tienes a alguien muy puteado todo el rato, el resto del equipo, con tal de no acabar como él, se pone las pilas cada bendita mañana. El caso es que el día en que lo agarré de las solapas y casi lo tiro al suelo, estaban en el set su mujer y su hija, que habían venido a ver el rodaje. No me lo ha perdonado. Empezaron a llegarme anónimos a casa, con amenazas de muerte; me fui a la policía y me prometieron que lo investigarían. Pero iban pasando las semanas y la poli no me decía nada, así que me compré una Glock, de esas pequeñas y compactas (ya sabéis lo fácil que es adquirir un arma de fuego en Estados Unidos) y la llevo siempre conmigo, porque sé que este cabrón cualquier día lo intenta.

—Pero ¿te llevas la pistola de viaje? —pregunté, estupefacta—. ¿Como quien lleva el pasaporte?

—El tipo es italoamericano, como yo, y la poli me informó de que viaja a la Toscana de vez en cuando, para ver a sus sobrinos. Prefiero no confiarme, porque se ha publicado que yo tenía que ir a Italia para localizar e igual el muy tarado me busca las cosquillas donde menos me lo espero. Es un desequilibrado, creo que hasta pega a su mujer.

—No me quiero ni imaginar —dijo Teresa—, con lo tiquismiquis que son ahora en los aeropuertos, el cristo que tendrás que montar para que te dejen volar con una pistola. ¿Les engañas y les dices que eres del FBI?

—Ja, ja, la pipa va en la bodega y la retiras en control de armas cuando llegas al aeropuerto de destino.

—¿La llevas ahora mismo?

—Sí, claro.

—Pues deshazte de ella.

—Teresa, por favor —dijo Fred.

—Me niego a tener conversación de ninguna clase con un tipo que me puede encañonar de repente con una pistola. Pero qué es esto, ¿*El padrino IV*?

—Te comprendo, yo también odio llevarla encima. Mi hotel está a dos canales de aquí —dijo Fred—. Voy a la habitación, la dejo y me reúno con vosotros en cinco minutos. Kaminsky os entretendrá mientras tanto contándoos lo de cuando su mujer se equivocó de concierto de Mozart y se sentó al piano pensando que la orquesta iba a tocar el 20 y no el 21.

La anécdota de Kaminsky duró el tiempo suficiente como para que Fred pudiera dejar su arma en el hotel y volver. Una vez solucionado el incidente, los dos cineastas nos explicaron lo que querían de nosotras.

—Hemos venido a Venecia —dijo Fred— exclusivamente para leer vuestro guión. Si nos gusta, se lo mostraremos a Lamont y si él da luz verde os aseguro que el estudio también dirá que sí. Están desesperados y quieren sacar adelante la película como sea.

Teresa estaba dispuesta a torturar a los americanos hasta el final, así que les hizo creer que habían llegado tarde.

—Lamentablemente, el guión ya está vendido a Mediaset. Van a hacer algo muy ambicioso, una coproducción con Francia a la que se han sumado Indigo, Medusa, Canal+ y no sé cuantas más. En cuanto Sorrentino y Morricone dijeron que sí, toda Europa accedió a poner pasta. ¡Si me hubierais escuchado hace meses, aquella noche en que os descubrí la música de Salieri en mi terraza!

Todo era un farol de Teresa, porque aunque era verdad que habíamos pedido cita con Sorrentino y Morricone, aún no nos habían contestado. Lo único que era cierto es que el guión estaba terminado y que tanto a la Salieri como a mí nos parecía una buena historia.

La cara que se les quedó a los americanos después de escuchar a Teresa fue tan cómica que estuve tentada de hacerles una foto con mi móvil. Cara de «¿hemos recorrido diez mil kilómetros desde Los Ángeles para nada?».

La Salieri aguardó sádicamente hasta el postre para contarles la verdad. Mientras tanto, se dedicó a mortificar a los americanos en actitud de superioridad moral.

—¿Sabéis lo que más pena me da? Que Hollywood haya

apostado por nuestra historia por razones equivocadas. Venís aquí, con las orejas gachas, a decirnos, no que *Amadeus* os parece un linchamiento cinematográfico en toda regla, sino que vuestra estrellita os ha salido caprichosa. Y ni siquiera él aduce escrúpulos de conciencia para no hacer la película, sino algo que estaba claro desde el principio: que es imposible mejorar *Amadeus*, aunque sea como patraña, y que os ibais a dar una hostia en taquilla del tamaño del *remake* de *Ben-Hur*. Por un lado, me encanta que os haya salido el tiro por la culata y que no se haga la película. Por otro, lamento que no la rodéis, porque me gustaría haber competido contra vuestra bazofia en los cines y que crítica y público os declararan claros perdedores de este duelo.

Los americanos soportaron estoicamente las chanzas y reproches de Teresa hasta que llegó la cuenta en un cofre, que plantó delante de Fred con gesto muy teatral. Fue entonces cuando mi jefa decidió que ya habían recibido castigo suficiente y me indicó que sacara el guión del bolso. Se lo entregué a Zoccoli por encima de la mesa, esquivando una botella de Amarone di Bepi Quintarelli, reserva del 95, que costaba dos mil euros —y que Teresa había pedido sólo para joder— y esta vez sí me animé a hacerles una foto a ambos con el móvil. Pero en cuanto vi sus caras me pareció tan cruel que decidí borrarla.

—Todo era una broma —dijo Teresa—. El guión está en venta. Leedlo y hacednos una oferta.

Zoccoli y Kaminsky leyeron el guión aquella misma tarde, en la habitación de su hotel, y por la noche nos telefonearon a Legnago para decirnos que les había encantado.

—¿Lo habéis registrado ya? —preguntó Fred.

—Por supuesto —dije yo—. Registradísimo, en la Società Italiana degli Autori ed Editori, SIAE.

—Entonces ¿podemos mostrárselo a Lamont?

—De eso se trata, ¿no?

—Si dice que sí —dijo Fred—, la oferta que te haremos no bajará de los cincuenta mil dólares.

Como la experta en negociar era Teresa, le dije que descolgara con cuidado el otro auricular, para que pudiera orientarme sobre el dinero a exigir.

—Perdona, Fred, ha habido una interferencia y no te he oído bien. ¿Cuánto has dicho?

—¡Setenta y cinco mil dólares para empezar a hablar! ¡Quizá más! —dijo Fred al comprobar que ya había empezado el regateo.

Vi cómo Teresa me hacía un gesto con la mano para que pujara al alza.

—¿Para empezar a hablar? Pues empecemos a hablar.

—Ja, ja, cómo eres. Quizá te pueda conseguir cien mil. Pero tendrás que dejar que te invite a cenar.

El comentario no me sorprendió, porque desde que me ofreció el papel de Nancy Storace aquella noche en el apartamento de Teresa, yo sabía que Fred estaba como loco por enrollarse conmigo. Mi jefa se burló de mí por gestos, lanzándome unos besitos silenciosos desde su teléfono y luego me animó a que siguiera apretando a Zoccoli.

—Es una superproducción, Fred —dije yo—. ¿Qué menos que un cuarto de millón?

—Eres dura negociando, Nancy —me dijo riendo—. No quiero que te hagas ilusiones, porque Lamont es un caprichoso y lo mismo nos dice que sí como nos manda a paseo. Pero si da luz verde, el estudio sabrá agradecerte que les hayas sacado las castañas del fuego.

Kelvin Lamont quería ganar el Oscar a cualquier precio y comprendió que con el personaje de Leopold Mozart, podría conseguirlo. Habría que caracterizarlo, para que pareciera más mayor, pero son ese tipo de transformaciones las que encandilan a los académicos de Hollywood y les hacen al final decantarse por uno u otro actor. ¿No había ganado también el Oscar F. Murray Abraham después de haberse pasado medio *Amadeus* disfrazado de vejestorio? El británico tardó sólo cuarenta y ocho horas en decir que sí, y a partir de ese momento comenzaron a pasar muchas cosas buenas en mi vida. Hollywood me ingresó en mi cuenta un talón de doscientos cincuenta mil dólares, que compartí con Teresa, puesto que sin su Biblioteca Salieri y sobre todo, sin su indignación bíblica ante el *remake* de *Amadeus*, yo jamás me habría puesto a escribir el guión de una nueva película. Y quería, cómo no, contribuir a pagar el tratamiento de Luca: al intervenir tres médicos, trabajando de manera coordinada —un otorrino, un logopeda y un psicólogo—, el tratamiento no era barato y no sabíamos durante cuánto tiempo podría prolongarse.

La otra cosa buena que me sucedió es que —¡por fin!— me enrollé con Fred. Si incluso antes de leer el guión ya me había cortejado diciendo que yo era su Nancy Storace, la mujer que había vuelto loco a Mozart, después de leerlo y comprobar que yo era algo más que una italiana joven y apetecible, me convertí en la mujer de sus sueños.

El efecto Storace, pensé yo. También a Mozart le gustaban todas las cantantes, pero no sentía verdadero respeto por ninguna, ni siquiera por Aloysia Weber, la hermana de Constanze que le había dado calabazas por bajito. Las consideraba «pájaras huecas», capaces de emitir los más sublimes gorgoritos, pero sin mucho más que serrín en la cabeza. Nancy Storace era distinta, había tenido una formación parecida a la de Wolfgang y Nannerl, ya que su propio padre, músico de profesión, se había encargado de instruirla a ella y a su hermano, mientras viajaban por Europa.

—Me gustaste desde aquella mañana en que te vi en la terraza del Florian —me dijo Fred con voz de Russell Crowe—. Pero ahora que me he enamorado también de tu cabeza, tu culo, que es espectacular, me gusta el doble.

69

Las relaciones de Leopold con su hijo no pasaban por su mejor momento. Aunque mantenían contacto por carta, no se habían visto desde el año pasado, cuando nada más nacer su primogénito, Amadeus y Constanze se habían dignado visitarle a él y a Nannerl en Salzburgo. La estancia duró casi tres meses y fue un encuentro frío y distante, de modo que Leopold no sabía cómo sería recibido ahora en Viena, sobre todo por parte de ella, a la que había sometido a toda clase de desprecios. Constanze también recordaba con horror el viaje a Salzburgo del año anterior, la hostilidad nada disimulada de su suegro y de su cuñada, que la trataban como a una vulgar intrusa. Cuando ella les pidió que le dejaran llevarse a Viena, como recuerdo, alguno de los souvenirs de gira de su marido, Leopold y Nannerl se mostraron inflexibles y le dejaron claro que no podría sacar de la casa ni una simple cajita de rapé. Por si fuera poco, fue durante esa estancia cuando les llegó la noticia de la muerte de su recién nacido, Raimund Leopold Mozart, a quien habían dejado en Viena al cuidado de un ama de cría.

Antes de plantarse en Viena para acabar con la Storace, Leopold tenía que planificar con mucha astucia su visita a la ciudad. Estaba claro que, si quería gozar de la hospitalidad de su hijo y de su nuera, tendría que humillarse. Y humillarse, tal como estaba la situación, significaba dos cosas. En primer lugar, pedir perdón por ciertas actitudes del pasado. Pero también reconocer que se había equivocado en sus predicciones: su hijo había sido capaz de desenvolverse con éxito en Viena sin su ayuda. ¿Hasta dónde estaba dispuesto Leopold a rebajarse para limar asperezas? Su objetivo no era solamente alojarse en casa de Wolferl, sino que le invitaran a participar, como un músico más, en alguna de las fiestas en las que Amadeus se codeaba con sus amigos del Burgtheater, incluida Nancy Storace. Ésa sería su gran ocasión para envenenar a la soprano. De buena gana lo habría hecho con Salieri, pero había perdido cualquier posibilidad de acceso al veneciano.

Nada más llegar a Salzburgo desde Venecia, y con objeto de iniciar la reconciliación con su hijo y con su nuera, Leopold decidió escribirles una afectuosa carta, en la que además de pedirles permiso para ir a visitarles —él solo, sin Nannerl— reconocía lo injusto que había sido con él y con Constanze en el pasado.

Tal vez mi insistencia en que no te instalaras en Viena y transigieras ante el maltrato del arzobispo Colloredo fue más allá de lo que habría sido legítimo pedirte. Te debo una disculpa, pero te ruego que tengas en cuenta, si no como eximente, sí al menos como atenuante, que lo que me movió en todo momento fue el amor que te tengo como padre y el deseo lógico, como maestro tuyo que he sido, de que alcances el reconocimiento universal al genio con el que Dios te ha bendecido.

Con objeto de no remover en exceso heridas que aún no estaban cicatrizadas, Leopold evitó cuidadosamente referirse en su carta al maltrato del que había hecho víctima a Constanze y a su madre durante los últimos meses y tampoco mencionó su oposición frontal a la boda. Demasiado se lo había hecho pagar ya Wolferl, al impedirle ser el padrino de su primer hijo. Amadeus le había engañado: tras prometerle que el bebé —que murió a las pocas semanas de nacer— se llamaría Leopold y que él sería su padrino, había incumplido su palabra. Cuando faltaban pocos días para el alumbramiento, Wolfgang se echó para atrás e informó a su padre de que, por compromiso con un aristócrata con el que deseaba mantener buenas relaciones, el padrino sería finalmente ese noble vienés de nombre Raimund, y que además el niño se llamaría como él. Este episodio había mortificado a Leopold hasta lo indecible, aunque para preservar la relación con Wolferl, se había convencido a sí mismo de que detrás de semejante humillación estaba la mano diabólica de Constanze y sobre todo de su madre, frau Weber, a la que detestaba aún más que a su nuera. Nunca llegó a verbalizarlo, pero él y Nannerl estaban persuadidos de que Dios había castigado a Wolfgang y a su mujer por esa afrenta intolerable con la temprana muerte de su primogénito.

Dado que Leopold pretendía llevar a cabo un pelillos a la mar con todo lo que había ocurrido en los últimos meses entre él y Wolfgang, en la carta sólo reconoció reproches «quizá desmedidos por mi parte» a su decisión de instalarse en Viena, cuando en realidad los hechos habían sido mucho más graves, llegando a alcanzar la categoría de sabotaje en toda regla a su recién adquirida independencia. Amadeus había tomado la decisión de decir adiós a su condición de lacayo musical del arzobispo de Salzburgo después de una estancia particularmente humillante en Viena, en la que Colloredo lo había tratado como a un perro. Mozart había viajado con el séquito arzobispal para asistir a la coronación de José II, y Colloredo aprovechó la estancia para exhibir a las estrellas musicales que tenía a su servicio ante las familias más importantes de la ciudad: además del propio Amadeus, el castrato Ceccarelli o el violinista Brunetti, habían sido obligados a actuar, como monos de feria, en innumerables veladas musicales. El hecho de que estas actuaciones se hubieran llevado a cabo sin compensación económica alguna, y para exclusivo lucimiento de Su Ilustrísima, había indignado a Mozart. Pero desde el momento en que solicitó permiso para actuar por su cuenta en casa de la condesa Thun, adonde sabía que iba a acudir el emperador, y Colloredo se lo prohibió terminantemente, su irritación se convirtió directamente en irrefrenable ira. Mozart buscó por carta el apoyo y la comprensión de su padre, pero éste se puso de parte del arzobispo desde el primer momento, lo cual llevó a Amadeus al borde del colapso nervioso.

¡Podría haber ganado cincuenta ducados sólo aquella noche! —se quejaba amargamente por carta—. ¡Podría haber conocido al emperador e interpretar para él fragmentos de *Idomeneo*! ¡Y el arzobispo me lo impidió sin causa ninguna, solamente porque sabía que a partir de entonces me lloverían las ofertas! Padre, ¿cómo puedes pedirme que adopte una actitud sumisa ante tanta arbitrariedad y prepotencia?

70

Para evitar que su padre le pudiese reprochar que se había instalado en Viena sólo por dinero, Amadeus hizo hincapié desde el principio en su dignidad pisoteada. Pero Leopold parecía no darle importancia al hecho de que el arzobispo obligara a su talentoso hijo a comer en la cocina, con los criados, ni que su ayuda de cámara hubiera llegado a darle una patada en el culo cuando Wolferl exigió la rescisión de su contrato. Lejos de mostrarse empático con él, le recordó los peligros de romper las obligaciones que le ataban a Colloredo —incumplirlas podía acarrear penas de cárcel— y lo martirizó durante meses, reclamándole viejas deudas monetarias, sin tener en cuenta que su hijo no sólo no estaba en situación de devolverle el dinero, sino que hubiese necesitado, sobre todo a partir de la boda, que su padre le ayudase económicamente de vez en cuando. En realidad, como a Mozart le empezaron a ir bien las cosas casi desde el principio, no hubiera necesitado tanto el dinero en sí, sino la tranquilidad de espíritu de saber que, en caso de apuro, su padre siempre habría estado ahí para ayudarle.

La cicatería de Leopold fue además la responsable de que Amadeus tuviera que alquilar una habitación en casa de frau Weber, la madre de Constanze, a la que Leopold consideraba una bruja, corruptora de jóvenes. De haber contado con ayuda paterna, tal vez se hubiera podido costear un modesto apartamento para él solo, en vez de tener que vivir de real- quilado. Era como si cada intento de escarmentar a su hijo por haberle abandonado, lo arrojara aún más en manos de aquella odiosa familia. La precaria situación económica en que vivían la madre y las tres hijas, que aún permanecían sol- teras, era la causa principal de la desconfianza de Leopold. Pero ¿acaso tenían ellas culpa de nada? Fridolin Weber, el cabeza de familia, había fallecido y de la noche a la mañana la mujer y las hijas se habían visto en apuros para llegar a fin de mes, de ahí que hubieran tenido que alquilar una habitación al recién llegado Mozart. Las Weber eran, en contra de lo que opinaba Leopold, mujeres de enorme talento musical; tal vez por eso él, envidioso e inseguro por naturaleza, las vio siem- pre como una competencia a su propia persona. Aloysia, la mayor, a la que Mozart había cortejado sin éxito durante un viaje a Mannheim, ya se había casado y era una de las sopra- nos más cotizadas del momento. Junto a Nancy Storace y Caterina Cavalieri, la mayor de las Weber resplandecía como una de las grandes estrellas del bel canto en el firmamento de la ópera y ganaba muchísimo dinero. Amadeus le había en- señado también a acompañarse al teclado mientras cantaba, lo que la había convertido en un músico muy completo, cosa que había despertado los celos de Nannerl y de Leopold. «A nosotros no vienes a vernos nunca, pero bien que pierdes el tiempo con Aloysia, enseñándole las cosas en las que tu padre te adiestró con tanto amor.»

Pero también Josepha y la propia Constanze eran sopra- nos de coloratura de gran sensibilidad y destreza vocal, hasta el punto de que Amadeus sabía que se les podía confiar cual- quier partitura, por difícil que fuera.

En cuanto Leopold se enteró de que Amadeus estaba alo- jado en casa de las Weber, se temió lo peor: estaría todo el día rodeado de mujeres inteligentes y atractivas, pero con pocos recursos económicos, así que alguna de aquellas tres arpías terminaría, con la ayuda inestimable de frau Weber, cazando a su hijo en una boda por amor.

—¡Aprende de Gluck! —le solía decir Leopold a Wolfgang, antes de que Constanze acabara llevándolo al altar.

Gluck se había casado con una mujer mucho más joven que él, que al ser hija de uno de los mercaderes más prósperos de Viena, había convertido al compositor en millonario.

Al comprobar que los reproches de su padre habían bajado sensiblemente de tono y que en su carta había alguna palabra cariñosa para Constanze —«le he comprado un vestido de seda en Venecia que la convertirá en el centro de atención durante muchas semanas»—, Amadeus dio luz verde al viaje de Leopold.

«Nos acabamos de mudar a una casa algo más espaciosa —le respondió por correo— y Constanze y yo estamos deseando que la conozcas.»

71

La nueva residencia de Wolferl y Constanze no era «algo más espaciosa», sino mucho más grande. Los Mozart se habían trasladado desde el pequeño piso en la calle Trattnerhoff, por el que pagaban ciento cincuenta florines al año, a un gran apartamento de ocho habitaciones en la Schullerstrasse, muy cerca de la catedral de San Esteban, que costaba tres veces esa cantidad. El tren de vida que llevaban los recién casados, del que Leopold ya había tenido alguna noticia a través de sus espías en Viena, le irritó profundamente: él pagaba un alquiler por su casa de Salzburgo de tan sólo noventa florines. Dado que quería estar a bien con sus anfitriones, decidió no exteriorizar el rechazo que le producía aquella vida de opulencia, pues eso le hubiera colocado en una situación insostenible. Pero se despachó a gusto por correo, en la carta que envió a Nannerl a los pocos días de su llegada a Viena.

Tu hermano ha enloquecido. Además de haber alquilado una residencia por la que desembolsa un dineral y que evidentemente no necesita, ha comprado un fortepiano que le ha costado novecientos florines, dispone de carruaje propio y de un caballo con el que sale a pasear por el Augarten casi todas las tardes. Tiene mesa de billar, perros, pájaros exóticos, y viste como si fuera el mismísimo emperador.

Todo el día veo entrar y salir de aquí a gente con la que no le une amistad ninguna, a la que invita solamente para poder presumir de su nuevo estatus económico. Raro es el día en que él y Constanze no organizan un baile en casa o montan alguna partida de cartas, en las que he visto ya a tu hermano apostar muy fuerte. ¿Cuánto podrá aguantar con este nivel de gasto? De momento le va bien, porque ha conseguido muchos alumnos y la gente paga religiosamente por asistir a sus conciertos para piano, en los que ya es un auténtico virtuoso. Pero sabemos cuán voluble y caprichoso es el público vienés y que los que hoy están encantados con la novedad, mañana le volverán la espalda. Desde que abandonó Salzburgo, le dejé bien claro a tu hermano que lo único que puede asegurarle una estabilidad económica duradera —tanto más necesaria ahora que empiezan a llegar los hijos— es un cargo musical en la corte. Pero el emperador no se lo concederá si Wolferl no barre a Salieri de su propio feudo, que es la ópera italiana. Él en cambio tiene totalmente abandonado cualquier proyecto operístico y cree que podrá salir adelante sólo como compositor-ejecutante de música instrumental.

Bien sabes, mi querida Nannerl, lo frágil que es, desde la infancia, la salud de tu hermano pequeño. ¿Qué pasará si cae enfermo durante una buena temporada y no puede dar conciertos ni atender a los alumnos? El día en que Wolferl no trabaja, no entra en casa ni un solo florín, porque Constanze no hace el más mínimo esfuerzo por contribuir a la economía familiar.

Me he fijado también en el estado de los dedos de tu querido hermano: están deformados por el sobreesfuerzo pianístico al que los somete desde que llegó a Viena. Hay veces que, estando en la mesa, no es capaz ni de sostener una taza en la mano sin que se le derrame el líquido. Como sabes, durante mi viaje a Venecia he adquirido varios libretos, con los que intentaré convencerle de que ponga fin este mismo año a sus conciertos por suscripción y se dedique a trabajar en serio en lo único que le puede reportar dividendos a largo plazo: una ópera en italiano para el Burgtheater.

A los pocos días de su llegada a Viena, Leopold se percató, con gran disgusto, de que la relación de su hijo con frau Weber, la madre de Constanze, había dado un giro de ciento ochenta grados. Al principio, cuando estuvo de realquilado en su casa, antes de la boda, Wolfgang la veía como una especie de madrastra de Cenicienta, en la que Josepha y Sophie eran las hermanas favoritas y Constanze era la maltratada. Esta circunstancia despertó en Wolfgang su instinto protector y empezó a concebir la boda como una caballeresca operación de rescate, en la que poner a salvo a Constanze era poco menos que un imperativo categórico. Durante aquella época, solía bromear por carta con su padre sobre la «siniestra» frau Weber, al tiempo que le daba garantías de que, si la boda llegaba a buen puerto, jamás permitiría que semejante bruja cohabitara con ellos en la misma casa.

Dos años después, frau Weber se había convertido en un personaje muy querido por su hijo, en una verdadera sustituta de la madre, fallecida en París en el verano aciago de 1778. Mozart y Constanze la invitaban con frecuencia a su casa y él tenía la costumbre de regalarle azúcar y café cada vez que la visitaba en la suya. La presencia casi constante de Cäcilia en la nueva residencia de la Schullerstrasse le resultó tan insoportable a Leopold, que a punto estuvo de mandarlo todo a paseo y regresar a Salzburgo dejando a Wolfgang abandonado a su suerte. Pero el odio hacia Salieri, a quien consideraba un músico mediocre y conspirador y el único obstáculo que se interponía ya entre su hijo y el emperador, le hizo superar incluso la molesta presencia de Cäcilia Weber en la casa.

Como las cenas y fiestas en casa de los Mozart eran muy frecuentes, Leopold ni siquiera tuvo que insistir en que le presentaran a la gran diva del momento, Nancy Storace. Wolfgang le anunció que en muy pocos días la tendrían de invitada-estrella en casa y cantaría unas arias que Wolfgang había compuesto para ella. Lejos de mostrarse ilusionada con la visita de la Storace, Constanze se refirió a su inminente visita en un tono seco y frío, lo cual indujo a Leopold a pensar que estaba celosa de ella, aunque no supo precisar si Wolfgang le había dado motivos. Tal vez era su manera de contraatacar a los celos que también exhibía él de vez en cuando. De hecho, la boda había estado a punto de irse al garete porque Amadeus se había enterado de que Constanze había permitido a un joven medirle el diámetro de sus pantorrillas durante una partida de cartas.

Por encima del lujo y la ostentación en la que vivían su hijo y su nuera, y de la frecuente presencia de Cäcilia Weber en la casa, lo que más amargaba por entonces a Leopold era la constatación de que Amadeus había triunfado en Viena sin su ayuda, incluso con su oposición. De personaje imprescindible en la vida del mayor prodigio musical de Europa, Leopold había vuelto a ser, después de que el gran Mozart se instalara en la capital del imperio, un oscuro vicemaestro de capilla en la muy provinciana ciudad de Salzburgo. Consciente de que su padre no podía vivir sin sentirse necesario, Wolfgang, que tenía muchísima más capacidad para empatizar con él que viceversa, se había esforzado en pedirle ayuda en pequeñas cosas, de cuando en cuando. Pero para Leopold, el hecho de hacerle llegar alguna partitura o facilitarle algún contacto de Pascuas a Ramos, era claramente insuficiente. Él se había fijado como meta, para lo poco o mucho que le quedara de vida, ser el promotor y artífice del triunfo de

Amadeus en la ópera de Viena. Si lograba eso, sentiría que estaba en paz con Dios y podría dejar este mundo sin remordimientos.

Para ello necesitaba, de un lado, convencer a su hijo de que lo que había conseguido por sus medios hasta el momento —que era mucho— no era más que pan para hoy y hambre para mañana. De otro, allanarle el camino hasta la corte, acelerando la caída del que él pensaba que era su gran némesis musical: Antonio Salieri. Pero Leopold no sólo ansiaba ver cómo su hijo sustituía al veneciano en el puesto de favorito del emperador; necesitaba también y sobre todo que Wolfgang supiera que el triunfo había sido posible gracias a él: que ese mismo padre que le había abierto de niño las puertas musicales de Europa, exhibiéndolo un día en Milán y al otro en Londres, que le había enseñado contrapunto y fuga y puesto en contacto con los grandes pedagogos de la época, como el padre Martini o Johann Christian Bach, ahora había sido capaz de allanarle el camino hasta la ópera de Viena. Para ello, era preciso poner a Wolfgang al corriente de lo que pensaba hacer con Nancy Storace. No le revelaría, para no alarmarle en exceso, que pensaba intoxicarla con la ponzoña más letal del mundo, pero sí le contaría que en Venecia le habían vendido un elixir para la voz que, a dosis elevadas, dejaba temporalmente afónicos a los cantantes.

72

La casa de la Schullerstrasse era un tráfago continuo de personas desde primeras horas de la mañana, de modo que encontrar un momento de sosiego para hablar a solas con Wolferl y ponerle al corriente de la Operación Storace resultó más difícil de lo que pensaba. Tras varios intentos infructuosos de abordarlo en casa, Leopold desechó la idea y decidió acompañar a su hijo en uno de sus paseos a caballo por el Augarten. Incluso al aire libre, recabar su atención no era tarea fácil, pues sus conciertos para piano por suscripción popular habían convertido a Mozart en un personaje tan célebre, que tanto jinetes como viandantes se detenían cada dos por tres a saludarle y expresarle la admiración que sentían por su música.

—¿Has visto, padre? Mi fórmula funciona. Me felicitan desde cocheros ignorantes a aristócratas muy entendidos en música. Pensando en los primeros, siempre procuro meter melodías que todo el mundo pueda tararear a la salida del concierto. Para los más exigentes, hay pasajes mucho más elaborados, pero no tan abstrusos que dejen fuera a los menos preparados.

—Sí, sí —respondió irritado Leopold—. Ante mí no tienes que pavonearte. Yo te enseñé a componer para el público, ¿recuerdas? Ésa es la manera de asegurarse el éxito. Y sin embargo...

Amadeus conocía cada gesto, cada inflexión de voz de su progenitor y se preparó para escuchar el reproche que sabía que vendría a continuación.

—¿Y sin embargo qué, padre? ¿No eres capaz de disfrutar ni un solo instante de los éxitos de tu hijo? ¡Mira el día que hace! ¡Siente la brisa acariciándote la cara! ¿Sabes lo que tenemos que esperar los vieneses para disfrutar de un tiempo tan agradable?

—Tú no eres vienés —dijo seco Leopold—. Eres salzburgués.

—Sí, un salzburgués que podría hasta ser detenido si pusiera un pie en su ciudad natal. ¿O crees que el arzobispo va a olvidar así como así la afrenta de haberle dejado?

—Nadie va a detenerte mientras yo sea el vicemaestro de capilla de Colloredo; no dramatices.

—¡Ja!

—Y no me interrumpas. Te digo que tus conciertos para piano han entrado ya en una peligrosa deriva, en la que la satisfacción de tus impulsos artísticos empieza a prevalecer sobre la necesidad de entretener al público.

—¿Quién te ha dicho semejante cosa?

—¿Qué más da eso ahora? Lo único que cuenta es que mis informes son certeros y me permiten augurarte que, de aquí a poco, el público vienés dejará de interesarse por tus conciertos y buscará placeres mucho más asequibles. Por ejemplo, la música de Salieri.

—Salieri apenas compone música instrumental. Está especializado en ópera italiana.

—A eso iba. Entre un concierto de música rebuscada y oscura y una ópera bufa en la que el público no tiene que pararse a pensar ni un solo instante, ¿qué crees que elegirán?

—El público de Viena está creciendo conmigo, padre. Cada semana que pasa, son capaces de asimilar ideas musicales más sofisticadas. Aunque es cierto que me estoy alejando del estilo más facilón de mis primeros conciertos, no tengo la impresión de estar perdiendo a mi auditorio.

—¡Estás haciendo óperas instrumentales, Wolferl! ¿Qué sentido tiene eso? Tus dramáticos diálogos entre el piano y la orquesta, los recitativos que metes en muchos pasajes, en los que parece que el piano hablara en vez de cantar, no son más que recursos operísticos. Ha llegado el momento de que apliques ese modo de entender la música al género al cual pertenecen: la ópera.

—Pero los italianos tienen el control de los teatros…

—Vamos a ocuparnos de ellos. Empezando por esa medio italiana que puede darles el triunfo a Salieri y a Da Ponte.

—¿Nancy? Es muy amiga mía. La vas a conocer mañana y te seducirá tras el primer minuto de conversación. Pero cuando la oigas cantar (y la vas a oír en dos arias de sustitución que he compuesto para ella) comprobarás que es una criatura celestial. En serio, padre, su voz no es de este mundo.

Al ver que a Wolfgang se le iluminaban los ojos y se le sonrosaban las mejillas cada vez que mencionaba a Nancy Storace, a Leopold se le encendieron todas las alarmas.

—Espero que no te hayas enredado con esa prima donna.

—Padre, por favor, no empecemos.

—A Constanze tampoco parece gustarle esa mujer.

—Son celos profesionales, no tienen nada que ver conmigo. Constanze canta muy bien, pero la Storace es estratosférica.

—Si es tan extraordinaria como dices, hay que impedir que actúe en la ópera de Salieri y Da Ponte y los salves del naufragio.

—¿«Si es tan extraordinaria»? ¿También desconfías de mi criterio a la hora de evaluar a una cantante? Te digo que es grandiosa. En Florencia la echaron de la compañía por cantar demasiado bien.

—Bah, propaganda.

—Es verídico. Me lo ha contado Michael Kelly en persona.

—¿Quién es?

—Otro cantante, al que también conocerás mañana. Es íntimo amigo de Nancy y estaba con ella en el Teatro della Pergola de Florencia cuando presenció lo que te voy a contar. La estrella de la compañía era el castrato Marchesi, por entonces en plenitud de facultades. Hacía el principal papel femenino en una ópera de Francesco Bianchi. La segunda mujer era Storace. El momento de mayor lucimiento de Marchesi era en la cavatina *Semianza amabile del mio bel sole*, cuando afrontaba un pasaje cromático en octavas que resolvía de manera tan brillante que dejaba al público boquiabierto. Lo llamaban «*La Bomba di Marchesi*», porque era su arma secreta para poner en pie al auditorio. Una noche, Storace decidió responder con otra *bomba*, igual de virtuosística, y empató con Marchesi. Éste se sintió tan eclipsado, que al terminar la función se fue a hablar con el empresario para que exigiera a Nancy que no volviera a hacer la *bomba*. Storace se rebeló y dijo que tenía tanto derecho como el castrato a exhibirse en el escenario, así que Marchesi lanzó un ultimátum: si Storace no se iba, lo haría él. Y ganó Marchesi. Nancy, que es todo un carácter, no cedió y prefirió ser sustituida por una soprano menos ambiciosa, antes que doblegarse ante su rival.

—Se confirman, pues, mis peores temores: esa mujer va a salvar del desastre a *Il ricco d'un giorno*.

—Lo comprobaremos dentro de diez días, es lo que falta para el estreno. Pero tienes razón en una cosa: la gente iría a verla al teatro, aunque cantara la lista de la compra.

—Entonces no podemos correr riesgos. Hemos de asegurarnos de que Storace no cante.

Leopold, que por lo general solía tener cara avinagrada, había ido esta vez más allá de lo habitual en él y miraba a su hijo con expresión enloquecida. Wolfgang comprendió en el acto que su padre tramaba algo siniestro, pero le dio miedo hasta de preguntar.

—¿No quieres ayudarme? —dijo Leopold, al ver que su hijo no reaccionaba.

—¿Ayudarte? ¿A qué? Nancy está encantada con Salieri y Da Ponte y no hay fuerza en el mundo que pueda impedir ya que debute en *Il ricco d'un giorno*.

—En eso, hijo mío, como en muchas otras cosas, estás equivocado. En Venecia, donde hay tantas óperas en cartel y los cantantes someten sus cuerdas vocales a un estrés continuo, se venden todo tipo de pócimas para aliviar la afonía. Algunas son simples engañabobos, placebos que, si alguna vez surten efecto, es por mera sugestión de quien los toma. Otros son tan fuertes que, si te pasas de la dosis recomendada, obtienes el efecto contrario. Las cuerdas vocales enrojecen, se inflaman como amígdalas infectadas y el cantante queda fuera de combate durante semanas.

—Nancy es amiga mía. No podemos hacerle eso.

—Sabía que reaccionarías así y tu respuesta me decepciona profundamente.

—Pensaba que íbamos a tener un reencuentro feliz, padre. A Constanze le ha encantado el traje que le has traído de Venecia, yo estaba orgulloso de tenerte como huésped ilustre en nuestra nueva casa.

—Wolferl, es esencial que la Storace no cante en *Il ricco d'un giorno*.

—El público no es tonto, ¿sabes? Aunque la gente vaya al teatro, se dará cuenta de que la ópera es mala de solemnidad. Yo he estado en un ensayo. Es muy, muy floja.

—Si la gente llena el teatro, aunque sólo sea por ver a esa soprano, Salieri salvará el culo, porque lo único que importa es la taquilla. ¡Storace no puede cantar!

—¡Si al menos fuera la Cavalieri! Pero me pides que le haga una faena a una mujer por la que siento enorme aprecio.

La postura de Amadeus parecía inamovible y Leopold decidió cambiar de táctica. En vez de regañarle, intentó que se sintiera culpable. Trataría de convencerle de que, al no luchar por obtener un cargo en palacio, estaba condenando a su padre y a su hermana poco menos que a la mendicidad. Aunque no accediera finalmente a su plan de acabar con Salieri, al menos pagaría el precio terrible de sentirse un miserable.

La ropa cara era una de las debilidades de Amadeus. Él siempre justificaba sus compras con el argumento de que visitaba a muchos aristócratas y era imprescindible causarles buena impresión. Pero lo cierto es que, aunque hubiera llevado una vida mucho más recluida, Mozart habría gastado en indumentaria buena parte de su presupuesto, porque desde pequeño le habían fascinado los tejidos refinados y las prendas de moda. Leopold lo sabía y decidió comenzar por ahí su chantaje emocional.

—Mira mis zapatos —le dijo a Wolfgang—. ¿Sabes desde cuándo no me puedo comprar unos nuevos?

Amadeus había aprendido a lidiar con los reproches de su progenitor y esquivó los primeros golpes.

—Esos zapatos están bien para Salzburgo, padre. Viena es Viena.

—Ojalá fueran sólo los zapatos. Antes de que nos dejaras tirados a Nannerl y a mí, podía llevar medias negras de seda. Las que me puedo costear ahora no son dignas ni de un pordiosero. Mis casacas están llenas de remiendos, los pantalones, tan desgastados que se ve la piel a través de ellos.

—No entiendo adónde quieres ir a parar. ¿Cómo has pasado de querer dejar afónica a Nancy Storace a lamentarte de que no tienes dinero para ropa?

73

—¿No lo entiendes o te haces el tonto? —dijo Leopold—.
He invertido la mitad de mi vida en convertirte en una estrella; he sido, además de tu padre, tu maestro, tu médico, tu
administrador, tu representante. ¡Incluso tu guardia pretoria-
na! ¿Te acuerdas de cuando en Nápoles quisieron lincharte
por brujería, porque decían que tu habilidad al teclado se
debía a un anillo mágico que llevabas en la mano derecha?
¿Quién te salvó de las masas y consiguió que te permitieran
demostrar tu inocencia, repitiendo el concierto, esta vez sin
anillo? ¿Quién estuvo a tu lado y buscó a los mejores médicos cuando estuviste a punto de morir de viruela? Pero no
creas que me voy a colgar yo todas las medallas. Tu madre y
tu hermana también se han dejado la vida por ti. Y cuando
todos nuestros esfuerzos empiezan por fin a dar sus frutos,
tú decides que nosotros ya no te somos útiles en absoluto,
que tu familia son las Weber, y que todo el dinero que estás
ganando, gracias a lo que hemos invertido en ti, es para tu
disfrute exclusivo.

Leopold no era sólo un chantajista emocional de primer
orden, sino un mentiroso compulsivo. A lo largo de los años
había ido acumulando dinero y objetos de valor equivalentes
a cincuenta veces su salario como vicemaestro de capilla en
Salzburgo. Pero dado que, tras dos décadas de giras y actua-

ciones palaciegas, no había informado nunca a nadie de sus ganancias y siempre había exagerado los gastos que le ocasionaban los viajes, Amadeus no tenía manera de saber que su padre le estaba engañando. Como además era cierto que vestía siempre ropa muy gastada, Wolfgang estaba erróneamente convencido de que Leopold y Nannerl tenían dificultades económicas y no podía evitar sentirse culpable. En realidad, la razón por la que su padre vestía de manera tan humilde no tenía nada que ver con la pobreza, sino con un desprecio casi luterano por cualquier manifestación externa de la opulencia. En su *Escuela de violín*, por ejemplo, se había despachado a gusto contra lo que él llamaba «el engaño universal de las apariencias», y criticado a todos los músicos que juzgaban un instrumento por su acabado externo o su barniz. «Esas cabezas de león que adornan los mástiles de muchos violines hacen tanto por mejorar su sonoridad como una aparatosa peluca por aumentar la inteligencia del que la lleva encima», había dejado escrito en su tratado.

Por más culpable que se sintiera, Amadeus era consciente de que la deuda con su padre, cualquiera que fuese, jamás podría ser saldada, que por más sacrificios que hiciera, por muchas renuncias a las que se sometiera, Leopold nunca se daría por satisfecho. Al emanciparse de su padre, Wolfgang no sólo le había privado del privilegio de administrar sus ingresos y detraer una parte para sí mismo, sino también de la posibilidad de utilizarle como instrumento de venganza contra sus adversarios. Durante buena parte de su vida, y hasta que su hijo no empezó a convertirle en «el padre de Mozart», Leopold había llevado una existencia gris y llena de humillaciones, en la que había sido expulsado de la universidad y obligado a pedir excusas en público por haber difamado a varios ciudadanos de Salzburgo. En cuanto empezaron las giras triunfales por Europa, su imagen pública cambió radicalmente, pues regresaba de cada viaje como un general victorioso, aclamado tanto por el pueblo como por las autoridades. Todos aquellos que le habían despreciado por calumniador y mirado por encima del hombro por mediocre se habían cocido de envidia en su propia bilis al tener que aceptar lo incuestionable: que Leopold Mozart y sus hijos se habían convertido en los mejores embajadores de Salzburgo en el mundo, y que nadie, ni siquiera el mismísimo arzobispo —que patrocinaba sus viajes—, podía presumir de haberse codeado con tantos monarcas y aristócratas europeos: desde el rey de Inglaterra a la emperatriz María Teresa. Perder el control sobre su hijo equivalía a permitir que sus enemigos pudieran decir: «¿Lo veis? Teníamos razón. El tiempo le ha puesto en su sitio, Leopold Mozart no es más que un mediocre y un muerto de hambre».

—A ver si lo entiendo, padre: si dejamos afónica a Nancy Storace para que no cante, Salieri fracasará, el emperador le retirará su confianza, lo destituirá del cargo de director de la ópera italiana y me nombrará a mí en su lugar. ¿Es eso?

—Es eso —dijo satisfecho Leopold, pensando que Wolfgang ya estaba de su lado—. Y tendrás un empleo estable, el mejor de Europa, al abrigo de las modas y los caprichos de los vieneses, que te permitirá vivir con tu familia, la verdadera, aquí en Viena, para el resto de tu vida.

—¿Por qué me estás contando todo esto? ¿Acaso quieres que además sea yo el que le eche ese mejunje en la bebida a la pobre Nancy?

—Eso no será necesario. Tú te encargarás de distraerla, eso es todo.

Si la petición de Leopold se hubiera producido hacía unos años, cuando Mozart era niño o incluso adolescente, su padre no habría tenido ni siquiera que motivársela. Ante cualquier orden, Amadeus habría obedecido a su padre sin rechistar, sin pedir explicaciones de por qué había que hacer esto o aquello. «Después de Dios viene papá» era una frase que Mozart repetía con frecuencia, pero no como un mantra impuesto por la fuerza a su acólito por el jefe de una secta, sino como un axioma asumido voluntariamente, con infinito amor, por un hijo afectuoso y agradecido. Ahora en cambio, Leopold tendría que emplearse a fondo para conseguir la complicidad de su hijo en algo de lo que él iba a resultar el principal beneficiario.

—Te lo cuento no sólo porque necesito tu ayuda, Wolferl. Es también y sobre todo porque cuando esa soprano quede fuera de combate, Salieri fracase y a ti se te abran las puertas de Hofburg, no pienses ni por un instante: «¡Ha sido el azar, que se ha puesto de mi parte!». La suerte no viene sola, hijo: hay que ir a su encuentro. Detrás de todas las cosas buenas que te han ocurrido en la vida, siempre ha estado tu padre. Cuando en nuestra visita a Viena la emperatriz María Teresa no se dignaba en recibirte, ¿quién fue el que decidió aguantar al pie del cañón durante semanas, invirtiendo tiempo, dinero y energías, hasta que al final la convencieron para que te abriera las puertas de palacio?

—Sí, lo sé, pero…

—Si lo sabes, ¿por qué me discutes? Cuando empezaron los rumores de que eras un fraude, que no escribías tú la música, sino que era yo quien estaba detrás de cada nota, ¿quién se encargó de ir contigo, casa por casa, para demostrar a los incrédulos que esas insidias formaban parte de una campaña orquestada, como siempre, por los italianos?

—Padre, no necesito que me recuerdes a cada momento lo mucho que te debo, empezando por mi propia vida. Y también me doy cuenta de que, si los venecianos salieran del Burgtheater, yo tendría más posibilidades de estrenar allí. Lo único que digo es que envenenar a Nancy Storace no me parece justo. Bastante desgracia tiene ya con el marido que le ha tocado en suerte, que la maltrata, como si fuera una ramera, un día sí y al otro también.

—A veces, en la vida, hay que hacer cosas que no nos gustan para alcanzar un objetivo superior.

—Para ti es fácil decirlo, porque no eres amigo de Nancy. ¿Y si le administramos tu pócima y pierde la voz para siempre? Y lo que es casi tan grave: ¿y si descubre que ha sido por mi culpa? Yo no podría vivir con esa carga.

El peligro estaba, en realidad, en que a Leopold se le fuera la mano con el agua tofana —no era fácil calcular la dosis— y la Storace perdiera la vida, no la voz. Por eso Leopold no dejaba de insistir en que se trataba de un jarabe para la voz muy popular en Venecia, que irritaba la garganta si era administrado a dosis elevadas.

—Tal vez —dijo Mozart tras algunos minutos más de forcejeo estéril— haya otra vía.

—¿En qué estás pensando?

—En buscar la ayuda del abate Casti. Detesta a Lorenzo da Ponte con la misma vehemencia que tú a Salieri.

—¿Dos italianos enfrentados? No me lo creo. Aquí en Viena, como están en minoría frente a los alemanes y se sienten amenazados, forman una piña y se ayudan unos a otros.

—Estos dos son un caso especial, papá —dijo Mozart—. La muerte, hace dos años, de Pietro Metastasio, el poeta imperial, ha dejado vacante el cargo más goloso al que puede aspirar un libretista en toda Europa: el de poeta cesáreo. Está remunerado con tres mil florines al año y es vitalicio. Metastasio lo ocupó durante cuarenta años, hasta el mismo día de su muerte, y eso que, desde hacía muchísimo tiempo, apenas producía nada. Da Ponte y Casti pelean a degüello por ese cargo, y están dispuestos a todo por conseguirlo. Incluso a jugar sucio el uno con el otro. Casti sabe que el fracaso de Salieri en *Il ricco d'un giorno* sería también el de su libretista, Lorenzo da Ponte, y es por tanto nuestro aliado natural en este asunto.

—¿Le conoces?

—Claro, es muy sociable. Me lo cruzo con frecuencia en fiestas y veladas musicales.

—No me hagas trampa. Me refiero a si tienes confianza con él.

—No forma parte de mi círculo de amistades, si es lo que quieres saber. Nunca ha estado, por ejemplo, cenando en casa, cosa que Da Ponte sí ha hecho.

—¡Estupendo! —dijo sarcástico Leopold—. Seguro que eso le ayudará a confiar en nosotros.

—Casti es un hombre con muchos contactos, padre. Si alguien puede ayudarnos a hacer fracasar la ópera de Salieri, es él.

—¡No tenemos tiempo! —dijo Leopold, a punto de perder la paciencia—. Me estás proponiendo un plan que puede llevarnos semanas, y la ópera se estrena dentro de unos días. Primero tendríamos que conseguir que ese Casti confiara en nosotros, cosa harto difícil si ha llegado a sus oídos que tienes tratos con Da Ponte. Pero incluso si contáramos con él desde el primer momento, ¿qué podría hacer?

—Déjame intentarlo, padre. Si mi plan fracasa, tendrás las manos libres para usar tu brebaje.

74

Yo tenía muchas ganas de enamorarme —calculé que la última vez que había estado con un hombre, Mozart aún seguía con vida— y me entregué a la relación con Fred con el entusiasmo de la que abraza una secta. En mi caso la secta era el cine, un mundo para mí deslumbrante y misterioso, que mi nuevo gurú me iba descubriendo poco a poco. Lo primero que me dijo, después de nuestro primer encuentro romántico —en el hotel Danieli, donde solía alojarse—, fue que era una pena que ahora que la película era a favor de Salieri, yo no pudiera salir en la película por no haber ninguna escena que mostrara la pasión entre Mozart y Nancy Storace.

—Estás dispuesto a convertirme en una estrella como sea, ¿no? —dije yo riendo.

—Al público le encantan las historias de amor, y tú no has metido ninguna.

—El guión ya me ha quedado largo, si encima le añadimos una trama sentimental, la historia va a ser tan interminable como *Lo que el viento se llevó*.

—Tú te lo pierdes —dijo Fred con sonrisa maliciosa—. ¿Sabes quién va a hacer de Mozart? ¿Con quién tendrías escena erótica en la película?

—No, ¿con quién?

—Wallace Raynard.

—No sé quién es. A mí me sacas de Cary Grant y James Stewart y me pierdo.

—Vives al día, ¿eh?

—Me encanta el cine clásico.

—Cuando veas la foto de Wallace, sabrás a lo que estás renunciando. Es el nuevo Brad Pitt, están todas las mujeres como locas con él.

—Un error de casting, porque Mozart era feúcho, pequeño y con los ojos saltones.

—El cine tiene que ofrecer una versión idealizada de las cosas. ¿O es que te crees que la gente paga una entrada para que le recuerden en qué mierda de mundo vive?

Fred se levantó de la cama y empezó a vestirse.

—¿Qué haces? —dije yo alarmada—. ¿Me abandonas?

—Necesito un trago. ¿Vamos a la terraza del Florian? Es donde te vi por primera vez y quiero tomarme un gin-tonic mientras evoco aquella mágica mañana.

Después de aquel comentario tan romántico, vi que Fred se metía la pistola en la funda del pantalón y sentí que se rompía el hechizo por completo.

—¿Tienes que llevar eso?

—Pues claro. Si la policía no me protege…

—Pero ¿tienes información? ¿Sabes si el tarado ese está en Italia?

—Podría ser —dijo muy enigmático.

—Me dan miedo las pistolas, Fred. Ya sé que es para defensa personal, y que probablemente tienes razones para ir armado, pero no lo puedo evitar.

Fred sonrió con condescendencia, desenfundó el arma como si estuviera en OK. Corral y encañonó a un supuesto agresor que entrara por la puerta. Luego, como si me pasara el teléfono, me acercó la pistola para que la examinara. Yo pegué un respingo instintivo, levanté las manos, horrorizada, y le dije que no quería ni tocarla.

—No seas boba, mujer —insistió—. Para que veas que no muerde. Cógela un momento, tiene puesto el seguro, no puede pasar nada.

—Ni por todo el oro del mundo.

—Austríaca, como Mozart: Glock 42, con cargador pequeño de seis balas. Una mierdecilla sin apenas potencia de fuego, pero que al ser extraplana me cabe de puta madre en la funda del pantalón. En Estados Unidos, donde todo el mundo se pirra por los grandes calibres, no puedo decir ni que la llevo, porque se ríen de mí. Todo lo que no sea la Magnum de *Harry el sucio* les parece de juguete. La verdad es que es un juguete. Mira, yo tengo la mano pequeña y a pesar de todo, el meñique se me sale de la empuñadura. La tengo que coger con tres dedos.

—Fascinante —dije yo con el tono más gélido posible—. ¿Ha acabado la charla? ¿Podemos irnos ya?

Fred volvió a meterse la pistola en la funda, pero al ver que yo le miraba con cara de reprobación, decidió no llevarla a nuestro paseo por San Marcos y la puso a buen recaudo en la caja fuerte de la habitación.

—Tú ganas, pero si esta tarde me liquidan, tendrás un cadáver sobre tu conciencia: un fiambre que te perseguirá hasta el fin de tus días —dijo en tono jocoso.

En la terraza del Florian volvía a actuar el mismo grupo de cámara que la vez anterior, pero en esta ocasión les acompañaba una mezzosoprano. El aria que estaba cantando cuando llegamos no era otra que *Ch'io mi scordi di te?* Amadeus la compuso para Nancy Storace como despedida cuando, obligada por su madre, que no soportaba vivir en Viena, tuvo que regresar a Londres, después de haber estrenado allí algunas de las óperas más importantes del siglo XVIII: desde *El barbero de Sevilla* de Paisiello a *Le nozze di Figaro* de Mozart.

—¡Nos persigue la Storace! —dije yo, riendo.

—Sigo pensando que debemos incluir en el guión una escena de amor entre ella y Wolfgang —dijo Fred—. No te preocupes por la duración de la película, ya recortaremos por otro lado. Y si no, ya me ocuparé de que incluyan la secuencia en la versión del director. Pero rodarla hay que rodarla. Contigo, naturalmente.

—Ni de coña, ¡qué vergüenza! Yo no soy actriz, Fred, olvídate.

—Tú, de momento, escríbela. Luego, ya hablaremos.

Una señora mayor, con pinta de escritora de novelas de misterio, se volvió hacia nosotros con cara de pocos amigos: estábamos hablando demasiado alto. Bajé la voz a un susurro y le dije a Fred:

—No tengo problema ninguno en añadir alguna página más al guión, pero la vida de Storace es demasiado potente como para despacharla con una simple escenita de amor. Si de verdad te interesa el personaje, estoy dispuesta a escribir sobre ella, pero un guión entero.

Detrás de la orquestina del Florian, y en un lateral, junto a una de las columnas del soportal había un turista de mediana edad, con vaqueros y camisa hawaiana, filmando el concierto con una cámara de vídeo. O haciendo que filmaba el concierto, porque de vez en cuando grababa también al público que estaba disfrutando de la música. Por tanto, nos grababa también a nosotros.

Fred había reparado en el hombre y me di cuenta de que su presencia le inquietaba. En un determinado momento le vi llevarse incluso la mano al costado del pantalón, como buscando la pistola; o mejor dicho, como cerciorándose de que había sido tan tonto para dejar la pistola en el hotel.

—¿Es él?

—No lo sé, tiene todo el rato la cámara delante de la cara.

—Pero si es él y piensa atacarte, ¿no es absurdo que se ponga delante de ti, para que le veas?

—Sí, tienes razón. Es que cuando me apuntan con una cámara, me pongo muy nervioso. Estoy acostumbrado a estar detrás.

La cantante terminó el aria, los espectadores aplaudieron y el hombre de la camisa hawaiana bajó por fin la cámara y pudimos verle el rostro. No era él. Fred se tranquilizó al instante y luego me confesó que no había escuchado ni una sola palabra de lo que le había dicho de Storace.

—Prefiero que no salga en la película en absoluto a que salga mal —dije yo—. En el siglo XVIII, las cantantes de ópera no tenían mucha mayor consideración que las putas y si metemos a Storace sólo para que se dé piquitos con Mozart, va a parecer que se entregó a él para que le diera el papel de Susanna.

—¿Y? ¿Qué tiene de malo? Tú también te has enrollado conmigo para que te dé el papel de Storace.

—¡Qué gilipollas eres! —dije riendo—. Es al revés, me he enrollado contigo a pesar de la brasa que me estás dando para que salga en la película. Pero no lo vas a conseguir, aunque me apuntes con la cosa esa que llevas.

—Querrás decir con la cosa que no llevo. Tendría que haberla cogido, es absurdo tener un arma y dejarla en casa para que, a lo mejor, justo ese día, te toque la china.

—No me asustes, Fred. ¿Tan grave es la amenaza?

—Pero ¿tú no te has percatado aún de en qué se ha convertido el mundo? ¿De que ahora mismo puede aparecer un yihadista con un cuchillo, como en Londres o en París, y liarse a puñaladas con todos nosotros? Y si tal cosa ocurriera (que aquí podría suceder perfectamente, porque la *piazza* está abarrotada de turistas), ¿no te gustaría que tu Fred lo dejara seco de un tiro, antes de que pudiera herir a nadie?

—¡Estupendo! —dije yo, irónica—. Hace un segundo era un técnico de luces chalado que busca venganza porque le humillaste en público, ahora es un musulmán fanático con un cuchillo. Me da la impresión, Fred, de que a ti te gustan las armas más que a un tonto un lápiz y que cualquier pretexto te parece bueno para poder llevar una.

—Tú no has visto los anónimos. Ni has tenido que escuchar amenazas de muerte en tu buzón de voz.

—Sólo te digo que, si llevas una pistola, acabarás usándola. Y como no eres un profesional, a lo mejor le pegas el tiro a quien no querías. Y tu vida habrá acabado para siempre. No en el sentido que tú creías, pero habrá acabado. Deshazte de ella, Fred. Deja que la poli haga su trabajo y no te conviertas en Charles Bronson.

Fred apuró su gin-tonic y le pidió rápidamente otro al camarero, y luego un tercero. Estaba dolido por mis comentarios y se quedó callado, con cara de «ya no te ajunto». Casi preferí no tener que oírle durante un buen rato, porque el grupo de cámara del Florian era excelente, la cantante mejor todavía, y disfrutar de ella era imposible si al tiempo tenía que discutir con Fred.

«Sólo hemos follado una vez —pensé— y ya parecemos una de esas parejas del Ikea que se lanzan los trastos a la cabeza porque ella quiere la estantería Bestå y él, la Svalnäs.»

Al cabo de un rato de tenso silencio entre nosotros, Fred se levantó con brusquedad, sin mirarme siquiera, ni dirigirme la palabra y pensé que se había acabado, que no soportaba mi cuestionamiento de las armas y me mandaba a paseo. Pero vi que se dirigía al interior del Florian y que lo único que pretendía era vaciar la vejiga en los aseos. Como si la visita al servicio —que fue eterna— hubiera tenido el poder de purificación de un baño en el río Ganges, Fred regresó a la terraza de mejor humor, me pidió excusas por haberse enfadado y me preguntó si quería ir con él a París.

—Es una posibilidad —dije yo, pensando que se refería a un viaje en verano o Semana Santa.

—Nos vamos mañana por la mañana. No serán más de

tres días. ¿Vienes o no? El coche que me han alquilado es una carraca, pero tengo buena conversación y prometo que la pistola, ni la verás.

—Tengo que pedirle permiso a Teresa. No puedo ausentarme del trabajo así como así.

—Ya he hablado con Teresa. Tienes luz verde.

Solté una risita nerviosa y le pregunté a Fred que cuándo había hablado con ella.

—Ahora, desde el Florian. ¿Por qué te crees que me he demorado tanto?

Se tardaba diez horas y pico en hacer el trayecto Venecia-París en coche y a la mañana siguiente, ya en carretera, le pregunté a Fred si no habría sido más sensato coger un avión.

—Los aeropuertos se han convertido en un puto coñazo. Y si viajas con una pistola, como yo, el coñazo se transforma en pesadilla, porque los de Intervención de Armas te tratan como si fueras un terrorista. Papeleo, tasas… Es mejor el coche. No te preocupes, no lo vamos a hacer de un tirón, nos lo tomaremos como un viaje de luna de miel. Podemos hacer noche en Milán (o donde nos apetezca), y disfrutar del recorrido.

—Entiendo —dije yo—, que no me llevas a ver la torre Eiffel. ¿Vas a rodar en París?

—Sí. Teresa me dijo que era imprescindible. Salieri obtuvo allí el éxito más apoteósico de su carrera y tú ni siquiera lo has metido en el guión.

—Pensaba hacerlo. Lo que os mostré a ti y a Kaminsky era la primera versión.

—Te propongo un pacto. Te perdono la escenita de amor entre Mozart y Storace y te libero de tu aparición en la película a cambio de que me escribas las tres o cuatro páginas más de puta madre de que seas capaz sobre Salieri y *Las danaides*.

—¡Hecho! —le dije yo, pero me puse triste al pensar en el

disgusto que se llevaría mi madre (a la que tenía puntualmente informada de todo) de que no iba a salir por fin en la película.

A la altura de Verona le dije a Fred que había otro momento clave en la vida de Salieri que tampoco había metido en el guión —porque no sabía cómo— y podríamos añadir, aprovechando que estábamos en fase de revisión.

—Tú escribe, escribe, que el papel lo aguanta todo —respondió con una risita—. Pero para ahorrarte trabajo, cuéntame la escena y te diré si tiene fácil traslado a la pantalla.

¿«El papel lo aguanta todo»? Parecía que me estaba diciendo que escribir estaba tirado y que lo que tenía mérito es hacer películas. El comentario me resultó hiriente y estuve a punto de decirle que si el papel lo aguantabs todo, escribiera él mismo lo de Salieri y *Las danaides*. Luego pensé que a lo mejor el año largo que llevaba junto a Teresa me había vuelto demasiado susceptible. «Si te ha comprado el guión será que le gusta como escribes. Además, has agotado el cupo semanal de riñas de pareja, Laurita —me dije—; tengamos la fiesta en paz.»

—¿Y bien? —dijo Fred al ver que me había quedado callada—. ¿Me lo cuentas o no?

La historia que quería incluir era para desmontar el *flashback* de la película *Amadeus* en Monte Argentario. Vemos a Salieri de niño, jugando a la gallina ciega en su pueblo, mientras Mozart ya toca ante papas y emperadores y eso le hace reconcomerse de envidia. Pero Salieri —sin llegar a la precocidad de Mozart— era un músico muy sensible y con criterio, ya desde muy niño. En cierta ocasión, él y su padre se cruzaron por la calle con el organista de un monasterio cercano, al que solían acudir para escuchar composiciones religiosas. El padre de Salieri lo saludó cordialmente y se entretuvo en darle conversación durante unos minutos. Cuando el organista se alejó y padre e hijo volvieron a estar solos, el padre riñó a Salieri por haber estado tan seco y distante con el organista.

—¿Es que te ha hecho algo?

—Pues sí, tener mal gusto —respondió el mocoso—. En la iglesia toca cosas vulgares, que ni siquiera los músicos de taberna se atreven a tocar.

En Milán —era la segunda vez que hacíamos el amor, así que me pareció poco probable que se hubiera cansado ya de mí—, Fred tuvo el primer gatillazo de nuestra relación; y por culpa del alcohol, vendrían más en los meses venideros. Yo aproveché que se había quedado amodorrado tras excederse con las copas para consultar algunos datos sobre la apoteosis de Salieri en París. Tenía razón Teresa en que su triunfo con *Las danaides* había sido el mayor de su larga carrera como músico y desde luego había eclipsado cualquier éxito que hubiera obtenido Mozart a lo largo de su vida. Ni siquiera la calurosa recepción a su *Don Giovanni* en Praga estuvo a la altura del entusiasmo que despertó Salieri en la capital francesa. Lo más curioso del caso era que *Las danaides* había nacido como un encargo de la Académie Royale de Musique para Gluck.

75

—Mi querido Salieri —dijo Gluck—, me temo que voy a tener que abusar de vuestra paciencia.

La mano le temblaba tanto, a causa de la apoplejía que había sufrido recientemente, que no podía ya ni sostener la pluma sobre el papel pautado.

—Mirad. —Levantó el brazo derecho para que su protegido pudiera ver con sus propios ojos a qué estado lo habían reducido la edad y los achaques—. Parezco un epiléptico. Vais a tener que echarme una mano como copista.

Corría el año 1784 y Salieri era ya un músico muy apreciado en Austria y en Italia, que había obtenido éxitos notables, como *Europa riconosciuta* o *La scuola de' gelosi*. La petición de Gluck de que le hiciera de amanuense podía ser interpretada como humillante. Pero Salieri tenía en demasiado aprecio a su maestro, a quien le unía además una buena relación personal, y se sintió incapaz de decirle que se buscara otro criado.

Aunque Gluck componía en su cabeza, cada vez que completaba un aria o un coro, buscaba asegurarse de que el efecto o la emoción que perseguía hubieran quedado bien reflejados en la partitura y le pedía a Salieri que la cantara al teclado.

—La primera aria de Hipermnestra no funciona, mi estimado *kapellmeister* —le dijo cuando logró rematar el primer acto—. Aunque no acierto a comprender por qué. ¿Seríais tan amable de volver a cantarla para mí?

Salieri lo complació y aún hubo de repetir el aria una tercera vez, hasta que por fin a Gluck se le iluminó el semblante.

—¡Ya sé dónde está el fallo! —dijo eufórico—. ¡El aria huele demasiado… a música!

El italiano rió de buena gana con el comentario de su maestro, pues éste se había emperrado en llevar hasta el extremo su obsesión de que la música en la ópera fuera una simple sirvienta del texto dramático. Cada vez que sospechaba que la melodía intentaba atraer la atención hacia sí misma, Gluck volvía a comenzar de nuevo con otra que potenciara el verso sin robarle protagonismo.

—Acercadme el manuscrito —le dijo a Salieri—: todo lo que llevamos hasta ahora.

Una vez que tuvo la partitura en la mano, Gluck que se hallaba sentado cerca de la chimenea, la arrojó al fuego. Salieri pensó al principio que se trataba de un accidente, que su achacoso maestro había dejado caer inadvertidamente el manuscrito sobre las llamas. Horrorizado, corrió a rescatarlo del desastre, pero Gluck lo detuvo con un grito.

—¡No! ¡Dejad que arda! ¡Prefiero enviar a la pira un trozo de papel a que los franceses me quemen a mí en persona, si me presento en la Ópera de París con una partitura tan endeble!

Por segunda vez intentó Salieri rescatar del fuego lo que quedaba del primer acto, pero esta vez Gluck, sin levantarse de la butaca, le golpeó con el bastón para impedírselo.

—¡Respetad mi decisión! Coged pluma y papel y escribid una carta al director de la Ópera, diciéndole que por problemas de salud, me veo obligado a rescindir nuestro contrato.

Salieri creía saber lo que estaba ocurriendo: Gluck se había pegado un batacazo mayúsculo en París con su *tragédie lyrique* anterior, *Eco y Narciso*, y tenía miedo de volver a ser linchado por la prensa. Por otro lado, aunque el austríaco era rico, las veinte mil libras que había pactado con los franceses a cambio de *Las danaides* eran una cantidad suculenta, a la que resultaba difícil renunciar. Salieri convenció a Gluck para pasar de simple copista a negro encargado de toda la partitura y repartirse el dinero. Doce mil libras para el maestro, por haber conseguido el contrato y poner su nombre en el cartel, y el resto para él.

Gluck al principio se mostró partidario de que su protegido firmara con él la partitura, pero a medida que el italiano iba componiendo, sintió que la música, aun siendo buena, no estaba a su altura. O por lo menos, no era tan genial para hacer olvidar a los franceses su fracaso con *Eco y Narciso*. Le dio miedo ver asociado su nombre a un compositor aún no consagrado y que los mordaces cronistas del *Mercure de France* lo despedazaran a parrafada limpia:

> El caballero Gluck se asocia con un compositor de segunda fila para volver a ofender a los franceses con una ópera insustancial, mediocre y anodina. Si *Eco y Narciso* se dejó de representar a los doce días, todo hace pensar que *Las danaides* no estará en cartel más de seis.

Sin decirle nada a Salieri, escribió una carta al conde de Mercy-Argenteau, embajador del Sacro Imperio Romano Germánico en París, informándole de que los cinco actos de la nueva ópera eran todos de puño y letra de Salieri, si bien éste había sido tutelado por él, para que respetara los ideales estéticos de la reforma operística gluckiana.

El italiano no llegó a saber nunca que los motivos por los que su admirado maestro le había regalado la autoría de *Las danaides* no eran altruistas. Gluck estaba persuadido, si no de que la ópera iba a ser un fracaso, sí al menos de que pasaría sin pena ni gloria, y no estaba dispuesto a hundirse con su discípulo.

Sabiendo lo mucho que se jugaba, Salieri había plasmado en la partitura lo mejor de sí mismo. En la obertura, por ejemplo, las síncopas y el lento ritmo armónico que introdujo resultaron tan innovadoras que Mozart decidió imitarle, tres años después en su *Don Giovanni*. También le copió a Salieri en la obertura la idea de un pasaje dulce, a caballo entre el modo mayor y menor, seguido de un acorde *fortissimo* de séptima disminuida. A Wolfgang le gustó tanto el recurso que lo tomó prestado para el momento en que el convidado de piedra hace su aparición en escena. Pero a pesar de la calidad de la partitura, Salieri no conseguía que los directores de la ópera accedieran a estrenarla sólo con su nombre. Hasta que hizo su teatral aparición la reina de Francia.

76

Las danaides se tendría que haber estrenado en el Palais-Royal, sede de la Académie Royale de Musique, nombre otorgado por Luis XIV a la ópera francesa. Pero el edificio había sido pasto de las llamas tres años antes y las *tragédies lyriques* se estaban representando, de manera provisional, en el Théâtre de la Porte Saint-Martin.

A nuestra llegada a París, Fred, que tenía una obsesión enfermiza con la autenticidad en las películas históricas, me llevó a visitar el teatro, pero lo encontró poco glamuroso para una película de época. El edificio también se había incendiado, durante la época de la Comuna, y lo que nos encontramos fue una reconstrucción que a Fred no le convenció. Ahora la Ópera de París estaba ubicada en el Teatro de la Bastilla, un moderno edificio que François Mitterrand ordenó levantar en 1989 para conmemorar el bicentenario de la Revolución francesa. ¿Dónde rodar entonces el estreno de *Las danaides*, la gran noche de gloria de Salieri? Fred no tuvo más remedio que aceptar lo irremediable. Miloš Forman había rodado las escenas de *Don Giovanni* en *Amadeus* exactamente en el mismo teatro en el que había estrenado Mozart: el Teatro Estatal de Praga. Él tendría que sacrificar un poco de la autenticidad de la que tanto alardeaba y rodar en el Palais Garnier, que si bien era un glamurosísimo edificio capaz de enamorar a cualquier espectador de cine y había albergado la ópera francesa durante un siglo entero, databa de la época de Napoleón III.

—Intentaremos que no luzca decimonónico, sino dieciochesco —dijo Fred.

—¿Cómo se consigue eso?

—La piedra ha de parecer madera —respondió muy convencido—. Pero no has terminado de contarme cómo diablos se las arregló Salieri para estrenar aquí a pesar de ser un segunda fila.

Le dije a Fred que le contaría el final de la historia si me invitaba a dar un romántico paseo por el Sena en *bateau mouche* y al caer la tarde nos subimos al barco para ver la puesta de sol desde la Île Saint-Louis, mientras le narraba el desenlace.

Decir sí a la ópera de Salieri era lo mismo, para los directores de la Académie Royale, que entregarle las veinte mil libras a un don nadie. Si la ópera fracasaba, serían ellos el hazmerreír de toda Francia y se negaron a aceptarla.

Pero la reina María Antonieta, hermana de José II, informó rápidamente a Viena de que el proyecto de *Las danaides* se había estancado y que los directores parisinos le hacían ascos a su muy apreciado *kapellmeister*. Salieri era el músico de más alto rango de la corte austríaca y su embajador musical en el mundo. Rechazar al italiano era como rechazarle a él y el emperador se lo tomó como una afrenta personal. Escribió una carta urgente a su legado en París, el conde de Mercy, con la orden de que hiciera lo imposible por que *Las danaides* de Salieri se estrenara, y al conde, que sabía lo mucho que estaba en juego —empezando por su sinecura parisina—, no se le ocurrió otra cosa que mentir.

—Dos de los tres actos de *Las danaides* son del caballero Gluck —dijo el diplomático—. ¡Salieri sólo le ha ayudado a completarla!

Los directores de la Académie se miraron perplejos, pues a diferencia de la ópera italiana, dividida en tres actos, la *tragédie lyrique* tenía siempre cinco. Mercy no sabía siquiera de lo que estaba hablando. Sin embargo, el hecho de que estuviera intercediendo ante ellos quería decir que el emperador del Sacro Imperio Romano Germánico tenía interés personal en que Salieri estrenara en París. Y el emperador era el hermano de su reina. A pesar de que, por la torpeza de Mercy, supieron en el acto que toda la ópera era del italiano, se avinieron a estrenarla para no causar un incidente diplomático, que hubiera podido acabar con sus bien remunerados cargos. La condición que pusieron era que al público se le dijera que la ópera era de Gluck.

Las danaides se estrenó por fin el 26 de abril de 1784 en el Théâtre de la Porte Saint-Martin y fue un éxito clamoroso, que llegó a las ciento veinte representaciones. Los directores de la Académie le encargaron al día siguiente a Salieri dos óperas más y éste, ya con el éxito asegurado, filtró al *Mercure de France* que la obra no era de Gluck, sino enteramente suya, aunque el austríaco lo había tutelado a lo largo del proyecto. La astucia del italiano hizo descomponerse de ira a Leopold Mozart en Salzburgo. Se apuntaba en solitario el mayor éxito de su carrera, al tiempo que se las arreglaba para que el público asociara ya para siempre su nombre al de Christoph Willibald Gluck, el genio musical más reverenciado de toda Europa.

Pocas cosas hay más románticas que contemplar desde el Sena cómo se va ocultando el sol por detrás de Notre Dame mientras te abrazas a tu hombre y pocas cosas hay también más capaces de romper ese mágico clima que un atronador politono de teléfono móvil sonándote a pocos centímetros del oído. Fred me pidió disculpas, pero me dijo que la llamada era de Estados Unidos y que podría ser algo importante. Me soltó, se alejó unos pasos de mí —no supe hasta un momento después si lo hacía para no importunarme o porque le estaba telefoneando una amante desde Los Ángeles— y cuando terminó de hablar me di cuenta por su expresión de que algo muy gordo había ocurrido.

—Era de Nueva York —dijo—. Noticias frescas sobre mi acosador.

Echó mano a la cintura y sacó la pistola, con lo que pensé que la policía le había informado de que el perturbado se había subido con nosotros al *bateau mouche*.

—La policía me acaba de decir que Roberto Cosma (así se llamaba mi acosador) se pegó un tiro anoche después de matar a su mujer.

Y tras este anuncio escalofriante, Fred arrojó la pistola al Sena.

77

Giambattista Casti no era veneciano, como Da Ponte o Salieri, sino de Acquapendente, un pequeño pueblo a ciento cincuenta kilómetros de Roma. Estaba a punto de cumplir sesenta años y en su rostro eran claramente visibles los estragos que había producido en su organismo una sífilis contraída en España hacía ya tiempo. Da Ponte y Salieri tenían por entonces treinta y cinco años y Mozart veintiocho, de modo que aunque Casti era, por naturaleza, increíblemente astuto y marrullero, sabía más que ellos más por viejo que por diablo. Había llegado a Viena de la mano del conde Orsini von Rosenberg, superintendente de los teatros imperiales, que era su amigo y protector. Solamente por este hecho, y también debido a la venerable edad que había alcanzado, el italiano siempre había pensado que el emperador no tendría dudas a la hora de coronarle sucesor de Metastasio. Sin embargo, José II, que era prudente con el dinero hasta la cicatería —sin llegar a alcanzar nunca los niveles de ruindad de Leopold Mozart—, no tenía tan claro que el puesto de poeta cesáreo, con sus tres mil florines al año de dotación, tuviera que estar forzosamente cubierto. Consciente de que tenía a su disposición a los dos más grandes poetas italianos de la época, José II había pensado en explotar esta rivalidad por la vía de favorecer a ambos a la vez, pero sin decantarse claramente por ninguno. A Casti, por ejemplo, lo había puesto a trabajar con el compositor de más éxito de la época, Giovanni Paisiello, creador de *El barbero de Sevilla*, probablemente la ópera más representada en Europa en el último cuarto del siglo XVIII. Juntos habían logrado un rotundo éxito de crítica y público en el Burgtheater con *El rey Teodoro en Venecia*. A Lorenzo da Ponte, por el cual el emperador sentía también mucha estima, lo había nombrado supervisor de las óperas del teatro italiano. No era tanto como poeta cesáreo, pero conllevaba una asignación de mil doscientos florines anuales. Para Casti suponía pasar por la humillación de tener que mostrar sus libretos, para su aprobación, a alguien mucho más joven e inexperto que él. Salieri protegía a Da Ponte y el conde Orsini a Casti. Pensando que Orsini, por haber sido también asesor de María Teresa de Austria, tendría aún más influencia sobre José II que Salieri, Casti pidió audiencia al emperador, nada más triunfar con Paisiello. José II le recibió a la mañana siguiente, en compañía de Orsini, ataviado, como siempre, con su sempiterna casaca verde con cuello rojo de general de caballería y embutido en unos pantalones de color dorado que parecía no quitarse ni para dormir. Lucía en el pecho el cordón de la Orden de María Teresa y el collar del Toisón de Oro, y como era habitual, estaba de un humor excelente.

—¡*Bravissimo*, Casti! —dijo mirando a Orsini, que era quien le había recomendado—. ¡Aún estoy tarareando el aria *Non era ancora*! ¡Es la primera vez que asisto a una ópera bufa que acaba mal, sois un innovador del género! ¿Cómo habéis llamado a vuestro libreto?

—Drama heroicómico, majestad —dijo Casti complacido.

—¡Me encanta la mezcla! Cómico en algunos pasajes y heroico en otros, como la vida misma. Me ha parecido una parodia deliciosa de las aventuras de nuestro amigo, el rey Gustavo III de Suecia. Orsini, ¿os las arreglaréis para que *El rey Teodoro* se represente en Estocolmo y le hagamos rabiar un poco? Tengo mucha curiosidad por saber hasta dónde llega su sentido del humor cuando él mismo es el blanco de las bromas.

—Haremos lo imposible, majestad —dijo Orsini con sonrisa maliciosa.

—La música de Paisiello, como siempre, sublime. Pero es fácil componer cuando se tiene un libreto como el vuestro, mi querido Casti.

—Me abrumáis con vuestros elogios, majestad.

—Esperad aquí un momento. Voy en busca de lo que os habéis ganado.

Orsini y Casti se quedaron solos en la sala de audiencias y como no sabían lo cerca que andaba el emperador y no deseaban ser oídos, empezaron a comunicarse por gestos. Casti se llevó la mano a la cabeza y compuso con los dedos una corona de laurel. Era su forma de preguntarle a Orsini si por fin iba a ser nombrado poeta cesáreo. Éste afirmó muy rotundo con la cabeza y luego hizo el número tres con el pulgar, el índice y el medio. Era como decirle a su amigo: contad con los tres mil florines.

—¿Visteis a Da Ponte retorcerse en el palco? —preguntó Casti en un susurro.

—Rabiaba como un poseso —dijo Orsini—. No creo que pueda sobrevivir a vuestro éxito.

Ambos estallaron en una carcajada pérfida, justo en el momento en que Su Majestad regresaba… ¡con una tabaquera de plata y una bolsa de monedas!

«*Orrore e raccapriccio!*», —pensó Casti, que veía cómo se quedaba sin el título. Orsini hizo un último esfuerzo en favor de su amigo y protegido.

—Majestad, el puesto de Metastasio…

—Para mí no quiero poetas —dijo José II, porque la función principal del poeta cesáreo era componer versos en loa del emperador—, y para el teatro ahora tenemos también a Da Ponte. Aceptad, mi querido Casti, en señal de mi profunda admiración y reconocimiento, esta tabaquera de plata y doscientos ducados.

Cada ducado equivalía a cuatro florines y medio, de modo que el emperador le estaba entregando novecientos florines como recompensa por *El rey Teodoro*, además de lo que había percibido ya por el libreto. Leopold Mozart cobraba como vicemaestro de capilla tan sólo doscientos cincuenta florines, aunque era cierto que la vida en Salzburgo resultaba mucho más asequible que en Viena. Pero como Orsini le había hecho paladear la gloria durante unos instantes, el premio le supo a castigo y las lisonjas a su buen quehacer profesional, a burla despiadada.

—Sois muy generoso, majestad —dijo Casti en un tono tan ambiguo que Orsini pegó un respingo, temeroso de que el emperador captase el sarcasmo y lo echase de allí con cajas destempladas.

Casti era romano de adopción, y si había alguien que manejara la burla y el retintín con más maestría que nadie, era él. Pero José II no se dio por aludido, y tras algunos minutos más de apasionada charla, en los que evitaron ya comentar asuntos musicales y se habló sobre todo de la posible guerra contra los turcos —«Rusia me arrastra a un conflicto estéril, pero no sé cuánto tiempo podré dejar sola a la zarina»—, el emperador les anunció que la audiencia había terminado.

78

El italiano estaba fuera de sí por lo que consideraba una tomadura de pelo de José II y había reñido incluso con el conde Orsini-Rosenberg, su amigo y protector, cuando éste le había aconsejado, a la salida de la reunión, que tuviera paciencia.

—Voy a cumplir sesenta años y a causa de las secuelas de la maldita sífilis, mi salud deja mucho que desear. Mi momento es ahora: la paciencia es para los jóvenes y para los sanos. ¿Cuánto tiempo más cree que voy a durar ese hijo de... María Teresa?

—El emperador no tiene nada contra vos, antes por el contrario, se deshace en elogios hacia vuestro trabajo y vuestro ingenio. Lo que ocurre es que...

—¿Que prefiere a Da Ponte?

—No, que es un tacaño. ¿No habéis oído cómo se resiste a la guerra con los turcos? ¿Creéis que lo hace por no enviar a sus soldados al matadero? ¿Por no ayudar a Catalina? ¡Qué va, lo hace porque sabe que la guerra es cara y le costará una fortuna! El cargo de poeta cesáreo le supone un desembolso de tres mil florines anuales y está muy escarmentado con Metastasio, que se dedicó a vivir de las rentas los últimos quince años de su vida, sin ofrecer nada a cambio.

Cuando al día siguiente de su agridulce encuentro con el emperador, Casti recibió una carta de puño y letra de Wolfgang Amadeus Mozart, en la que le invitaba a tomar el té en su lujoso apartamento vienés, no tardó ni un minuto en garabatear una respuesta afirmativa y entregársela al mensajero. Sabía por Orsini que los Mozart detestaban a Salieri, y que el veneciano era el protector de Da Ponte, su denostado rival. «Mal se tendrá que dar la tarde si de mi encuentro con los Mozart no sale alguna idea brillante para que el emperador se vea forzado a coronarme como poeta cesáreo», farfulló nada más despedir al recadero.

79

En la reunión conspirativa estuvieron presentes sólo Mozart, Leopold, Constanze —que detestaba a la Storace, por intuir que se había enredado con su marido—, Sophie, la más pequeña de las Weber (la única que no cantaba) y, naturalmente, Giambattista Casti. Al principio no se habló de preparar ninguna jugarreta. Mozart admiraba de corazón al romano —había asistido a varios ensayos de *El rey Teodoro* y le había fascinado la ópera— y le planteó su deseo de escribir música sobre algún libreto suyo.

—A diferencia de Salieri —dijo Leopold, empezando a tantear el terreno—, que no tiene reparo alguno en trabajar hasta con el más endeble de los argumentos, mi hijo es tremendamente exigente con los libretos. Y vos, señor, sobra decirlo, estáis considerado el mejor poeta de Europa.

Casti estaba muy necesitado de lisonjas después del desengaño del día anterior y agradeció sinceramente el incienso con que lo estaba perfumando el austríaco.

—Pensé que ya estabais cocinando algo con Da Ponte —dijo Casti, que también quería saber el terreno que pisaba—. Me han dicho que tiene la oficina muy cerca de aquí y que os visita con inquietante frecuencia.

—Da Ponte, mi querido Casti —dijo Mozart—, no es libretista, sino adaptador. Dadle un buen drama sobre el que trabajar y sabrá aliñarlo con versos de indudable ingenio. Pero si parte de una mala historia, no será capaz de arreglarla, como le está ocurriendo en estos momentos con *Il ricco d'un giorno*.

—No me quiero imaginar —añadió Leopold— lo que ocurrirá cuando tenga que partir de cero e inventar una historia original, que es lo que mi hijo necesita en estos momentos.

—Si es por eso —dijo Casti con buena dosis de autoironía—, también yo he copiado cosas del *Cándido* de Voltaire para escribir mi *Rey Teodoro*.

—Estoy seguro —dijo Leopold— de que en vuestra mesa de trabajo se acumulan ahora mismo por lo menos media docena de libretos sobre los que a mi hijo le encantaría trabajar. El problema es Salieri. Ese veneciano parece empeñado en mantener a mi hijo lo más alejado posible del Burgtheater.

Al ver que Casti reaccionaba con perplejidad a sus palabras, Leopold se dio cuenta de que el romano llevaba poco tiempo instalado en Viena y necesitaba ponerle en antecedentes. Así pues, procedió a narrarle con pelos y señales el fracaso de *La finta semplice*, que él atribuía a un enredo de Salieri, y el robo de material que había sufrido Wolfgang en *Le donne letterate*, del que también echaba la culpa al veneciano.

—Si es tal como decís —dijo Casti— no me extraña que se hayan juntado él y Da Ponte, al que (perdonadme, Mozart, me consta que vos sí le apreciáis) considero el mayor arribista que haya pisado Viena en mucho tiempo.

Mozart hizo un gesto con la mano, como para indicarle a Casti que podía hablar con libertad, y éste se despachó a gusto, difamando a su rival con media docena de anécdotas que probablemente él mismo había inventado.

—No creo que ni Da Ponte ni Salieri sobrevivan a la noche de estreno —concluyó, y al tiempo que mostraba por primera vez sus dientes llenos de caries, dejó escapar una risita siniestra, como de enterrador celebrando la llegada a la morgue de dos nuevos cadáveres.

Al percatarse de que ni Leopold ni Wolfgang se mostraban muy convencidos del fracaso, Casti empezó a burlarse del libreto, que parecía saberse de memoria.

—¡Una historia muy original! Dos hermanos, Giacinto y Strettonio, entran en rivalidad por ¡tachán!, ¡lo que nunca se había visto hasta hoy en un escenario!, ¡el amor de una mujer! ¿Y el nombre del hermano malo? ¡Strettonio! Yo no le pondría ese nombre ni a mi dentista, y a fe mía que lo detesto con todas mis fuerzas. ¡Strettonio! ¿Sabéis por qué? Porque es el avaro. El estrecho, ¿lo pilláis? ¡Oh Fénix de los Ingenios, oh eximio Lorenzo da Ponte que gozas de la bendición del emperador, gracias por derrochar tu infinito gracejo hasta en los más nimios detalles de tu magna obra! Tu público sabrá agradecértelo como es debido dentro de muy pocos días, ja, ja, ja...

Casti era tan expresivo hablando y soltaba su veneno con tanta vehemencia, que Leopold y Wolfgang lograron sobreponerse a la visión de aquella horrible boca erizada de dientes podridos y disfrutar con sus burlas y sus befas.

—Parecéis conocer el argumento íntimamente —dijo Leopold—. ¿Habéis leído el libreto?

El romano había preparado un boicot en toda regla contra Da Ponte y su ópera, y al ver que Mozart y su padre, por enemistad con Salieri, tenían tantas ganas como él de que *Il ricco d'un giorno* naufragase, se animó a desvelar con pelos y señales lo que había tramado para hundirla.

—Da Ponte tiene un copista llamado Chiavarina, un tipejo con ínfulas de poeta que no vale ni el tiempo que se tarda en pronunciar su nombre. Como todos los individuos de su calaña, Chiavarina es muy venal y no me ha sido difícil convencerle para que haga dos copias en limpio del libreto. Una para Da Ponte y otra, secreta, para mí. Con ayuda de otro juntaversos llamado Brunati, que aspira también al puesto de poeta cesáreo, hemos retocado las rimas de las arias y las hemos llenado de palabrotas. «Fruta» ya no rima con «gruta», sino con «puta», y «habitación» tampoco casa con «pasión», sino con «maricón».

Leopold y Wolfgang estallaron en tales carcajadas que Casti tuvo que interrumpir el relato para permitir que se desahogaran.

—Los cantantes —prosiguió— dirán bien los versos, pero toda la nobleza de Viena y lo que es más importante, la familia imperial, estarán siguiendo un texto que les hará dudar de lo que están oyendo. Por si esto fuera poco, le he encargado a Brunati (con quien por cierto pasé una tarde inolvidable leyendo y comentando el libreto original) que escriba ya la crítica de *Il ricco d'un giorno*, para distribuirla junto con el programa. Va a ser un espectáculo digno de verse.

—Vuestro plan convertirá sin duda la noche del estreno en un esperpento —concedió Leopold—, pero ¿qué ocurrirá en los días sucesivos? El papel principal se lo han asignado a Nancy Storace, y mi hijo asegura que tiene tal magnetismo en el escenario que el público seguirá llenando el teatro sólo para verla.

—Wolfgang está en lo cierto, pero Rosenberg y yo nos vamos a ocupar también de ese pequeño detalle. Os puedo asegurar casi al cien por cien que la Storace no cantará en la ópera de Salieri y Da Ponte. Dejadlo todo de mi cuenta pero prometedme una cosa, herr Mozart: mis tres próximos libretos llevarán música de vuestro hijo. Es lo menos que os puedo exigir por haberos allanado el camino hasta la gloria.

80

Leopold había recorrido casi mil kilómetros en el viaje de ida y vuelta a Venecia para conseguir la pócima con la que dejar fuera de combate a Nancy Storace y había desembolsado por ella una fortuna. Aunque escuchó con alivio que Casti se iba a ocupar de la soprano, no pudo evitar sentirse un completo idiota por la cantidad de tiempo, esfuerzo y dinero empleados en conseguir el agua tofana. Casi deseó que el plan del italiano no llegara a funcionar, para poder justificar ante sí mismo su enorme inversión.

—Si no es indiscreción, ¿cómo la vais a convencer para que no cante? No creo que el método que habéis empleado con el copista funcione con una artista que gana dinerales.

—No sé si estáis al tanto de la profunda amistad que me une con el conde Orsini-Rosenberg —dijo Casti, sacando pecho—. Nos conocemos desde hace muchísimos años, él fue quien me envió a la Toscana para ocuparme de la tutela del gran duque Leopoldo, hermano del emperador y llamado a sucederle en el trono, puesto que José II parece empeñado en no dejar descendencia. Orsini es el superintendente de los teatros italianos y mañana por la mañana, a una semana escasa del estreno, convocará a Anna Selina a su despacho con un pretexto burocrático.

—¿Anna Selina? ¿Es ése su verdadero nombre?

—Sí, así se llama la hija de Stefano Storace, un gran contrabajista que inoculó en ella y en su hermano el veneno de la música. Conozco a Anna Selina desde que la vi cantar en Nápoles con quince años. Ni que decir tiene que ya en aquella época era irresistible, no sólo como artista, sino como mujer. ¡Esos ojos enormes, esa boca exquisita de labios finos y delicados que parecen sonreírte todo el tiempo, esos enormes sombreros llenos de flores, de los que cuelgan, como uvas de una parra deliciosa, esos tirabuzones dorados tan encantadores!

Nancy Storace tenía diecinueve años y Casti, sesenta. Escuchar el tono de concupiscencia con el que el italiano describía a la cantante les revolvió las tripas tanto a Leopold como a Wolfgang. Al primero, porque la Storace, además de cuarenta años más joven, era una mujer casada y Leopold era, en temas sexuales, de una ortodoxia rayana en el fanatismo. A Mozart, porque aunque era cierto que no habían pasado de un simple coqueteo, la deseaba secreta e intensamente, e imaginarla en brazos de un hombre tan repulsivo como su maltratador le resultaba insoportable.

—¡Es una criatura tan adorable! —dijo Casti, como si no hubiera quedado ya claro que bebía los vientos por ella—. ¡Cuando pienso que ese judío pervertido ha conseguido sus favores, siento ganas de estrangularlo con mis propias manos!

Mozart no estaba al tanto de esta conquista y dado que lo que más deseaba en el mundo era estar en el lugar de Da Ponte, se mordió el labio con amargura.

Leopold decidió que estaba escuchando más de lo que podía tolerar y que la conversación estaba degenerando hacia el cotilleo de comadres.

—Ahora que nos habéis confirmado lo que yo me temía, que Viena no es distinta, en lo tocante a la moralidad de sus gentes, a Sodoma y Gomorra, ¿podemos regresar al tema que nos ocupa? —dijo sin disimular su irritación—. Nos contabais que Orsini-Rosenberg ha convocado a la Storace mañana por la mañana.

—Exacto. Una vez allí, le dejará claro que el emperador ya ha decidido que yo voy a ser el próximo poeta cesáreo...

—¿Es eso cierto?

—No, pero ella no lo sabe. La convencerá de que apostar por Da Ponte es cerrarse para siempre la puerta del Burgtheater y que debe fingirse enferma y decir que no puede cantar.

—¡Pero la descubrirán enseguida!

—Le diremos que debe coger frío y meterse en la cama. Del resto se ocupará el médico del conde Orsini, que certificará que Storace está con neumonía y no puede actuar, bajo ningún concepto.

—¡Fantástico! —exclamó Leopold—. Pero ¿creéis que seguirá las instrucciones al pie de la letra?

—¿Qué haríais vos si la persona que controla la ópera de Viena os pidiera un sacrificio semejante?

—No lo dudaría ni un instante —dijo Leopold—. Pero mi hijo me ha informado de que la Storace es rebelde y combativa. En Florencia...

—Conozco la historia: mandó a paseo a un castrato. Pero Orsini no es Marchesi. No sabéis el respeto reverencial que le tiene todo el mundo. Cuando habla, parece siempre que lo hiciera por boca del emperador.

81

Algunos días después, Leopold y Mozart asistieron al estreno de *Il ricco d'un giorno* y comprobaron complacidos cómo el bochornoso espectáculo ofrecido por la compañía de ópera bufa superaba con creces las expectativas despertadas por Casti. Quizá por reservarse algún elemento sorpresa, éste no les había contado que algunos de los cantantes del reparto habían sido sobornados para que se equivocaran adrede: bien entrando al escenario más tarde de lo que les correspondía, bien callando allí donde tenían que cantar, o simple y llanamente, aullando como perros en celo al llegar a los agudos. Leopold levitaba de placer. Al mirar hacia el palco donde estaban Salieri y Da Ponte y verlos semiocultos tras las cortinas, humillados y vencidos, dicho placer se convirtió en éxtasis. Los espectadores decidieron que aunque la ópera era un completo esperpento, ellos habían pagado para pasar un buen rato y empezaron a patear tras cada aria, con tal ferocidad que toda la estructura de madera del pequeño Burgtheater parecía querer venirse abajo en cada andanada. Algunos silbaban con voluptuosidad a la entrada de los cantantes varones, desatando las carcajadas de todo el patio de butacas, y otros bramaban como venados en celo cuando aparecían las mujeres del reparto. Mozart, como tenía especial disposición para recrearse en los momentos cómicos, reía con tantas ganas que, en un momento dado, se atragantó con sus propias carcajadas y Leopold tuvo que propinarle una buena sarta de palmetazos en la espalda, para hacerle reaccionar.

Al terminar la ópera, Casti, que había asistido a la ópera desde el privilegiado palco del conde Orsini, se acercó a Leopold y a Wolfgang y les rogó que le acompañaran.

—Vamos a hacer relaciones públicas —dijo con maquiavélica sonrisa.

El romano, muy resuelto, se dirigió hacia el lugar donde estaban Da Ponte y Salieri, con el padre y el hijo siguiéndole a un metro escaso de distancia, como dos improvisados guardaespaldas.

—¡Queridísimo Lorenzo! —le dijo a Da Ponte nada más verle—. ¡Qué injusta acogida, qué cruel recibimiento! ¡El público de Viena no sabe ya apreciar la cadencia de un buen verso, ni el buen gusto de una rima certera!

Da Ponte sabía perfectamente que Casti hablaba en tono sarcástico, pero para no darle el placer de verle herido, fingió que no se daba cuenta de la intención y le agradeció sus palabras en el mismo tono:

—¡Ah, mi apreciado abate, no sabéis cómo agradezco vuestras palabras! ¡A qué gran poeta cesáreo ha renunciado el emperador!

Casti también simuló que el dardo de Da Ponte no le había alcanzado y nada más darse la vuelta, empezó a despotricar contra él con cuanto noble se cruzaba en el camino.

—El pobre Da Ponte no sabría armar ni una obrita para niños —decía con sorna—. ¡Me temo que la chispa y el ingenio, que admito afloran a veces en su conversación, no terminan de plasmarse en los versos, pues toda su energía se le escapa por la boca!

El romano, siempre escoltado por Wolfgang y Leopold, se acercó entonces a Salieri, pero se había concentrado tal marea de gente a su alrededor, que sólo pudo escuchar lo que les decía a otros.

—¡Me han obligado, me han obligado! ¡Nunca debería haber compuesto sobre un libreto tan banal! ¡No volveré a escribir ni una nota para ese necio!

82

Leopold Mozart siempre había presumido ante sus hijos de ser un devoto católico y un gran administrador del dinero. Tal vez por eso, jamás llegó a contarle a Wolfgang que lo que había comprado en Venecia no era un jarabe para la afonía, sino el veneno más letal del mundo. Le avergonzaba tener que admitir que había pagado una fortuna —¡trescientos *zecchini*!— por una botella de agua tofana que sólo había servido para matar a una paloma. Nunca volvió a pensar en aquella angustiosa mañana en Murano, ni a sentir tentaciones de usar la ponzoña, porque después del desastre de *Il ricco d'un giorno*, Wolfgang, con *Las bodas de Fígaro*, cosechó uno de los mayores triunfos operísticos —si no el más grande— de su carrera como compositor. El distanciamiento entre Salieri y Da Ponte —el primero logró mantener, aunque sólo durante unos meses, su propósito de no volver a trabajar «nunca más» con el segundo— propició el encuentro artístico entre los dos jóvenes creadores. Casti, en cambio, quedó postergado por completo, y acosado por la policía del emperador, a causa de sus ideas libertinas, tuvo que salir de Viena a uña de caballo.

Mozart conocía las fortalezas y debilidades de Da Ponte y sabía que a partir de un mal drama era incapaz de construir un buen libreto, pues carecía de formación teatral; pero si la comedia de partida era buena, no había nadie mejor en toda Europa que el judío converso para adaptarla al teatro musical, porque era un formidable versificador y sus rimas estaban llenas de ingenio. Desde hacía varios años, Wolfgang envidiaba el triunfo de Giovanni Paisiello y su *Barbero de Sevilla*, una de las óperas más representadas de la época, y era consciente de que además de la música del italiano —de innegable calidad— la clave del éxito había estado en la elección del drama de partida: la ya mítica obra de teatro de Beaumarchais. Retomando algunos de los personajes —Fígaro, don Bartolo, el conde de Almaviva—, el francés había estrenado una segunda parte llamada *Las bodas de Fígaro*, que Mozart se proponía ofrecer a Da Ponte para su adaptación a la ópera. La comedia de Beaumarchais había sido censurada en Viena por el emperador en persona, al estimar que alentaba la lucha de clases. Mozart y Da Ponte se pusieron a trabajar en ella sin contrato alguno y no dijeron ni media palabra a José II, sabiendo el riesgo que corrían. Pero era indudable que Salieri había quedado muy debilitado tras el batacazo de *Il ricco d'un giorno* y Wolfgang estaba convencido de que el emperador era, por encima de todo, un músico de gran criterio y un melómano apasionado: si sometía a su aprobación una ópera de gran calidad y Da Ponte lograba rebajar el tono incendiario del drama original de Beaumarchais, José II no tendría más remedio que levantar el veto que pesaba sobre *Fígaro*. Da Ponte estuvo habilísimo: sustituyó la diatriba final contra la nobleza hereditaria (que estaba en la comedia original) por un discurso igual de vehemente contra las esposas infieles y logró que el emperador se tuviera que rendir y diera su aprobación a la obra.

Leopold Mozart se fue a la tumba al año siguiente con la amargura de no haber logrado la defenestración de Salieri, que siguió conservando su cargo de *kapellmeister* hasta el fin de sus días, pero con la alegría inmensa de ver cómo su hijo Wolfgang lograba por fin —gracias a la jugarreta de Casti— cosechar un éxito rotundo en un terreno de juego que hasta la fecha había sido coto privado de los italianos: la ópera bufa.

83

Le nozze di Figaro contenía algunas de las arias más memorables que músico alguno hubiera compuesto hasta la fecha y una trama muy sólida, a la que Da Ponte inyectó todo su humor y su ingenio. Por si fuera poco, Nancy Storace, que tras tontear con el veneciano estaba ahora viviendo un romance secreto con el propio Wolfgang, se encargó de dar vida a Susanna, la mujer de Fígaro. Francesco Benucci, un barítono asimismo excepcional, encarnó a Fígaro y el resto del reparto también fue confiado a cantantes de primera línea. Mozart, dirigiendo desde el piano, logró cuajar una de las noches de estreno más memorables de los últimos años, hasta el punto de que hubo cinco repeticiones de diversos números. Esto alargó tanto la representación, que el emperador dispuso que para evitar veladas interminables, sólo pudieran repetirse las arias. A pesar de la gran acogida, *Le nozze di Figaro* sólo aguantó en cartel siete representaciones. Como a partir de la tercera función, Mozart dejó de dirigir y subió al podio Joseph Weigl, que había sido alumno de Salieri, Leopold dedujo (inmediata y erróneamente) que el veneciano se las había arreglado otra vez para torpedear a su hijo y falleció al año siguiente convencido de que éste seguiría teniendo que batallar aún mucho contra los italianos, a pesar del éxito conseguido.

La botella de agua tofana, que había viajado a Viena con Leopold aquel año de gracia de 1784 en que Salieri probó el acíbar del fracaso, regresó a Salzburgo a las pocas semanas y permaneció en un anaquel de la cocina del padre de Wolfgang hasta que éste falleció, tres años después, y se repartió la herencia entre los dos hermanos. Dados los mayores vínculos de Wolferl con Italia, Nannerl consideró que aquel hermoso frasco, decorado con la vida y milagros de San Nicolás de Bari, debía ocupar un lugar de honor en casa de su hermano, y así fue como el veneno más letal del mundo llegó al domicilio de Amadeus.

En el año 1791, el último de vida para Mozart, las cosas se habían complicado sobremanera para él y Constanze. Tal como le había predicho su padre, el voluble público vienés se había cansado ya de sus conciertos para piano por suscripción, que representaban una porción no pequeña de sus ingresos, y Amadeus se estaba convirtiendo en una estrella en decadencia. Como consecuencia de su pérdida de popularidad, también las clases particulares habían disminuido, pues las hijas de los aristócratas preferían tomar lecciones de músicos que estuvieran más de moda. Mozart y Constanze habían tenido que renunciar a su lujoso apartamento cerca de la catedral de San Esteban e instalarse en un piso con la mitad de habitaciones, en el número 8 de la Rauhensteingasse. Puesto que Amadeus era incapaz de renunciar a una serie de hábitos profundamente arraigados en su tren de vida, como el juego o la ropa cara, se veía obligado a pedir dinero prestado a sus amigos masones con frecuencia preocupante; y esa inestabilidad económica y profesional empezó a pasarle factura a su precaria salud.

Aunque le asistían médicos competentes, Mozart no podía dejar de pensar en el botiquín de viaje de Leopold y en cómo éste le había salvado de la ceguera y de la muerte en los momentos más críticos de su atribulada infancia. Por eso, aunque procuraba seguir las indicaciones de los profesionales, a veces se automedicaba con polvo negro y polvo de margrave, como le había enseñado su padre. Pero no contento con ingerir estos preparados, Wolfgang empezó a tomar también, cada vez que se sentía decaído, unas gotas de la *Manna di San Nicola*, pensando que si Leopold —que tanto sabía de farmacia— la había comprado, era porque estaba convencido de sus milagrosas propiedades. Ya desde el primer día, el agua tofana empezó a causar estragos en su deteriorado organismo, y cuando se dio cuenta de que algo horrible le estaba quemando por dentro, se lo comentó a Constanze.

—Tengo dolores constantes y una sensación de abatimiento que crece con cada día que pasa. He llegado al convencimiento de que alguien me está envenenando con agua tofana.

—¿Por qué precisamente con ese veneno?

—Por la sensación de quemazón interior. Lleva arsénico, ¿sabes? Y el arsénico abrasa las tripas. Creo que si no estuviera tomando la *Manna di San Nicola* que trajo mi padre de Italia, ya me habría ido al otro barrio.

Mozart presentaba, desde luego, muy mal aspecto, y Constanze era consciente de que algo le pasaba. Pero lo atribuía sobre todo al exceso de trabajo, pues durante el que iba a ser el último verano de su vida, había tenido que atender dos encargos importantes. De un lado, el hermano de José II, que había ascendido al trono el año anterior, iba a ser coronado en Praga, ya que además de emperador del Sacro Imperio, también era rey de Hungría y de Bohemia. Con tan fausto motivo, a Mozart le habían confiado la composición de una ópera sobre un viejo libreto de Metastasio: *La clemenza di Tito*. Casi de forma simultánea, un desconocido se había presentado sin avisar en su domicilio y le había encargado una misa de difuntos: un réquiem. El misterioso emisario, al cual Mozart empezó a referirse siempre como «el hombre de gris», pues vestía invariablemente de ese color, le había explicado a Mozart que la mujer de su patrón había fallecido y su viudo deseaba honrarla en el funeral con la música más sublime que pudiera encontrar. Mozart, en un primer momento, declinó el encargo. Su amigo Emanuel Schikaneder acababa de convertirse en empresario de un teatro popular en los suburbios de Viena y le había convencido para componer la música de una ópera —un *singspiel*, con diálogos hablados— de cuyo libreto él mismo era el autor: *La flauta mágica*. Las dos óperas, más las piezas masónicas que Mozart debía componer para tener contentos a sus compañeros de logia y que le siguieran prestando dinero, lo tenían atareadísimo, y una misa de réquiem no podía considerarse en modo alguno un encargo menor.

Sin embargo, el hombre de gris siguió insistiendo y Mozart decidió quitárselo de en medio, pidiendo por el réquiem una cifra disuasoria: sesenta ducados. Tan pronto escuchó la cifra, el hombre de gris, en vez de soltar una carcajada o tratar de regatear a la baja, echó mano a la faltriquera y le entregó en mano la mitad de la suma.

—El resto, cuando entreguéis la partitura.

Al tratarse de una misa de difuntos, Mozart empezó a asociar con aquel encargo su malestar físico y la ominosa sensación de estar siendo emponzoñado.

—La persona que me está envenenando parece haber calculado incluso el día de mi muerte —le comentó a Constanze—. Le dije que no podría tener el *Réquiem* completado antes de tres meses y al paso que voy, creo que no lograré sobrevivir mucho más allá de esa fecha.

—¡Me estás dando miedo, Wolferl! ¡No sé adónde quieres ir a parar!

Mozart y Schikaneder habían decidido que *La flauta mágica* fuera un gran homenaje a los ritos y símbolos de la masonería, pero algunos compañeros de logia les habían hecho saber que estaban revelando demasiados secretos y que no tendrían más remedio que cambiar la ópera de arriba abajo. Mozart consideró esta acusación totalmente infundada y se negó en rotundo a llevar adelante los cambios solicitados. Ahora empezaba a sospechar que el jefe de la facción más radical de su logia había decidido acabar con él como castigo por haber traicionado a la organización. De ahí, su respuesta a Constanze.

—¿Es que no lo entiendes? ¡Lo de la mujer es un engaño! ¡El tipo está preparando su venganza! ¡La misa de difuntos es para mi propio funeral!

Mozart no tenía forma de saber cuán alejado estaba de la verdad: el hombre de gris no tenía nada que ver con la masonería y le había ocultado una sola cosa. Si bien era cierto que el *Réquiem* le había sido encargado por un afligido viudo, que deseaba honrar todos los años a su amada esposa, el mensajero no le había informado de que ese noble era el conde Franz von Walsegg. El aristócrata residía a unos treinta kilómetros de Viena y era famoso en la ciudad por unas veladas musicales que tenían lugar semanalmente, en las que hacía que su orquesta estrenara piezas compuestas por otros, de las cuales él se fingía autor. Todos los martes y jueves, el público que asistía a esos conciertos se sometía a la misma pregunta, simulando no estar al tanto de la farsa.

—¿A que no sabéis quién ha compuesto la obra que acabamos de escuchar? —preguntaba el conde.

—¡Vos, excelencia! —respondía la concurrencia, que sabía perfectamente que Walsegg era incapaz de hilar más de media docena de compases seguidos.

Esta pantomima se venía produciendo desde hacía años, pero siempre se había limitado a pequeñas composiciones de cámara, en las que el propio Walsegg, que tocaba el chelo y la flauta, era uno de los intérpretes. La trágica muerte de su amada esposa Anna le había empujado a dar un paso más atrevido. Esta vez la obra que haría pasar como propia sería una gran misa de difuntos, y el compositor encargado de la partitura no sería uno menor, como hasta ahora, sino el gran Wolfgang Amadeus Mozart.

84

Amadeus necesitaba el dinero; por eso, aunque el *Réquiem* le hacía presentir su propia muerte, se puso de inmediato manos a la obra.

La clemenza di Tito no era una ópera cualquiera, sino una de coronación del emperador, así que no podía ser postergada. A pesar de que partía de un rancio libreto de Metastasio, Mozart sabía que el empresario de Praga había acudido primero a Salieri, que lo había rechazado por estar hasta arriba de trabajo. Amadeus deseaba dar lo mejor de sí mismo para demostrar que podía eclipsar al *kapellmeister*. No solamente entregó a tiempo la partitura, sino que viajó a Praga con Constanze y su fiel asistente musical, Süssmayr, para dirigir la ópera. Justo en el momento en que el carruaje estaba a punto de partir de su domicilio, el hombre de gris asomó su cabeza por la ventana de la portezuela y le recordó el encargo.

—Tenéis ya treinta ducados míos —le espetó con cara de pocos amigos— y os di un plazo de tres meses para entregar el *Réquiem*. ¡No permitiré que abandonéis Viena hasta terminarlo!

—No sé quién os envía, pero estoy seguro de que no querrá provocar un incidente con el nuevo emperador —le dijo Mozart—. Voy a su coronación, no a tomar las aguas a un balneario. ¿O queréis que le diga a Su Majestad que lo he plantado por atender vuestra misa de difuntos?

El hombre de gris se quedó mudo al ser informado de la importancia de aquel viaje y vio que no tenía más remedio que aflojar la presión sobre Mozart.

—Cerramos el trato en julio, luego el plazo vencerá a primeros de septiembre. ¿Cuándo creéis que podréis tener listo el *Réquiem*?

—La ceremonia de coronación es el día 6 —dijo Mozart—. Hay casi trescientos kilómetros de aquí a Praga. Confío en poder estar de vuelta a mediados de mes. Os pido un mes más, a contar desde el 15 de septiembre.

—¡Sea! —aceptó con resignación el emisario—. Pero si volvéis a defraudarme...

Mozart no esperó a que el hombre de gris culminara la amenaza y ordenó al cochero que arrancase. Se sentía tan escaso de fuerzas que sabía que sólo un milagro podría conseguir que lograra entregar el *Réquiem* el 15 de octubre.

Amadeus no conocía ningún médico de confianza en Praga, por lo que decidió llevar consigo el maletín médico de Leopold, en el que metió la botella de la *Manna di San Nicola*, que era, sin él saberlo, lo que de verdad lo estaba matando lentamente. Por si fuera poco, *La clemenza di Tito* no tuvo una gran acogida. Cuando Mozart se enteró de que la infanta María Luisa de España, casada con Leopoldo II, el nuevo emperador, había reaccionado con asco a su ópera, tildándola de «porquería alemana», sus decaídas fuerzas mermaron aún un poco más. Quedaban tres semanas para el estreno de *La flauta mágica*, de la que aún tenía que escribir varios fragmentos, y todavía no había completado el *Réquiem*.

85

Una vez fallecido Leopold, que había logrado inocular a su hijo un odio enfermizo hacia Salieri, ya no había nadie que lo malmetiera de continuo contra el veneciano y Mozart dejó de verlo como un enemigo.

Durante el año anterior, Lorenzo da Ponte le había propuesto a Salieri que musicara su libreto *Così fan tutte* y tras ponerse manos a la obra, llegó a la conclusión de que no valía la pena. Da Ponte, entonces, se lo ofreció a Mozart y éste compuso una de sus mejores óperas, sólo superada por *Le nozze di Figaro* y *Don Giovanni*. Salieri se había sentido algo mortificado por el hecho de que su colega hubiera sabido extraer oro de allí donde él sólo había visto ganga, pero como Mozart no aprovechó la ocasión para hacer sangre y mofarse de él, su distanciamiento duró poco tiempo y ambos volvieron a recuperar una relación de mutua admiración y respeto. A Salieri le encantaba la música de Mozart, y éste había llegado incluso a componer variaciones sobre una melodía de Salieri. Era tanta la necesidad que Amadeus tenía de su aprobación, que cuando se estrenó *La flauta mágica*, no se limitó a invitar al italiano a la ópera, sino que fue recogerle personalmente en su carruaje y lo llevó al teatro —en compañía de su ex alumna y amante, Caterina Cavalieri— para disfrutar juntos, compartiendo palco, de aquella imaginativa historia, escrita e interpretada por Emanuel Schikaneder, que se reservó para sí el papel de Papageno. Salieri se lo pasó en grande y no dejó de exclamar «*bravo!*» y «*bello!*», en su lengua madre, a lo largo de las dos horas y media de representación. Cuando cayó el telón, le dijo a Mozart, siempre en italiano, que *La flauta* era un *operone*, es decir, un pedazo de ópera. Amadeus se sintió tan halagado por las palabras de Salieri que esa misma noche escribió una carta a Constanze, por entonces en el balneario de Baden, en la que le narró con pelos y señales la calurosa reacción del italiano.

Fue tal la inyección de optimismo que Mozart experimentó al comprobar el éxito de *La flauta mágica*, que durante varios días dejó de automedicarse, y prescindió incluso de la *Manna di San Nicola*, pues sentía que podía hacer frente a sus obligaciones sin recurrir a mejunje alguno. Terminadas *La clemenza di Tito* y *La flauta mágica*, Mozart no regresó de inmediato al *Réquiem*, que le causaba profunda zozobra, y se embarcó en un *Concierto para clarinete* para el que ideó algunas de las melodías más sublimes que auditorio alguno hubiera escuchado jamás.

Pero el hombre de gris volvió pronto a la carga para recordarle su compromiso ineludible. Como vio que Mozart estaba pálido y falto de fuerzas, le abonó los treinta ducados que faltaban y le prometió un plus si entregaba la misa antes de quince días. Mozart aceptó el dinero; pero había llegado a sugestionarse tanto con la idea de que el *Réquiem* era para su propio entierro que volvió a recurrir al botiquín de Leopold, incluida la *Manna di San Nicola*. En pocos días, el agua tofana empezó de nuevo a hacer estragos en su organismo, hasta el punto de que Constanze le escondió la partitura del *Réquiem* y le obligó a trabajar en una cantata masónica que le había encargado el maestre de su propia logia.

El día 18 de noviembre de 1791, un extenuado Mozart dirigió la *Pequeña cantata masónica* en la nueva sede de su logia. Dos días más tarde se sintió tan enfermo que los médicos le ordenaron guardar cama. Le prohibieron terminantemente que se automedicara con los polvos negros de Leopold, pero por desgracia para él, consideraron que la *Manna di San Nicola*, que olía y sabía a agua, era completamente inocua y le mantendría hidratado. Además, dado el efecto placebo que le producía, le indicaron a Constanze que dejara el frasco sobre la mesilla de noche, para que bebiera siempre que quisiera.

—No sólo es un recuerdo de Italia —le dijo Mozart a uno de los doctores—, me sirve sobre todo para estar cerca de mi padre. Es como si me hiciera compañía por medio de esa botella.

Constanze le prohibió que trabajara, y mucho menos en el *Réquiem*, que parecía tener una influencia nefasta sobre él. Pero a Mozart le fatigaba estar ocioso aún más que componer, y como además empezaba a estar muy orgulloso de lo que llevaba escrito hasta la fecha, le suplicó a Constanze que le dejara a mano la pluma y el papel pautado. Durante unos días, pareció que guardar cama le servía para recuperar fuerzas. Schikaneder, que se había convertido en un amigo muy querido, lo visitaba con frecuencia y su conversación parecía insuflarle más vigor que ningún medicamento.

—Estamos llenando el teatro todos los días —solía decirle el libretista—. ¿A que no sabes qué recaudación hicimos anoche?

Y para hacer rabiar a Constanze, que estaba ansiosa por conocer el dinero que llevaban ganado, se acercaba a Amadeus y le susurraba la cantidad al oído, como si fuera un impenetrable secreto.

—¡Somos ricos! —decía Mozart, mirando divertido a su mujer—. Constanze, algún día te contaremos cuánto llevamos ganado. Por ahora es mejor que no lo sepas, ¡podría darte un ataque al corazón!

Schikaneder quería tanto a Constanze que no soportaba verla enfurruñada durante mucho rato, y enseguida se acercaba a ella y le entregaba en una bolsa la recaudación de la noche anterior.

—¡Qué rabia no poder ir al teatro todas las noches! —dijo Mozart la última vez que lo visitó su amigo.

—¡Rabia para ti y suerte para mí! —respondió el otro riendo—. ¡Aún tiemblo al recordar la perrería que me hiciste el día del estreno!

Durante una de las veladas en las que había acudido al teatro como público, Mozart sintió un deseo irresistible de gastarle una broma a Schikaneder en su papel de Papageno, y eligió el momento en que éste canta, acompañándose de un *glockenspiel*, una de las arias más populares de la ópera. Pero el instrumento, entonces como ahora, siempre es de atrezo, y el cantante actor se tiene que coordinar, mediante mímica, con un músico que está entre cajas, que es quien realmente lo toca.

La noche del bromazo, fue el propio Mozart quien se metió entre cajas. Al terminar un pasaje, para sorprender a Schikaneder, Amadeus tocó un arpegio que no estaba en la partitura y dejó en evidencia a su amigo, pues el público se dio cuenta de que el instrumento era de mentira y que el actor parecía no saberse la partitura. Schikaneder, desconcertado, miró en todas direcciones, intentando localizar a su saboteador, y cuando vio a Mozart, muerto de risa en uno de los laterales, supo que la broma no había terminado. En efecto, pocos compases más adelante, se repetía el mismo pasaje y Schikaneder se mantuvo alerta para tocar el arpegio en el punto en el que Mozart lo había añadido. Esta vez hizo el gesto de tocar, pero no salió sonido alguno del instrumento. Los espectadores, que ya habían sonreído tras la primera equivocación, rieron abiertamente tras esta segunda. Cuando el *glockenspiel* sonó por tercera vez y Schikaneder, entre enfadado y divertido, se enfrentó a su propio instrumento con un «¡calla, coño!», el teatro se vino abajo en una carcajada.

Mozart volvió a reír con ganas evocando aquella trastada, pero su estado de salud era ya tan precario que cada convulsión lo hizo retorcerse de dolor y su risa acabó en un esputo sanguinolento que Sophie, la más pequeña de las Weber, se apresuró a recoger con un pañuelo.

—Ánimo, compañero —le dijo Schikaneder—, de peores has salido.

Mozart sonrió débilmente y acto seguido se sumergió de golpe en un profundo sueño, como si estuviera ya ensayando el momento de su propia muerte.

86

Durante los últimos meses, Constanze había estado yendo y viniendo al balneario de Baden, situado a veinticinco kilómetros de Viena. Sus aguas sulfurosas tenían la propiedad de curar un buen puñado de dolencias, que iban desde las afecciones de piel hasta los dolores reumáticos. Mozart nunca tuvo claro qué era lo que padecía su mujer, y solía tomarle el pelo diciendo que sus males eran imaginarios y se hacía la enferma sólo para competir con él. En cierta ocasión llegó a bromear con la idea de que estuviera manteniendo un idilio secreto con el joven Süssmayr, y que Baden era el lugar escogido por ambos para estar juntos. Aquella insinuación le dolió tanto a Constanze que Mozart le prometió que no volvería a mencionar el asunto. Lo cierto es que al ver tan enfermo a su marido, Constanze empezó a sentir fuertes remordimientos por haberle dejado solo durante tantas semanas en el transcurso de aquel año. Cuando, tras su preocupante acceso de tos, en el que terminó vomitando sangre, Mozart se quedó tan profundamente dormido que parecía ya muerto, Constanze, en parte por mala conciencia y en parte por la horrible sensación de impotencia que la embargaba, prorrumpió en un ataque de llanto. Schikaneder se acercó a ella para consolarla y al cabo de unos minutos, ella se puso en pie y fue en busca de las cartas que Mozart le había enviado desde Viena mientras ella tomaba las aguas en Baden. Eran de una increíble ternura, pues además de un gran amor hacia su esposa, expresaban una enorme desolación interior. La más emotiva de ellas decía:

> No te puedes imaginar qué difícil es estar sin ti. Me resulta imposible de explicar, es como una especie de vacío indescriptible, como una dolorosa añoranza que no logro mitigar y que, por tanto, no cesa. Sigue y sigue, y con cada día que pasa se convierte en más insoportable.

La carta no sólo expresaba el grado de intensidad con que Mozart echaba de menos a su mujer —que además estaba a punto de dar a luz a su sexto hijo—, sino la increíble cantidad de trabajo con la que tenía que lidiar. Baden estaba tan sólo a veinticinco kilómetros de Viena, y a pesar de ello Mozart no había sido capaz de encontrar ni siquiera un fin de semana para pasarlo con la mujer a la que tanto echaba de menos.

—Lo dejé solo cuando más me necesitaba —dijo Constanze, mortificada por la culpa.

Schikaneder se dio cuenta de que tenía que aliviar su mala conciencia o aquella mujer acabaría convencida de que su marido había enfermado por falta de cariño y atenciones.

—Tonterías, le acabas de dar un hijo maravilloso y por tanto la razón más poderosa del mundo para superar su dolencia y ponerse bueno otra vez: cuidar del pequeño Franz Xaver.

Las palabras de Schikaneder parecieron aliviarla bastante; y cuando Mozart despertó al cabo de unas horas, lleno de energía, diciendo que quería ensayar algunas partes del *Réquiem*, la angustia que Constanze sentía pareció disiparse por completo. Süssmayr hizo venir rápidamente a algunos de los músicos que habían estrenado la *Pequeña cantata masónica*, los metió en la habitación de Mozart, los distribuyó como pudo alrededor de su cama y les hizo interpretar las partes que éste deseaba escuchar. Amadeus se sentía tan recuperado tras su profundo sueño que cantó la parte de contralto, hasta que un nuevo ataque de tos le hizo ver que estaba abusando de sus mermadas fuerzas. Cuando finalizó el ensayo, todos abandonaron la alcoba para dejar descansar al enfermo, excepto el joven Süssmayr, al que Mozart retuvo junto a su lecho para darle indicaciones de cómo terminar el *Réquiem*. Su alumno había hecho un excelente trabajo en *La clemenza di Tito*, la ópera para la coronación del nuevo emperador que Mozart había tenido que acabar a marchas forzadas, camino de Praga. Süssmayr había logrado rematar algunos recitativos con tal grado de competencia, que Mozart sabía que podía confiar en él para cualquier proyecto, siempre que recibiera instrucciones precisas.

—Cuida de ella —le dijo tras impartirle las últimas directrices; refiriéndose, naturalmente, a Constanze.

Mozart sabía que su mujer era, al igual que él, muy propensa a flirtear en su ausencia y debido a ello había ampliado las funciones de Süssmayr: además de su asistente musical, ejercía también labores de «policía del corazón». Cada vez que Constanze iba a Baden, procuraba que Süssmayr la acompañara, en parte para que estuviera bien atendida, pero también con el oculto propósito de espantar a los moscones que se arremolinaban en torno a ella. Constanze sospechaba que Süssmayr era un agente de su marido y aunque toleraba su presencia, intentaba mantenerse alejada de él el mayor tiempo posible.

«Cuida de ella» significaba por lo tanto varias cosas para el fiel asistente de Mozart. De un lado, «procura que cuando yo falte, no caiga en las garras del primer desaprensivo que logre seducirla y filtra bien su lista de pretendientes». Pero también quería decir: «Termina el *Réquiem* al precio que sea, porque Constanze quedará en situación precaria cuando yo falte y el hombre de gris no pagará lo que aún nos debe si no le entregamos una partitura completa».

Süssmayr no pudo evitar emocionarse al escuchar de labios del propio Mozart que su muerte era poco menos que inminente, y le aseguró que ni a Constanze ni a sus hijos les faltaría de nada mientras él viviese. En cuanto al *Réquiem*, no tenía claro qué había que contarle exactamente al hombre de gris, una vez que la partitura estuviese acabada.

—Tú y yo tenemos la caligrafía muy similar —le dijo Mozart—. Si exageras ese parecido, nadie se dará cuenta de que el *Réquiem* lo has terminado tú.

Süssmayr había sido alumno de Salieri antes de serlo de Mozart, por lo que éste sabía que la tentación de exhibirse ante su antiguo maestro como «el hombre que había terminado el *Réquiem*» iba a ser muy fuerte.

—Nadie, ni siquiera Salieri, debe saber que me he marchado de este mundo sin finalizar mi encargo. Si el hombre de gris se entera de que, desde la primera hasta la última barra de compás, la misa no es enteramente mía, Constanze podría tener problemas para cobrar.

Süssmayr sonrió y aunque tranquilizó a Mozart prometiéndole que sus labios permanecerían sellados, se preguntó de dónde iba a sacar fuerzas para no alardear en público de haber rematado aquella gran misa de difuntos.

—¿Necesitáis alguna otra cosa antes de que me marche? —preguntó Süssmayr.

Mozart estaba agotado, pues lo cierto es que había prácticamente compuesto desde la cama el «Sanctus», el «Lacrimosa» y el «Agnus Dei». Ni siquiera llegó a oír la pregunta de su alumno, sino que volvió a desvanecerse en un profundo sueño.

87

Mientras tanto, en casa de Cäcilia Weber, la hermana pequeña de Constanze estaba haciendo café para su madre. En Viena, en pleno diciembre, anochecía ya muy temprano y la joven Sophie había tenido que encender una vela en la cocina. De repente, sin que mediara corriente de aire alguna, la llama empezó a temblar y ante sus ojos atónitos fue menguando y menguando hasta apagarse por completo. Sophie lo interpretó inmediatamente como un presagio y fue a contárselo a su madre.

—¡Corre a casa de tu hermana a ver cómo sigue el pobre Wolferl! —le ordenó Cäcilia—. Pero no te entretengas en la visita: una vez que compruebes qué tal está, vuelve escopetada a casa para darme noticias.

A Sophie le gustaba ir guapa siempre que iba a casa de los Mozart, pero esta vez no hubo tiempo para coqueterías. Se puso por encima lo primero que encontró y partió a toda velocidad hacia la casa de su cuñado. El hecho de que su madre también hubiera interpretado el misterioso episodio de la vela como un presagio funesto la terminó de convencer de que Mozart acababa de exhalar su último suspiro.

Sophie lo encontró todavía vivo, pero Amadeus ardía de fiebre y presentaba un aspecto terminal. Sin embargo, mantenía la consciencia, y en cuanto vio entrar a Sophie le hizo un gesto con la cabeza para que se acercara.

—No sé si me quedan horas o minutos —le dijo—. Quédate a mi lado hasta que me apague por completo y consuela a Constanze.

Sophie le había prometido a su madre que regresaría de inmediato a darle noticias sobre el estado de salud del paciente. Por otro lado, era evidente que Mozart necesitaba urgentemente la atención de un médico. Tras hablarlo con Constanze, y desoyendo el ruego de su cuñado, Sophie salió de la casa y fue corriendo en busca del doctor Closet, que estaba atendiendo a Mozart durante esa última crisis. Cuando llegó a su consulta, fue informada de que Closet había ido al teatro aquella tarde y que Mozart tendría que esperar hasta el día siguiente. Presa de rabia por aquella desalmada respuesta, Sophie se encaminó al teatro, convenció al portero de que la dejara pasar, por tratarse de una urgencia insoslayable, y se plantó en el palco desde el que el doctor Closet, en compañía de su esposa y varios amigos, estaba disfrutando de la función. El médico sabía perfectamente quién era Sophie, por haberla visto incontables veces en casa de Mozart, y accedió a hablar con ella en el pasillo, convencido de que venía a comunicarle la muerte del paciente. En cuanto escuchó que Mozart estaba consciente y que los síntomas eran muy parecidos a los que él mismo había observado durante la última visita, se negó a acompañarla.

—Mozart sólo necesita descanso e hidratación, mucha hidratación. ¿Le habéis dejado su agua milagrosa a mano, sobre la mesilla de noche, tal como él pidió?

—¡Pues claro! —dijo Sophie, furiosa—. Pero está fatal, tiene una cara que parece que ya estuviera muerto. ¡Tenéis que hacer algo por él ahora mismo!

En una mezcla de desesperación e ímpetu juvenil, Sophie agarró del brazo al venerable anciano, que la miró con cara estupefacta.

—¡Jovencita, haced el favor de soltarme de inmediato!

Por lo que me contáis, el paciente sigue estacionario, dentro de la gravedad, y no se justifica en modo alguno que yo abandone a mi esposa y al resto de invitados, en mitad de la función, para atender vuestra petición.

—¡Pero el pobre Wolferl no llegará a mañana!

—¡Iré cuando acabe la obra! Es todo lo que os puedo prometer.

Dos horas más tarde, el doctor Closet cumplió lo prometido y se personó en casa de Amadeus. La habitación despedía una pestilencia siniestra, que le hizo sospechar que Mozart se estaba descomponiendo en vida. Al entrar en la alcoba, vio que el paciente estaba aprovechando las últimas fuerzas que le quedaban para dictarle a Süssmayr al oído el ritmo de los timbales en el «Confutatis».

—¡Apartad, insensato! —le dijo al asistente con voz enérgica—. ¿No veis en qué estado se encuentra? Necesita descanso, no trabajo.

Mozart estaba ya desahuciado, pero para hacer olvidar su injustificable demora, Closet quiso aparentar ante Constanze y Sophie que había llegado a tiempo y aún podía hacer cosas para devolver a Mozart a la vida. Con la teatralidad de un cirujano que imparte órdenes en una sala de urgencias, Closet ordenó a las dos mujeres que dieran a Mozart friegas en cuello y articulaciones y luego dispuso que lo sumergieran en un balde de agua fría.

Nada más meterlo en la bañera, Mozart perdió el conocimiento y Closet sintió que había metido la pata, porque ordenó a toda prisa a las dos mujeres que lo volvieran a llevar a la cama. A pesar de que era de cuerpo enjuto, Süssmayr se dio cuenta de que al estar completamente mojado, las dos mujeres tenían mucha dificultad para agarrarlo con firmeza y acudió en su ayuda para evitar que ocurriera un desastre.

—¡Se está deshidratando por momentos! —exclamó el doctor Closet, sin sospechar que era el arsénico de la *Manna*

di San Nicola lo que había convertido a Mozart en una carcasa amojamada—. ¡Dadle de beber su agua! ¡Ahora!

Apremiada por las órdenes del médico, Sophie se giró
bruscamente para coger el agua milagrosa que tenía detrás de
sí; pero en parte por tener aún las manos mojadas y entume-
cidas por el agua helada de la bañera, y en parte por la tensión
del momento, no acertó a asir el frasco con firmeza y éste se
hizo añicos contra el suelo, justo en el instante en que Mozart
exhalaba el último suspiro.

El envase estaba completamente vacío.

Mozart había estado envenenándose a sí mismo con agua
tofana durante semanas, pensando que la pócima de su padre
le iba a salvar de una muerte que creía segura.

88

Fred bebía mucho, pero aunque los alcohólicos tienen fama de agresivos, a mí nunca me montó una escena ni intentó (¡sólo hubiera faltado!) ponerme la mano encima. En parte porque se dio cuenta de qué tipo de mujer era yo, pero también porque durante el tiempo que duró nuestra relación, nos vimos poco. Yo no estaba dispuesta a abandonar a Teresa y a Luca para seguirle a Los Ángeles y él estaba tan absorto en el rodaje que muchos días no tenía tiempo ni para hacer tres comidas al día. El alcohol afectaba, sin duda, a su capacidad sexual, y lo cierto es que la mitad de las veces que lo intentamos, nos tuvimos que conformar con el cigarrillo de después. Fred era un conversador formidable, así que nunca me quejé. Compensaba sus carencias en la cama con un talento innato para la narración oral, y durante las semanas que duró nuestro amorío aprendí más de cine con él que si me hubiera matriculado en la escuela Gian Maria Volonté de Roma. Admiraba mucho el cine italiano, sobre todo a los que él llamaba los tres «ini»: Rossellini, Pasolini y Fellini.

—Pero por encima de todos, Visconti —me dijo—. Nadie ha sabido evocar una época pasada como él: *Muerte en Venecia*, *Ludwig* y sobre todo *El gatopardo* revelan un talento extraordinario para reconstruir mundos históricos.

—Miloš Forman no lo hizo mal en *Amadeus* —dije yo—. La película es una sarta de mentiras, pero el tipo llega a hacerte creer que la Praga de 1984 es la Viena de finales del siglo XVIII. ¡Al César lo que es del César!

—Eso no fue tanto mérito de Forman, como de la época en que se rodó. Aún no había caído el muro de Berlín y la publicidad era una plaga capitalista: en Praga no había ni un solo anuncio en las calles. Podías poner la cámara en cualquier ángulo y no había el menor riesgo de que se colara un cartel de Coca-Cola o un luminoso de Sony. Pero en *Amadeus* hay errores tremendos, que revelan que Miloš Forman carecía de la pasión por el detalle de Visconti o de Kurosawa. Y ya conoces lo que decía el arquitecto Mies van der Rohe: «Dios está en los detalles». ¿Sabes que en *El gatopardo*, la ropa interior de sus estrellas (Burt Lancaster, Claudia Cardinale, Alain Delon) era de época? Cuando le preguntaban a Visconti qué sentido tenía eso, si el público no lo iba a ver, él respondía: «Yo necesito saber que es de época». *Amadeus* está llena de anacronismos y chapuzas: a mí no me va a pasar eso en *Salieri.*

Yo conocía por Teresa las múltiples libertades que se habían tomando Forman y Shaffer con los cuatro personajes principales: Mozart, Salieri, Constanze y José II, pero ignoraba los gazapos y anacronismos.

—Para empezar —dijo Fred—, Mozart era zurdo. Pues en *Amadeus* es diestro. Visconti no lo habría permitido. Ni yo tampoco. ¿De qué sirvió que Tom Hulce se pasara cuatro horas al día practicando al piano, para que los entendidos pudieran ver que realmente lo toca, si luego esos mismos expertos le vieron escribir con la mano derecha y se dieron cuenta de que ése no era Mozart? ¿Sabes cuándo se inventaron las cremalleras? En la primera mitad del siglo XX. Cada vez que vuelvo a ver *Amadeus* y me encuentro con que todos los cierres posteriores de los vestidos de las cortesanas son de cremallera, me subo por las paredes. ¡En una película de ocho Oscar eso no se puede permitir!

Fred iba a rodar mi guión, así que el hecho de que me hubiera tocado un director tan cuidadoso con los detalles me pareció un golpe de buena suerte.

—¿Quieres ver una cosa? —me dijo una noche, con cara de misterio—. No se la he mostrado aún a nadie.

—No te habrás comprado otra pistola, ¿verdad?

—Ja, ja, no, tranquila.

Pensé que me iba a enseñar pruebas de cámara de los actores, o quizá al reparto entero, leyendo el guión alrededor de una mesa italiana. Cuando sacó de la maleta un frasco de la *Manna di San Nicola* creí que me daba un ataque.

—¿No habrás…?

—Sí. Es agua tofana auténtica, me la han fabricado los de efectos especiales de la película: arsénico, plomo y belladona.

—¿No te parece una frikada?

—Juega un papel fundamental en la película y yo soy como Visconti: necesito saber que dentro de la botella hay veneno de verdad.

—Pero ¡es un veneno terrible!

—Que pienso usar en la escena en que Salieri envenena a Amadeus —dijo muy resuelto—. Y si pudiera convencer al actor que hace de Mozart de que lo bebiera, asegurándole que luego le administraría un antídoto, lo haría. ¡Todo por el realismo y la verosimilitud!

Al principio me dije a mí misma que había escuchado mal, aunque el escalofrío que sentí al oír las palabras de Fred me hizo temer que no estaba ante ningún malentendido.

—¿Has dicho «cuando Salieri envenena a Amadeus»?

Nunca supe si Fred había dejado escapar la verdad en un lapsus o había escogido esa manera tan estúpida de contármelo todo.

—Ha habido cambios en el guión —me confesó poniéndome una mano en el muslo, que yo me quité de encima rápidamente. Era como si quisiera compensarme con caricias por la terrible fechoría que había cometido y que no había tenido huevos para contarme.

Todos mis músculos se pusieron en tensión, como una gacela que acaba de percibir, tras un cambio en el viento, el olor hediondo de su depredador.

—¿Cambios? ¿Qué cambios? —Lo dije en un susurro, porque una parte de mí no quería saber la verdad. Presentía que no iba a poder soportarla.

—Tu guión, al final, no se va a hacer. El agente de Lamont le convenció de que es aún demasiado joven para interpretar a Leopold Mozart, pues éste llega a tener más de sesenta años al final de la historia. Se hubiera tenido que pasar caracterizado toda la película. Es demasiado.

—¡Mi guión no se va a hacer! —repetí como una autómata para convencerme de que lo que estaba viviendo no era un mal sueño—. ¿Y cuando pensabas contármelo?

—En este encuentro. Te he traído a este maravilloso hotelito de Monte Argentario, donde se rodó la parte de la infancia de Salieri, para compensarte por las malas noticias.

—¿Desde cuándo lo sabes?

—Desde hace tiempo.

—¿Cuánto tiempo?

—Meses. Lamont dijo que sí al principio, eso es cierto; pero al poco nos llamó para decirnos que había cambiado de opinión. Nos pidió que le enviáramos otra versión del guión de *Amadeus* y ésa fue la que por fin lo animó a decidirse.

Estaba furiosa. Sólo de pensar que había estado acostándome con un ser que me había ocultado la verdad durante tanto tiempo y de manera tan desvergonzada, me entraron ganas de vomitar.

—¡Quiero mi guión! ¡Lo escribí por Luca y por Teresa!

Para que nunca más les pudieran torturar con las patrañas sobre su abuelo.

—Intentaré conseguírtelo, princesa —me dijo muy paternalmente—, pero no va a ser fácil.

—Os devolveré el dinero. Hasta el último dólar. ¡Pero quiero mi guión!

—Ése es el problema. Por eso no te había contado nada hasta ahora, incluso para mí es difícil de digerir. El estudio considera que no le conviene que se estrene otra película sobre *Amadeus* cuando ellos estrenan el *remake*, por aquello de las comparaciones.

—¡Es como si lo hubieran comprado para no hacerlo!

—Digamos que dan por bien empleados los doscientos cincuenta mil dólares si con ello consiguen que tu película nunca vea la luz.

—¡Qué hijos de la gran puta!

—El mercado es implacable. Mira el lado bueno: consideran que tu historia es tan potente como para hacerle sombra a *Amadeus* y te han pagado por ella un cuarto de millón de dólares. Disfruta del dinero. ¡No está nada mal, para ser una primeriza!

Debí haber mandado a la mierda a Fred en ese instante, me tendría que haber marchado del hotel tras esas palabras llenas de suficiencia y desprecio. No lo hice, probablemente porque mi mente inconsciente, la parte límbica de mi cerebro, había decidido ya qué hacer. Pensé en el pobre Luca, sin voz, teniendo que ir durante meses a rehabilitación, con la duda horrible de si volvería a cantar como antes. Luca, que tendría que vivir ya el resto de su vida con la carga de haber matado a un compañero de colegio. Pensé en la pobre Teresa, a la que nada podría haber hecho más ilusión que una película de reparación sobre su antepasado. Y vi plantado delante de mí, con aquella sonrisa estúpida en los labios, al hombre que había convertido yo en mi amante durante los últimos meses.

—Me voy a acostar —dije con voz gélida—. Te puedes quedar la cama, yo dormiré en el diván. Mañana, tras un sueño reparador, hablaremos de esta canallada con más tranquilidad y decidiré qué va a ser de nosotros.

Fred comprendió que no era el momento de insistir y, como un perrito obediente, se metió en la cama y apagó la luz.

A las cinco y media de la mañana, me despertó el canto de un mirlo, tan cercano que parecía estar dentro de la habitación. Fred dormía como un tronco. Me pregunté si habría estado bebiendo por la noche, porque sus ronquidos sonaban como los de un borracho durmiendo la mona. Fred desayunaba Corn Flakes todas las mañanas, no podía entender esa obsesión con la dieta americana, pero jugó a mi favor.

Fui a la nevera, cogí la botella de leche, saqué de la maleta de Fred el frasco de la *Manna* con el agua tofana y vertí todo el contenido dentro de la botella. Luego froté ambos envases con una servilleta de papel, borré las huellas dactilares y dejé cada objeto en su sitio.

Juro sobre los Santos Evangelios, que lo primero que me vino a la cabeza cuando salí del hotel y me subí al coche no fue ni una pizca de remordimiento por lo que acababa de hacerle a Fred, ni un sentimiento de miedo o de tristeza por los años que podría pasarme en prisión.

Lo primero que oí fue el eslogan de los Corn Flakes de Kellogg's, que tantas veces había escuchado yo por televisión: «¡Para sentirte lleno de vida!».

Nota del autor

En toda novela en la que se combinan sucesos reales con otros ficticios, es legítimo que los lectores se pregunten qué parte de la relación entre Mozart y Salieri está documentada históricamente y qué parte en cambio ha salido de la imaginación del autor. Al escribir *Las dos muertes de Mozart*, he pretendido, además de enganchar al lector con una buena historia de suspense, recrear lo más fielmente posible el sofisticado mundo de la corte austríaca de finales del XVIII. Eso significa que buena parte de lo que aquí se cuenta es cierto, empezando por el hecho principal: Wolfgang Amadeus Mozart se fue a la tumba pensando que había sido envenenado con la ponzoña más letal de la época: el agua tofana.

JOSEPH GELINEK

Agradecimientos

Gracias a Alberto por su atenta edición, y a los minuciosos correctores de pruebas de Plaza & Janés por su exhaustivo trabajo.

Mi agradecimiento a Isabel y a Judith por todo lo que me han enseñado sobre la voz humana.